ロイヤルシアターの幽霊たち

著
ジェラルディン・マコックラン
訳
金原瑞人・吉原菜穂

THE POSITIVELY LAST PERFORMANCE

小学館

GERALDINE McCAUGHREAN

ロイヤルシアターの幽霊たち

THE POSITIVELY
LAST PERFORMANCE
by
Geraldine McCaughrean

シアターロイヤル・マーゲートと
この本を書く手助けをしてくれた、
過去と現在の素晴《すば》らしい人々へ

CONTENTS

主な登場人物

グレイシー　11歳《さい》の女の子。
ウィル・ウォルター　グレイシーのパパ。
エリー・ウォルター　グレイシーのママ。
レッツさん　シーショーの町の議員。
ボブ　缶詰《かんづめ》を売る〈イエス・ウィ・缶《カン》!〉の店長。
タンバレイン　ボング・ショップの店主。
ブーディカ　環境《かんきょう》活動家。
サッパー　地元の後援者《こうえんしゃ》。
ゴールドウィン　建築技師。

†ロイヤルシアターの住人たち†

ユージニアス・バーチ　桟橋《さんばし》を作った建築家。
ローランド・オリヴァ　俳優。
リリー・オリヴァー　ローランドの妻。歌姫《うたひめ》。
フローレンス・メルーシュ　会員制図書館の司書《ししょ》。
ジョージ卿《きょう》　〈ホール・バイザシー〉の運営者。
サーカス団長。
ジムとジョーン　双子《ふたご》。10歳《さい》の男の子と女の子。
マイキー　モッズかぶれの少年。
モーリス・ホッパー　バンジョー弾《ひ》きのミンストレル芸人。
ニクソン　シーショーの町の巡査《じゅんさ》。
ダグラス・ダグラス　救助艇《きゅうじょてい》の乗組員。
ボドキンズ　移動更衣室《こういしつ》の御者《ぎょしゃ》。
シャドラク　ピアノ弾《ひ》き。
フランク・スチュアート　舞台《ぶたい》技術師。発明の天才。
ウィリアム・ターナー　舞台《ぶたい》美術にかかわる画家。

この本の売り上げの一部を、
シアターロイヤル――マーゲートの町のかけがえのない財産――に贈《おく》る。
もちろん、劇場の住人は除く。

ジェラルディン・マコックラン

ILLUSTRATION

Naffy

BOOKDESIGN

アルビレオ

プロローグ

悲しいことに、ロイヤルシアターにチケットを買って劇をみにくる客がいなくなって二年たつ。どの扉《とびら》にも太い鎖《くさり》が巻きつけられ、窓は白く汚《よご》れている。その様子は、まるで広場の隅《すみ》で監獄《かんごく》に運ばれるのを待っている目のみえない罪人のようだ。劇場の中はというと、壁《かべ》はカビで黒くなり、真鍮《しんちゅう》のコート掛《が》けやドアノブには青緑色のさびが浮《う》いている。跳《は》ね上げ式の布張りの客席は、かつては鮮《あざ》やかな赤だったが、黒ずんで乾《かわ》いた血のような色になっている。湿気《しっけ》のせいだ。天井《てんじょう》のまんなかでほこりをかぶったシャンデリアにはクモの巣がいくつも垂れ下がっている。チケット売り場は長い間使われていないので、『営業時間外』の看板の文字があせて消えてしまっている。

立派な古い建物には、こんなふうに悲しい結末が訪れることがある。しかし、ロイヤルシアターでは座面が跳《は》ね上げ式の客席もネズミも、劇場の運命にあらがって甲高《かんだか》い声をあげることはない。なぜなら、客席にすわる者はなく、ネズミは一匹《びき》もいないからだ。ネズミには怖《こわ》いものが三つある。ひとつ目は猫《ねこ》、ふたつ目は気が立ったゾウ、……そして三つ目は幽霊《ゆうれい》だ。

もちろん、どんな劇場にも幽霊《ゆうれい》はいる。しかしここは特別、数が多い。幽霊だらけだ。年月とともに、数が少しずつ増え——様々な時代の幽霊が入り混じって、暗い劇場の片隅《かたすみ》に住みついていた。集まった幽霊たちは、劇場としても、自分たちのすみかとしてもロイヤルシアターを大切に思っている。もし、幽霊たちが金を払《はら》って劇をみにくる客だったら、昼公演の客席がにぎわったことだろう。劇場はひどい状態でも、そこに住む幽霊は少しも困っていなかった。ロイヤルシアターの輝《かがや》かしい時代は過ぎ去っていたが、それは幽霊たちも同じで、さびれたこの場所が心地《ここち》よかったのだ。

だから、ロイヤルシアターのビロードの椅子《いす》にすわる者がいないわけではない。劇場に住みついた幽霊《ゆうれい》たちは、生きていたころとくらべるとずいぶん体が軽くなっているので、座面が跳《は》ね上がる椅子にすわっていられず、ばねが壊《こわ》れて座面が下りたままになっている席を選んでいた（すわっていた椅子が跳ね上がり、はさまれてしまったときの恥《は》ずかしさは、だれでもわかるだろう）。または、椅子の背もたれや舞台《ぶたい》の端《はし》に腰《こし》かけたり、オーケストラピット［劇場の舞台と観客席の間にあり、楽団がすわって演奏するための場所］を囲む柵《さく》にまたがったりしている。双子《ふたご》の幽霊のお気に入りはボックス席だ。観客席の両側の壁《かべ》から張り出している席で、肘掛《ひじか》け椅子と小さなランプがあり、どこかに肘をつくことができた。ボックス席からだと舞台はよくみえないが、双子はそのぜいたくな雰囲気《ふんいき》が好きだった。

しかし、ドレスサークル［二階正面の一列目。半円形に突《つ》き出した特等席］は、ひびが入り始めていたので立ち入り禁止になっていた。ユージニアス・バーチによると、この席はもう安全とはいえないらしい。

第一章　さびれた劇場

ユージニアス・バーチは、スポットライトの手入れをするのに使っていたはしごをのぼり、ドレスサークルの下を注意深くみた。どのあたりまでひびが広がっているのか、下にむかってひどくふくらんだしっくいのいたみ具合も、みただけではわからなかった。しかし、技師としての経験からすると、しっくいがたわんでいるのはC列にちがいない。

「まあ、危ないわ、バーチさん！」メルーシュさんが大きな声でいう。

「だいじょうぶですよ」ユージニアスは片手ではしごをつかんで身を乗り出した。「幽霊《ゆうれい》には、もう命の危険はありませんから。劇場の電気が止まっているのが残念でなりません。明かりがないと、よくみえないんです」

舞台《ぶたい》の上では、リリー・オリヴァーがボディス［女性がドレスやブラウスの上に着るぴったりしたベスト］のひもをゆるめてうたう準備をしている。これは、胸いっぱいに息を吸っていたころの習慣で、（正確にいうと）もう息をしていないのにやめようとしない。胸のひもをゆるめ、いまにもうたいだしそうなリリーの姿に、男の幽霊《ゆうれい》はわくわくしているようだ。「みなさん、次はどんな曲がいいかしら？」

モッズ［一九五〇年代後半から一九六〇年代中頃《なかごろ》にかけてイギリスの若い労働者を中心に流行した音楽やファッションをベースにしたライフスタイルの支持者］のマイキーは上着を頭からかぶって、両足を前の席にのせた。特別席《ロイヤルボックス》にいる双子《ふたご》はそろって頬《ほお》づえをついている。フローレンス・メルーシュはちょっと顔をしかめた。ドレスサークルのひびは危険だわ。みんなもっとバーチさんの心配事に注目するべきよ。モーリスはバンジョーをA調に合わせた。リリーはいつもA調の曲から始める。

たいてい、リリーが数曲続けてうたったあとに、俳優である夫のローランドが登場して劇の一場面を披露《ひろう》する。毎週月曜日と金曜日は喜劇、水曜日は悲劇、土曜日はバーレスク［ユーモラスで短い劇］。それ以外の曜日は、生きているときに演じたことのある作品から、まだ覚えているものを演じる。

「この部分は本当に崩《くず》れ落ちてくるのでしょうか、バーチさん」メルーシュさんが泣き出しそうな声でたずねる。

「いつかはそうなるでしょうね。人間が作ったものは、いつかは壊《こわ》れてしまうものです……。しかし、もしかしたらあと一、二年はもつかもしれません」

「みなさん！」声が響《ひび》き、ジョージ卿《きょう》が大股《おおまた》で舞台《ぶたい》上に現れた。「ここ、ロイヤルシアターでみなさんのためだけにうたう歌姫《うたひめ》――リリー・オリヴァーを紹介《しょうかい》します。曲は……」

バン。ものすごく大きな音がして、ぼろぼろのカーテンからほこりが舞《ま》い落ちた。

ユージニアスは、はしごの一番下の段から落ち、マイキーは座席の間に滑《すべ》り落ち、歌姫《うたひめ》の唇《くちびる》から音楽が消えた。とうとうドレスサークルが崩《くず》れたのか、とだれもが思ったが、実際は劇場の横に並ぶ扉《とびら》が勢いよく開いただけだった。まるで、中世の包囲攻撃《こうげき》をしかけられたかのように、薄暗《うすぐら》いホールに昼の光が数本の太い帯になって流れこんできた。だれかが劇場を荒《あ》らしにきたのだろうか。

「すぐにこの劇場の素晴《すば》らしさをわかっていただけるはずです」議員の男の人が話を続けながらホールに入ってくる。「外からみるとただの古い建物ですが、扉のむこうに一歩入れば当時の美しさが……。ずっと町の開発委員会に訴《うった》えているんです。シーショーの町には芸術が必要です、芸術が地域発展の鍵《かぎ》なんです。この町に芸術を根付かせてくださいよ、なんのための開発委員会ですか、ってね」

議員は連れてきた人たちをホールの中に案内する。赤いズボンをはいた大柄《おおがら》なくせ毛の男の人と、まるで風に吹《ふ》き飛ばされたように入ってきたやせた女の人、それから、何種類ものジーンズを継《つ》ぎ合わせたオーバーオールを着て、目を大きく見開いている子どもだ。一行は外の歩道から直接劇場に足を踏《ふ》み入れた。レッツさんは、どんよりとした小さなロビーより先にホールを見せたかったのだ。第一印象はとても大切だから……。

レッツさんはこれまで、いろんな人にこの劇場をみせてきた。不動産会社の社長、写真家、歴史学者、投資コンサルタント、開発委員会の仲間……。だが、今回ほど期待したことはなかった。この夫婦は若いが、若者らしい楽観《らっかん》的な考え方や活力は、いままで案内してきた人たちにはみられなかった。シーショーに住んでいると、この世界にはまだ楽天家《らくてんか》や夢を追いかける人がいるということを忘れてしまいそうになる。

「まるで、建物が息をひそめているみたい！」女の人が小さな声でいう。

「そんな雰囲気《ふんいき》だね」男の人が返事をする。

息をころしていた幽霊《ゆうれい》たちは、ほっとした。劇場を荒《あ》らしにきたわけではないようだ。まえに若者が荒らしに入ってきたとき、メルーシュさんは気付け薬《きつけぐすり》が必要になった。幽霊は劇場をめちゃくちゃにする様子を見守るはめになった。下品な若者たちは客席の上で飛び跳《は》ねたり、小道具のかごの中身をぶちまけたり、消火器を使ったりしたあげく、けんかしながら出て行った。なぜなら、だれもペンキのスプレー缶《かん》やまともなナイフを持ってきていなかったからだ。

今日の客は、荒《あ》らしにきたわけじゃないらしい。

「あの人たち、だれ？」子どもはそういって、ロイヤルボックスにすわっているジムとジョーンをまっすぐ指さした。

レッツさんはすかさず答える。「ああ、ライオンとユニコーンのことかな」ロイヤルボックスの正面についている金色に塗《ぬ》られた像のことだ。「王家の紋章《もんしょう》だよ。あの席に女王様や王様がすわっていたんだ」

「あそこからじゃ、ろくにみえないだろう。舞台《ぶたい》の袖《そで》はしっかりみえるのに、上手《かみて》がまったくみえない」男の客はそう言いながらもうれしそうに、金色に塗《ぬ》られたしっくい細工の装飾《そうしょく》を見回している——古代ギリシャの兜《かぶと》、天使、竪琴《たてごと》、花綱《はなづな》、キューピッド、仮面。男の人はまわりをみながら、くせのある髪《かみ》をなでつける。まるで、不安な気持ちを落ち着かせているようだ。

「壁《かべ》はどうしたんですか」男の人がたずねる。

「悪いのは表面だけです！　以前、調べたことがあるのです」レッツさんは甲高《かんだか》い声で答えるが、にきびのような黒いカビがあちこちにできている理由も、それを取り除く方法も説明することはできなかった。カビはすべての壁《かべ》や天井《てんじょう》に広がり、舞台《ぶたい》の上にある赤色の幕もそのせいで黒ずんでいた。

「証明書関係はどうなってますか」

「ああ、ずっと昔のものがあります」すでにレッツさんの気持ちは暗くなってきていた。いつも「カビ」や「証明書」にじゃまをされる。目のまえの問題の先にある、この古く美しい建物につまった歴史――そして夢――を感じることのできる人はいないのだろうか。きっとロイヤルシアターは、最後にはアパートやナイトクラブに姿を変えてしまうのだろう。だが、シーショーの町で生まれ育ったレッツさんは、あきらめきれない、色あせてくたびれた願いを胸に抱《いだ》いていた。この劇場をなんとかして開発の荒波《あらなみ》から救いたい。ロイヤルシアターは長い歴史のなかで、閉館と営業再開を何度もくりかえしてきた。資金が底をついたり、経営者が気力をなくしたり、働きすぎで死んでしまったり。そのたびにオーナーが代わった。ほんの三年前までは、必死に頑張《がんば》ってなんとかもちこたえてきた。最後にもう一度、この劇場を開けることはできないだろうか？――子どものころに、ここでみた作品を上演したい！

レッツさんは祈《いの》っていた。この芸術家気取りのふたりが自分と同じ夢を抱《いだ》いてくれますように。ロイヤルシアターのささやかな問題や、もうこの場所を愛していないさびれた町を大目に

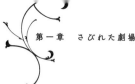

みてくれますように。

「管理エリアに進むまえに、ほかに質問はありますか？」レッツさんは、寂《さび》しい雰囲気《ふんいき》のロビーをみせたらどう思われるだろうと考えて身震《みぶる》いした。

「幽霊《ゆうれい》は出ますか？」女の人がたずねる。

「幽霊ですか？」レッツさんは思わず笑い声をあげた。カビについては、はっきりと答えられない。どんどん傷《いた》んでいく劇場には悩《なや》まされてきた。しかし幽霊は？「いえいえ！　まさか！　幽霊は出ませんよ！　幽霊の心配だけはありません！」


レッツさんたちのうしろでは、ローランド・オリヴァーが座席の上に立って、レッツさんが連れてきた若い男の人の頭にはげ始めているところがないか調べていた。

ローランドの妻、リリーは開いた扉《とびら》から入ってくる風にオーガンザ［薄《うす》くて透《す》ける張りのある織物］のドレスをさざ波のようになびかせながら考えていた。上演後に劇場の外の路地にあふれだした観客が、俳優について感想を言いあったり、リリーが歌った曲を口ずさんだりしていたころから、どれくらいの月日がすぎたのだろう。


「どう思われますか？」レッツさんがしょんぼりした様子できいた。

「どう思う？」赤いズボンの男の人が頭をかきながら、妻に同じようにたずねる。

「修理をしたら破産してしまうわ。それに、わたしたちに劇やショーを上演する資金もない」

「助成金《じょせいきん》をもらえばいい」

「もらうのは死ぬほど大変だと思う」妻がすかさず言い返す。

「ああ、だけど死んでみるのもいいじゃないか！」男の人がそういうと、家族全員が声をあげて笑う。

レッツさんはびっくりして、どうしたらいいかわからず一緒《いっしょ》になって笑った。演劇人というのはいつも人を驚《おどろ》かせるようなことをいうものだ。だが、レッツさんは男の人の言葉が冗談《じょうだん》ではありませんように、と心から願った。

「グレイシーはどう思う？」男の人が娘《むすめ》にたずねる。

娘《むすめ》が返事をしないうちに女の人が答えた。「これは、そもそもグレイシーのアイデアでしょ？」

レッツさんはうれしくて跳《は》ね回りそうになった。もしかしたら本当に、いまでもロイヤルシアターはスカートをたくし上げ、迫《せま》ってくるブルドーザーをかわすことができるかもしれない。あの立派な幕は廃棄物《はいきぶつ》として燃やされるのではなく、ふたたび開き、オーケストラピットにはコンクリートが流しこまれるのではなく、音楽があふれる日がくるかもしれない。この家族に警告すべきなのはわかっていた――夢は叶《かな》わない。しかし、それが劇場と俳優の存在意義ではないだろうか。劇場があって俳優がいれば夢が生まれる。レッツさんたちは劇場を出て、ロビーにむかった。一行の後ろでスイングドアが音をたてて前後に揺《ゆ》れた。

「みなさん、どう思いますか？」ユージニアス・バーチが劇場の幽霊《ゆうれい》たちにたずねる。

「まるで芝居《しばい》をみているようですな」ジョージ卿《きょう》がいう。

「わたしもそう思います」

「この劇場を立て直すには若すぎる」ローランド・オリヴァーが決めつける。

「髪《かみ》がふさふさだからってべつに……」妻のリリーがつぶやく。

「髪の毛のあるうちは、まだ賢《かしこ》いとはいえない」ローランド・オリヴァーが偉《えら》そうにいう（幽《ゆう》霊《れい》たちは何度もきかされたせりふだ）。

「まったく。賢《かしこ》いのか、ばかなのか。おれたちを救助してくれるのか、溺《おぼ》れさせるのか」救助《きゅうじょ》艇《てい》の乗組員だった幽霊《ゆうれい》がいう。防水服からしずくがぽたぽたブーツに落ちている。「あの男も、ほかのオーナーのように、結局この劇場を取り壊《こわ》そうとするんじゃないか？」

メルーシュさんがレースのハンカチを顔にあて、ひっそりと泣きだした。歌姫《うたひめ》リリー・オリヴァーは歌でみんなを元気づけなくてはと思ったようだ。大型遊覧《ゆうらん》バスで海辺にいく陽気な曲をうたった。一番良い服を着て、太陽の光と楽しいひとときを求めて出かける人たちのことをうたった曲だ。モーリスがバンジョーで伴奏《ばんそう》をする。オーケストラピットでは、男の幽霊《ゆうれい》がピアノの鍵盤《けんばん》の上で指を走らせているが音は鳴っていない。双子《ふたご》のジムとジョーンは曲にあわせて手をたたいている。ひとり、またひとりと歌を口ずさむ者がふえていく。もちろん、やってきた人間にきこえる心配はない。幽霊の歌声は生きている人間にはきこえないのだ。何年もの間、ロイヤルシアターの幽霊たちは、近所から一度も苦情を受けることなく、楽しくやってきた。

みんなでいこう、陽光あふれるシーショーへ
　心をつなごう、シーショーで
　あたたかく透《す》き通った風下《かざしも》の海岸で
わたしはあなたのもの、あなたはわたしのもの
　夏の太陽の下
わたしはあなたのもの、あなたはわたしのもの
　晴れたシーショーの熱い砂浜《すなはま》で

曲が終わり静かになると、双子《ふたご》が熱のこもった拍手《はくしゅ》を送った。少なくとも幽霊《ゆうれい》たちは、双子が拍手をしていると思った。

しかし、双子《ふたご》ではなかった。ジーンズを継《つ》ぎ合わせたオーバーオールを着た女の子が、ドレスサークルの端《はし》で力いっぱい手をたたいている。幽霊《ゆうれい》たちは、いっせいに息をのんだ。壁《かべ》からカビの塊《かたまり》がはがれおち、小さな音をたてて舞台《ぶたい》の上に落ちる。

しかし、もちろん、女の子は幽霊《ゆうれい》たちの歌をきいて拍手《はくしゅ》をしているわけではなかった。実験をしていただけだ――手をたたいて、大きなホールに響《ひび》く音をきいていたのだ。広いがらんとした場所では、だれでも試してみたくなることのひとつだ。ユージニアス・バーチが最初にそれに気づき、みんなを安心させた。ただの偶然《ぐうぜん》だ。女の子に幽霊たちの歌はまったくきこえていない。

「最高！」グレイシーが大きな声をあげた。「もう一曲、うたって！」

モッズのマイキーがコートから頭を出した。ローランド・オリヴァーは台本を落とした。モーリスはムギワラ帽子《ぼうし》のひびの入ったつばを両手でにぎりしめた。舞台袖《ぶたいそで》からオーバーオールを着た男の人がスパナを持って出てくる。

「あの子はわたしたちがみえるんだ！」ジョーンがいう。

「ほら、さっきはぼくたちを指さしてたんだ。やっぱりな」ジムがいう。「ぼくがいったとおりだろ？」

「わたしたちがみえるのですか、おじょうさん」ユージニアス・バーチが不安そうに開襟《かいきん》シャツのスタッドボタンを指でいじりながらたずねる。

「もちろんみえてるわ！」グレイシーが目を輝《かがや》かせて答える。「まさか、そんな……」

その答えに幽霊《ゆうれい》たちはぎょっとした。互《たが》いに顔を見合わせ、どうしたらいいかわからず、パニックになった。

「どうしてわたしたちがみえるの？」

「新入りの幽霊《ゆうれい》？」

「あの子も幽霊の仲間？」

ところが、グレイシーは大声で笑うだけだった。

舞台袖《ぶたいそで》の奥《おく》の暗がりから弱々《よわよわ》しい、おびえたような声がした……。いや、もしかしたら虚《うつ》ろな笑い声だったのかもしれない。

第二章 はじまり

「わたし、グレイシー」グレイシーが幽霊《ゆうれい》たちのいる一階席におりてきた。「この劇場って最高だよね。わたし、ここが一番好き。あなたたちはだれ？」

幽霊《ゆうれい》たちはあいかわらず、女の子をみつめている。おびえている者もいれば、さも嫌《いや》そうな顔をしている者もいる。

「演劇人の家系の子だな。まえにもいっただろう？　わたしたちは、劇場にかかわる仕事をする人には気づかれてしまう」ジョージ卿《きょう》がいう。

「じゃあ、おれのことはみえてないのか？　おれは劇場の人間じゃないからな」モッズのマイキーがたずねる。

しかし、グレイシーはどの幽霊《ゆうれい》もみえていた。メルーシュさん（一番近くにいた幽霊）に近づくと、握手《あくしゅ》をしようと手をさしだした。司書《ししょ》のメルーシュさんは、促《うなが》されるように手袋《てぶくろ》をはめた手を出したが、グレイシーは空気をにぎっているように感じた。

「一緒《いっしょ》にきた人たちは……」メルーシュさんがいう。

「ママとパパ――あと、議員のレッツさん。わたしたち、この劇場を復活させたいと思ってるの。許可が下りれば、ね」

もし、ライオンの檻《おり》の鉄格子《てつごうし》を棒でなぞって大きな音をたてながら歩いても、こんな吠《ほ》える
ような、うなるような不安といら立ちを、かき立てはしなかっただろう。マイキーが隠《かく》れる場
所をさがして、落ち着きなくあたりを見回している。ダグラス・ダグラスがレインハットを床《ゆか》
に投げつけると、板の上でカレイが跳《は》ねたような音がした。双子《ふたご》は抱《だ》き合い、司書《ししょ》のメルーシ
ュさんはいまにも倒《たお》れそうだ。バンジョー奏者のモーリスがムギワラ帽子《ぼうし》を取ると、てかてか
光る黒い顔に白い額が一本の帯のようにみえた。

「失礼ですが」モーリスがいう。「ぼくたちは、できれば……」

「あなたの素晴《すば》らしいご両親には、むしろほかの町で別の劇場を救っていただきたい」オーケストラピットから別の幽霊《ゆうれい》が強い調子でいう。

「さあ、もう行け。ほらほら、立ち止まらないで」乗馬靴《ぐつ》をはいた警察官が古めかしい警棒《けいぼう》を振《ふ》って、グレイシーを追い出そうとする。

これまでグレイシーは両親の仕事のせいで、いろんな学校に転校した。転校初日に校庭にいくと、みんなよそよそしくて仲間に入れてもらえない。仲良くなるこつは、逃《に》げたりせずに話し続けること。そうすればそのうち、みんな、知らない子だからって嫌《きら》っていたのを忘れてしまう。

心配で青ざめている歌姫《うたひめ》のリリー・オリヴァーは、不安げに夫の肘《ひじ》を両手でつかみながらも、ロイヤルシアターにふたたび客が入る様子をなんとか思い浮《う》かべようとしていた。「想像してみて、ローランド！　お客さんがいる客席を！　素敵《すてき》で、元気づけられる眺《なが》めだと思わない？

ここにお客さんがすわるのよ！」

「まいったな」ダグラス・ダグラスが不機嫌《ふきげん》な顔でいう。

「おれたちの負けだ」マイキーが続ける。

「悲しいことに、この劇場を再開するのは、立派なご両親でも無理だと思います」そういったのはユージニアス・バーチだ。紳士《しんし》なので、どんなときも礼儀《れいぎ》正しいのだ。

「助成金《じょせいきん》をもらえばいいのよ」グレイシーがいう（グレイシーにとって、それがビジネスに関する精一杯《せいいっぱい》の知識だった。パパの口癖《くちぐせ》で、夢を叶《かな》えるためにかかる費用を計算したあげく「実現不可能」の言葉がもれると決まって「助成金をもらえばいい」ということにしていた）。「喜んでくれないの？　いろんな劇やパントマイムやコンサートがみられるようになるんだよ……。幽霊《ゆうれい》はチケットを買わなくてもいいんでしょう？」

だが、ロイヤルシアターの住人たちは、自分のことを幽霊《ゆうれい》だと思っていなかった。幽霊といわれて、住人たちは乾《かわ》いたふきんのようにこわばった表情になった。

「ここは、みんなの安らぎの場《サンクチュアリ》なのさ」つややかなシルクハットをかぶり、ほおひげを長くのばした赤ら顔の男が口をひらく。「四方の扉《とびら》が開きっぱなしの場所で安心できると思うかい？」

「すきま風が寒いしな」ダグラス・ダグラスがずけずけといった。

「安らぎの場《サンクチュアリ》ってなに？」グレイシーがたずねる。「安らぎの場《サンクチュアリ》っていう、引退したロバのための牧場なら、いったことあるよ。とっても楽しかった」

幽霊《ゆうれい》たちはロバと一緒《いっしょ》にされて腹を立てたが、オーケストラピットの隅《すみ》にいる、腰《こし》の曲がったみすぼらしい身なりの人物が質問に答えた。画家が絵を描《か》くときに使う作業服姿で、縁《ふち》に布を留めた変な帽子《ぼうし》をかぶっている。男はグレイシーを見向きもせずにいった。「安らぎの場というのは、避難所《シェルター》のことだ。わしら全員、そういう場所が必要だった。それが、ここにいる者のたったひとつの共通点だ」男はぶっきらぼうにいった。まるでほかの幽霊《ゆうれい》たちと一緒《いっしょ》にしないでくれ、といわんばかりの口調だった（グレイシーは、男の前に置いてあるカンバスがまっ白で、何も描《か》かれていないのに気がついた。もしかしたら、絵のアイデアが浮《う》かばないのかもしれない。なんでこっちをむかないんだろう？　グレイシーは不思議に思った）。

「避難所《シェルター》？　なんで雨宿りの場所が必要なの？　今日は雨じゃないよ」グレイシーがたずねる。幽霊《ゆうれい》たちは血の色をした客席で何かいいたそうにそわそわしている。着ている服も体も透《す》けてむこう側がみえる。「雨宿りをする場所じゃない。危険な世界から身を守る場所なんだ」顔を黒くぬった若い男が真剣《しんけん》な口調で答える。

「なんで？」またグレイシーがたずねる。「世界の何が危険なの？」ききたいことが次から次にあふれてくる。あれこれ質問をして困らせてはいけないのはわかっていたし、これまで何度も、人に迷惑《めいわく》をかけてはいけませんよ、といわれてきた。残念ながら、だめだとわかっていても、やめられるわけがない。記憶《きおく》のふたをこじあけて、なかをのぞけば、だれでも物語を持っているんだよ、というのがグレイシーの父親の口癖《くちぐせ》だ。それに、グレイシーは物語をきくのが好きだった。ひとりずつたずねてまわったが、幽霊《ゆうれい》はみんな、覚えていない、思い出せない、というのだった。「本当に忘れっぽいのね」グレイシーはぼやいた。

　グレイシーは素晴《すば》らしい記《き》憶力《おくりょく》の持ち主だった。荷物棚《だな》に乗せられて眠《ねむ》っていたころの列車の旅をいまでも思い出せる。すきま風をふせぐためにドアの前にカーテンをつけていた家のことも、むこう側にだれかが隠《かく》れているときのカーテンの動きも覚えている。トレーラーハウスで暮らしていたときは、激しく屋根をたたく雨音がうるさくて、怒《おこ》られているみたいだった。丘《おか》の間からみえる海も覚えている。天井《てんじょう》にボートが飾《かざ》ってあるパブのことも。毎年、ウォルター家の三人は、シーショーの町にあるグロソップおばあちゃんの家の近くで休暇《きゅうか》をすごす。おばあちゃんの家には泊《と》まらない。なぜかというと、グロソップおばあちゃんは、グレイシーたちのことをあまり好きではないみたいだし、おまえたちはいつも猫《ねこ》を怖《こわ》がらせる、と文句をいうからだ（おばあちゃんは保護施設《しせつ》に入れられていた猫を引き取って飼っていた。おばあちゃんが年をとるにつれて、猫たちは太っていった。まるまる太った猫がソファーを占領《せんりょう》していて、客はすわる場所がない）。それでも毎年、夏の休暇になるとグレイシーたちは律儀《りちぎ》におばあちゃんをたずねるのだが、怒らせないように、できるだけ離《はな》れてすごしていた。グレイシーたちも、おばあちゃんをそっとしておいたほうが、ずっと楽しかった。

　ウォルター夫妻は演劇関係の仕事をしているため、シーショーにきてすぐにロイヤルシアターをみつけた。グレイシーは、ここでみた演劇を全部覚えていた。舞台《ぶたい》のセットが、物干し用のロープからぶら下がったハンカチのように記《き》憶《おく》のなかに並んでいる――応接室、庭園、駅、非常階段、寂《さび》しい荒野《こうや》……。フック船長の髪《かみ》が腰《こし》まであったことや、操《あやつ》り人形のダチョウが宇宙を旅してアヒルの住む小惑星《しょうわくせい》にたどり着いたこと。トレーラーハウスで休暇《きゅうか》をすごすときはベビーシッターを頼《たの》めないので、両親は大人のみる劇にもグレイシーを連れていった。『欲望という名の電車』や『リア王』に子どもを連れていくと、案内係に非難の目をむけられたが、そのたびにエリー・ウォルターは「だいじょうぶ。たいくつになれば寝《ね》ちゃうから」といっていた。実際、そのとおりだった……そうはいっても、グレイシーはいつも、うとうとし始めるまえに物語の筋は理解していた。だれがだれを好きになったとか、最後にうまくいきそうかといった部分だ。リア王をみたときは、グロソップおばあちゃんを思い出した。ただし、リア王が従えているのは百人の太った怠《なま》け者の騎士《きし》たちで、百匹《びき》の太った怠け者の猫《ねこ》ではない。

結局、おばあちゃんはどうして死んだのか、グレイシーはよく覚えていない――不機嫌《ふきげん》になりすぎて死んじゃったんだっけ？　それとも、猫好《ねこず》きがエスカレートして、保護施設《しせつ》からトラを引き取って食べられちゃったんだっけ？　おばあちゃんがいなくなると、シーショーの町にいく理由がなくなった。ところが、そのころにはこの町が大好きになっていたグレイシーは、休暇《きゅうか》をほかの町ですごしたくなかった。だからスペインやスコットランドにいこうという話がでると大騒《おおさわ》ぎして反対した。

シーショーをおとずれ、ロイヤルシアターが閉館してしまったことを知った年、グレイシーは一週間泣き続けた。ロイヤルシアターが永遠になくなってしまうくらいなら、（グレイシーにいわせると）ワイト島が流されて沈《しず》んでしまえばいいのに。天才的な思いつき――いつか両親と一緒《いっしょ》にロイヤルシアターを復活させて、自分たちでこの劇場を経営すること――だけがグレイシーの悲しい気持ちをなぐさめてくれた。

グレイシーの素晴《すば》らしい思いつきがなくても、ウォルター夫妻は演劇雑誌の広告をじっくりみていただろうか。もしかしたら、みたかもしれない。仕事も家も捨てて、経営が行き詰《づ》まって、荒《あ》れはてた劇場のために遠い町まできただろうか。おそらく、こなかっただろう。しかし、グレイシーの意志は鋼《はがね》のように強い。ときどきそのせいで、（まわりの人がいうには）いじめっ子のようになってしまうことがある。しかし、グレイシーは胸を張ってこういう。人はどれくらい背がのびるかわからないように、どんな意志を持つかもわからないのよ。

グレイシーは赤いビロードの客席にすわった瞬間《しゅんかん》、恐《おそ》ろしい考えがよぎって、ものすごい勢いで立ち上がった。

「グロソップおばあちゃんはここに避難《ひなん》してないよね？」

ロイヤルシアターの住人が落ち着かない様子で顔を見合わせる。

だが、グレイシーは（少し考えてから）ここにはいないと思った。生きていようが、死んでいようが、おばあちゃんがロイヤルシアターを避難所《ひなんじょ》にすることはない。おばあちゃんは劇場が嫌《きら》いで、娘《むすめ》の夫に「ちゃんとした仕事」につくようにロうるさく文句をいっていた。グレイシーは話を続けてだいじょうぶだ、と思った。

「だれかひとりくらいは、ここに逃《に》げてきた理由を覚えているはずよ！　まだ、なにもかも忘れてしまう年じゃないでしょ」グレイシーはめげずにたずねる。

ようやく、幽霊《ゆうれい》たちはドラゴンに包囲された町の住人のように、すすんで話をしてくれる者はいないかとまわりを見回した。だれも話しだきないことがわかると、メルーシュさんを残して全員がいっせいに一歩後ろにさがった。

メルーシュさんはしくしく泣いている。

グレイシーが顔を輝《かがや》かせた。「あなたのことを全部話して」その口調は、ツグミがカタツムリを岩にぶつけるときのように冷酷《れいこく》だった。

第三章　メルーシュさん

メルーシュさんが司書《ししょ》として働いていた日々を思い出すには、ここにいる幽霊《ゆうれい》たちのだれよりも遠い昔の記憶《きおく》をたどらなくてはならなかった。なぜなら、メルーシュさんは死んでから二百年の年月がすぎていくのをみてきたからだ。背が高くやせているため、コートを着た姿はまるで旗がまきついた旗ざおのようだった。コートの下はズロース［女性用のズボン型のゆったりした下着］だけで、スカートをはいていないことを除けば、十分に立派な女の人にみえる。

残念なことに、フローレンス・メルーシュは自分を立派な人間にはほど遠いと思っているようだが、それは悲しいことだった。なぜなら、立派な人間になることだけが大切だと教えられて育ったからだ。メルーシュさんが「わたしはポンプ通りの会員制図書館で働いていたの」と話し始めた口調は、盗《ぬす》みか誘拐《ゆうかい》を告白しているかのようだった。「愛するパパが死んでから、家運《かうん》が傾《かたむ》いてしまったの」メルーシュさんは話しながら、つらそうに顔をゆがめた。

「なんだ、それ」マイキーがたずねる。

「生活に必要なものが足りなくなったってことだ」俳優の幽霊《ゆうれい》が声高《こわだか》にいう。

「はっきりいえば、貧乏《びんぼう》になったの！」メルーシュさんが突然《とつぜん》、大声でいった。いまにも泣きだしそうだ。「それからは、上流階級の生活は許されなかった。おばがわたしに……ああ、恥《は》ずかしい……お給料のでる働き口をみつけてきたの」

「いまのは、仕事をしないといけなくなったってことだな」ダグラス・ダグラスが容赦《ようしゃ》なく言い直すと、メルーシュさんはまた顔をゆがめた。

グレイシーは、メルーシュさんの父親が死んでしまったのはもちろん気の毒に思ったが、図書館で働くことになったのはかわいそうだと思わなかった。一日じゅう、たくさんの本にかこまれてすごすのは、きっと楽しいはずだ。ただ、グレイシーは会員制図書館がどんなものかよくわからなかった。建物がゆっくり回転するのかな？　それとも、バス型の図書館で、本を読む人たちを大勢乗せてシーショーの町を走って、乗った場所におろしてくれるとか？　「本は大好き」グレイシーは心をこめていった。メルーシュさんが、本はもう時代遅《じだいおく》れだと考えているかもしれない、と思ったからだ。

司書《ししょ》のメルーシュさんは下唇《したくちびる》を震《ふる》わせ、泣きながら大きな声でいった。「ええ、わたしもそうでした。わたしだって大好きだったわ！」


一八〇八年一月十四日の朝。その日は日曜日だったが、フローレンス・メルーシュは会員制図書館にむかっていた。通りにはだれもいない。すさまじい雨が降っている。銀色の矢のような無数の大粒《おおつぶ》の雨が町を襲《おそ》い、屋根に穴を開けた。フローレンスは嵐《あらし》に襲われた漁師や、手をかけてつくりあげた庭をめちゃくちゃにされた庭師のために祈《いの》りの言葉をつぶやいた。シーショーは嵐の多い町だったが、今回はいつもとはちがっていた。空は緑に染まり、荷馬車は道路をはさんで斜《なな》め前まで飛ばされている。どこかでブタが甲高《かんだか》い鳴き声をあげている。海沿いに並ぶ家は、このあと満《み》ち潮《しお》になるとひどい被害《ひがい》を受けるだろう……。ポンプ通りから海はみえないが、風に混じった砂の量で、いまは引き潮だとわかった。

フローレンスはふと考えた。今日の月はどんな形だったかしら――海沿いの町では月の満ち欠けは大切なのだ。なぜなら、月が潮《しお》の様子を教えてくれるからだ。しかし、ここ数日はうねる雲に隠《かく》れている。それは、涙《なみだ》もろい図書館司書《ししょ》にも大きな問題だった。新月や夜空に輝《かがや》く一番星に願い事をしたかったからだ。フローレンスの願い事は……。

フローレンスは風に逆らって進むので精一杯《せいいっぱい》だった。風はフローレンスを押《お》し戻《もど》し、図書館の扉《とびら》にたどり着くのをじゃましているかのようだ。図書館があるのは薬局の片隅《かたすみ》だったが、専用の出入り口があった。フローレンスは風と格闘《かくとう》してなんとか扉を開けた。手袋《てぶくろ》をつけていたのに両手が震《ふる》えているのは、寒さのせいだけではない。こんな嵐《あらし》の日に不適切にも、わくわくしていたからだった。胃のあたりが燃えているように熱い。朝食のパンとバターのせいで気持ちが高ぶっていることにしようとしたが、そうではない。興奮しているからだ。そう考えると、心臓がどきどきした。

ばかみたい。シーショーの会員制図書館で働く日曜日にわくわくするなんて。

結《ゆ》った髪《かみ》がゆるんで逆立《さかだ》っている。フローレンスは声をあげて笑った。中に入ったら、もう一度きれいに髪をとかして、おだんごにまとめ直し、ヘアピンでとめなくちゃ。今日は髪の毛まで興奮しているみたい。

ちょうど一年前、フローレンスは罪深い魂《たましい》が夜明けに墓にもどるように、この窓のない部屋にやってきた。働かなければならないこと、貧しい生活、家が売りに出され、オークション会場で家具が売られるのをみる恥《は》ずかしさが、フローレンスを変えてしまった。元気なふっくらとした頬《ほお》の女の子は、関節のやけに目立つ小枝のような独身女性になった。夜は下宿先の部屋で、汚《よご》れてひび割れた石油ランプの明かりの下、持っている服の丈《たけ》をつめた。

働き始めてからの数週間は、図書館にやってくる人たちみんなにばかにされているような、うわさされているような気がした。あの子がメルーシュさんの家の娘《むすめ》らしい。知ってるか？　父親は借金を残して死んだそうだ。ところが、町の人々はフローレンスの顔を知らないか、フローレンスの母親とちがって、貧乏《びんぼう》を見下《みくだ》していないかのどちらかだった。フローレンスの母親は恥《は》ずかしさのあまり死を決意し、シープスゲートという町にいってしまった。シープスゲートには、腕《うで》のいい喪服《もふく》の仕立て屋がいるらしい。母親は、女性は身なりを整えることが何よりも大切だと信じていた。

本当にそうかしら？　このごろ、フローレンスは疑問を感じ始めていた。

オークション会場に家具を運んでいった男たちは、大きな衣装《いしょう》ダンス三つと服を詰《つ》めこんだ木箱を四箱、苦労して運び出さなければならなかった。しかし、本の箱はひとつもなかった。実際、男たちはこういっていた。「本はないのか――そいつはありがたい」もちろん、フローレンスは完璧《かんぺき》に――雑誌も楽譜《がくふ》も――読めるが、家では聖書《せいしょ》以外の本に触《ふ》れることなく育った。フロー立派な家の平凡《へいぼん》な容姿の若い娘《むすめ》には、立ち居振《ふ》る舞《ま》いの作法や、ピアノやトランプ以上の教育は必要なかったのだ。小説はというと——上品な女性にはふさわしくないとされていた。

本についてまったく知識のないフローレンスに、おばはいったいどうして司書《ししょ》の仕事をみつけてきたのだろう。フローレンス・メルーシュは、何も知らないことを隠《かく》すために、棚《たな》に並んだ本を読み始めた。冒険《ぼうけん》小説、恋愛《れんあい》小説、旅行記、伝記……。

すると、毎日が喜びでいっぱいになった。

そのうち、水薬《みずぐすり》や錠剤《じょうざい》の入った袋《ふくろ》を片手に、薬局からふらりとやってくる客たちが目に入らなくなった。机の下、フローレンスの膝《ひざ》の上の秘密の隠《かく》れ場所では、ラクダの行列がサマルカンドにむかい、馬に乗った兵士たちが戦争を始め、悪党が娘《むすめ》をさらい、恋人《こいびと》たちは愛する人に会うためヘレスポントス海峡《かいきょう》［エーゲ海とマルマラ海の間にある、ヨーロッパとアジアを分ける海峡。現在はダーダネルス海峡と呼ばれている］を泳いで渡《わた》った。船が沈《しず》み、探検家がトカゲを食べ、異教徒の魂《たましい》が救われ、聖人《せいじん》が串刺《くしざ》しにされる。

驚《おどろ》いたことに薬局からやってくる客も、本が好きなことを恥《は》ずかしいともなんとも思っていなかった。そして、みんな返却《へんきゃく》する本や借りたい本の話をしたくてたまらないのだ。図書館にやってくる人たちは、死んだ父親が家族に借金を残したからといって、フローレンスを傷つけたりしない。そんなことより、本の話に夢中だった。しばらくすると、フローレンスは図書館を訪《おとず》れる人たちに——もう客とは思っていなかった——おすすめの作品を紹介《しょうかい》したり、反対におすすめを教えてもらったりするようになった。薬剤師《やくざいし》は薬局の売り上げが上がって大喜びした。いまでは、人々は薬局側からではなく、図書館専用の入り口からやってきて、薬局に寄って帰る。

フローレンスはとびきりていねいな字で作品の感想を書き、表紙の内側にはさんでおいた。そうすれば、手に取った人にその本のおもしろさがひと目で伝わる。しかし、詩の感想は一度も書かなかった。詩は本当に素晴《すば》らしい、自分なんかがあれこれいうなんて恐《おそ》れ多いと思っていたからだ。

「詩って本当に……すべてが詰《つ》まっているんです」フローレンスは、庭造りの本を借りにきた牧師《ぼくし》にいった。

「庭造りも同じだよ」牧師は答えた。

そういわれて、フローレンスの住んでいるところには庭がなかったが、苗《なえ》の植え方や鉢植《はちう》えの育て方、接《つ》ぎ木《き》や受粉《じゅふん》について、ブドウの木の剪定《せんてい》方法や、垣根《かきね》仕立て「垣根のようにブドウなどの木を連ねて育てる栽培《さいばい》技術」のことが書いてある本を読み始めた。「園芸って犬をしつけるのとはちがうんですよ」フローレンスがいうと、食料品店の奥《おく》さんはにっこり笑って、きっとそうね、といってくれた。

その夜、髪《かみ》をほどいたとき、ぼさぼさになった頭がわた毛になったタンポポみたいだと思った。もちろん、ぼさぼさの髪は天気のせいでもあるかもしれない。フローレンスの髪は雨が降るといつも縮れるし、ここ数日は雨や雪が続き、屋根の瓦《かわら》やわらまでが町に降っていた。屋根裏部屋の窓から外をみると、暗闇《くらやみ》にカモメが飛びまわり、海がとどろいていた。どこかで宿屋の看板が外れて落ちた音がする。砂が窓ガラスをこすっている――ここは砂浜《すなはま》から七、八百メートルは離《はな》れているのに。

そう思ったフローレンスは翌朝、図書館にいくことにした。砂が本のすきまに入りこんでいるかもしれない、と心配になったのだ。ポンプ通りはフローレンスが間借《まが》りしている家よりもずっと海に近い。砂が図書館の中に吹《ふ》きこんだら大変だ。

引《ひ》き潮《しお》だというのに、海はすさまじい声をあげ、吠《ほ》え、叫《さけ》んでいる。明日、図書館にやってくる人はもちろんいないだろうが、それでもいい。嵐《あらし》が吹《ふ》き荒《あ》れているあいだ、机で詩や戯《ぎ》曲《きょく》を読もう。そうすればひとりじゃない。激しく消えることのない奇妙《きみょう》な熱が、胸のあたりでうなっている。布表紙の本の中で、驚《おどろ》きに満ちた現実ではありえないことがフローレンスを待っているのだ。

柵《さく》が倒《たお》れ、石垣《いしがき》が崩《くず》れ、溝《みぞ》から水があふれて、水たまりが膝《ひざ》までつかる深さになっていくなか、フローレンス・メルーシュは図書館で椅子《いす》にすわり、言葉の渦《うず》のまんなかにいた。大好きな本のページをめくるたびに無数のバラの花びらがあふれてくる（フローレンスにはそうみえていた）。木造の防波堤《ぼうはてい》が流される音は、上《あ》げ潮《しお》になった海の轟音《ごうおん》にかき消された。何か音がきこえたが、港にある石の桟橋《さんばし》が壊《こわ》れる音だとはわからなかった。だが、そんな音に聞き覚えのある人がいるだろうか。フローレンスは、屋根をふいているわらがはがれる音にも気づかなかった。わらは巨大《きょだい》な空飛ぶハリネズミのような格好で、町から飛んでいく。

朝の十時ごろ、フローレンスは本を何冊も抱《だ》きしめていた。まるで怖《こわ》がる子どもたちを抱き寄せるようにして、物語の登場人物たちの恐怖《きょうふ》を和《やわ》らげていた。モル・フランダーズはこれほどひどい嵐《あらし》にあったことがない。エヴェリーナとロクサーナは戦争以外で町が破壊《はかい》されていく音をきいたことがない。ロビンソン・クルーソーでさえココナツの収穫《しゅうかく》やカヌーの心配を始めた。老水夫は海の上でもっとひどい状況《じょうきょう》を目《ま》のあたりにしていた……。しかし、今日は図書館の中というよりも海にいるような感じがした。ここは海岸から七、八百メートル離《はな》れているというのに。

フローレンスは扉《とびら》の前にいった。扉は鍵《かぎ》がかかっているかのように動かなかったが、風のせいで動かないだけだった。重い扉を開けて、なんとか外に出た。すると、扉が後ろであっというまに大きな音をたてて閉まり、スカートがはさまってしまった。フローレンスはしばらく立ちすくみ、ポンプ通りを見渡《みわた》した。

海がみえる。いままで、ここからはみえなかったのに、今日は……海がみえている。荒《あ》れくるう海は、水しぶきのたてがみを逆立《さかだ》て、町じゅうのがれきで武装し、うなりをあげてこちらにむかってくる——世界の終わりをもたらす水の獣《けもの》。

フローレンスは氷まじりの泡《あわ》で頭から足先までずぶぬれになった。波が足元まできたかと思うと、砂や泥《どろ》、枝、しっくい、植物、鳥の死骸《しがい》の混じった粥《かゆ》のような液体となって丘《おか》を下り、海にもどっていく。両親と一緒《いっしょ》に逃《に》げていた男の子が足をすくわれ、丘を下るがれきの波に引きずられていく。フローレンスは、扉《とびら》にはさまったスカートのひもをほどいて脱《ぬ》ぐと、図書館の扉から解放されて走りだし——風が強くて速く走れない——男の子の必死にもがく足を片方つかんで、がれきの波からひっぱりだしてやった。

フローレンスは目の前に広がる町の様子に、面くらった。屋根や岩、荷馬車、木々がごちゃまぜになってみえる。世界の終わりなど、どんな人にもわかるはずがない。フローレンスは必死に頭を働かせようとしたが、浮《う》かんできたのはこんな言葉だった。メルーシュさんったら、昼間にズロース姿で通りにいたのよ。

みんな命からがら逃《に》げている——しかし、その姿は慎《つつし》み深く、静かで、声をあげる者はいない。変だわ。なんて奇妙《きみょう》な光景なんだろう。みんな、なんて勇敢《ゆうかん》なのかしら、と思ったが、少しして気づいた。人々の叫《さけ》び声もがれきと一緒《いっしょ》で海や雨の音に流されているんだ。すぐ近くで建物が倒《たお》れたが、音はきこえなかった。

フローレンスの雇《やと》い主《ぬし》でもある薬局の薬剤師《やくざいし》が、滑《すべ》る石畳《いしだたみ》に足を取られながら駆《か》け寄ってくる。「逃《に》げろ！　走れ！」口の形でそういっているのがわかる。顔を真っ赤にして叫《さけ》んでいる。フローレンスは、引いていくどろどろした海水にむかってあいまいに手を動かした。でも、もう波は引いていきました、と伝えたかったのだ。図書館の扉《とびら》の手前で恐《おそ》ろしい波が止まるなんて、本当に運がよかった。奇跡《きせき》としかいいようがない。波が止まらなかったら、本が汚《よご》れてしまうところだった。

「まだこれから潮が満ちてくる。波が二倍の高さになるぞ！」薬剤師《やくざいし》が怒鳴《どな》りながら、にぎりしめた両手でフローレンスをたたいた（薬剤師は両手にお金をにぎりしめていたので、フローレンスの腕《うで》をつかめなかったのだ）。

「でも本たちが」フローレンスは控《ひか》えめにいった。

薬剤師《やくざいし》が前日の売上金をにぎって高台に逃《に》げるのは構わない。十二の本棚《ほんだな》を任されている人はどうするべきなんだろう？『ライン河の孤児《こじ》』は泳いで逃げることになるのかしら。アーサー王の騎士《きし》の物語は、魔法《まほう》の剣《けん》エクスカリバーのように深い海の底に沈《しず》み、永遠に失われてしまうのかしら。ペレグリン・ピックルはおぼれてしまうの？

それに、高い波は恐《おそ》ろしいけど、ひとつくらいどうってことない。全能なる神は、ノアの時代の災《わざわ》いがふたたび起こることはないと確かに約束した。空が海草のような濃《こ》い緑にみえる。灯台と桟橋《さんばし》は流されてしまうかもしれないが、ふたたびあんな大洪水《だいこうずい》がまたやってくるとは考えられない。

フローレンスはどうにか図書館の扉《とびら》を開け、室内にもどると、かんぬきをかけて風を閉めだした。そして、棚《たな》から本を取り出していく。びっくりさせてごめんねと本に謝《あやま》りながら手を動かす。ここから避難《ひなん》しなくちゃいけないの。作業を進めていくうちに、大きさではなく、好きな順に本をまとめていることに気がついた。大好きな本が先だ。風が吹《ふ》きこんで、ページが表紙から引きはがされないようにしないと。それほど興味のない本――ウォルポール［十八世紀の小説家。ゴシック小説の先駆《さきが》けとなった『オトラント城奇譚《きたん》』を書いたことで知られている］やコベット［十八世紀後半から十九世紀前半にかけて活動していたジャーナリスト。のちに政治家になった］の本――は棚に置いたままにした。小さな詩の本をほんの数冊、コートのポケットに滑《すべ》りこませた。ボディスとズロースはずぶぬれだ。すると、体の震《ふる》えが止まった。「コートが羊毛でできているから、あたたかいんじゃない」フローレンスはつぶやく。「ポケットに詩集が入っているからよ」

嵐《あらし》が小休止した。フローレンスは十七個の本の山を見渡《みわた》して微笑《ほほえ》んだ。積み上げられた本は、十七本の知恵《ちえ》と喜びの柱だ。

そのとき、二度目の波が押《お》し寄せ、図書館の窓をなぐりつけた。地面が揺《ゆ》れ、引いていく波が図書館の壁《かべ》をひっかく。まるで、巨大《きょだい》なドラゴンがゆっくり図書館のまわりを這《は》いながら、うろこにおおわれた脇腹《わきばら》を壁にこすりつけているようだ。波がアンドルー通りの地面をけずり取ってしまい、家が宙に浮《う》かんで並んでいるようだ。家の中にあったものが魚のはらわたのように外にあふれ出ている。

フローレンスは自分の机にむかい、まだ読んだことのない本を手に取った。確かに、本棚《ほんだな》でみた記憶《きおく》はないし、表紙をめくったところに書いてある名前にも見覚えがない。なんとなく開いたページを声に出して読んでみた。

「それからというもの、わたしが書くのは
　波にさらわれていかないもの、
生まれるまえの人間が広い海で読むものだけになった……」

ページを一枚めくる。

「死が立ちはだかり、低い声でささやく
　何をささやかれたのかはわからない
　耳慣れない言葉からわかるのは

恐《おそ》れという言葉はなかったということだけ」

三度目の波が図書館の扉《とびら》を押《お》し破り、文字をむさぼった。

「波はチボリ公園まで押《お》し寄せたそうです」ユージニアス・バーチは自分が話すことで、紳士《しんし》らしくみんなの視線をメルーシュさんから自分にむけた。

「そんなはずない！　岸から七、八百メートルも離《はな》れているじゃないか！」

「嵐《あらし》なら何度も出くわしたが、そんなのにはあったことがない」救助艇《きゅうじょてい》の乗組員だった幽霊《ゆうれい》がいう。

「ああ、かわいそう！」女優の幽霊《ゆうれい》が喉《のど》をつまらせていうと、メルーシュさんのそばにいき、髪《かみ》をなでた。話をしている間に、メルーシュさんの結《ゆ》った髪はほどけ、ぬれて水滴《すいてき》がしたたり、縮れた髪が輪を描《えが》くように広がっていた。

「薬剤師《やくざいし》はもどってきて助けてくれたの？」グレイシーがたずねた。物語の結末を知りたくてたまらないという顔をしている。「もどってきたよね、そうでしょ？」

ロイヤルシアターの幽霊《ゆうれい》たちにいっせいに注目されたグレイシーは、自分が本当にばかなことをきいてしまったと気づいた。その事実は、冬の波のように激しくグレイシーに迫《せま》ってきた。メルーシュさんは救助されなかったのだ。

薬局の棚《たな》からチンキ剤《ざい》や水薬《みずぐすり》、洗浄剤《せんじょうざい》や治療薬《ちりょうやく》のびんがぶつかる音がきこえると、紫《むらさき》、赤、レモン色が渦《うず》を巻いて混ざりあい、フローレンス・メルーシュの口から出てきた名もない色と一緒《いっしょ》に海に飲みこまれた。フローレンスは海に流され、死体がみつかることはなかった。嵐《あらし》に襲《おそ》われた海沿いの町で、フローレンスの死に気づいた者はほとんどいなかった。

グレイシーはだめだとわかっていたが、好奇心《こうきしん》をおさえきれなかった。「どうしてここに住もうと思ったの？　嵐《あらし》に襲《おそ》われたあと、ってことだけど。なんでロイヤルシアターなの？」

「好きなオペラがあったの？」リリー・オリヴァーがたずねる。「あなたってとても上品だもの」

フローレンスはコートのポケットから一冊の本を取り出すと、静かに体を前後に揺《ゆ》らし、本を抱《だ》きしめた。本のページはくっついて固まり、読むことのできない紙のかたまりになっていた。

「メルーシュさんはつらい過去を話してくれました。もういいじゃないですか」ユージニアス・バーチは、フローレンスがこれ以上いやな思いをしないようにそういった。

しかし、フローレンスはもう最悪の出来事を話してしまったので、まだ続けられそうだった。

「しばらく、広場のむこうのベティスン図書館にいたの。とっても素晴《すば》らしい建物だった。天井《てんじょう》がすごく高くて、本を取るにははしごが必要で、使用人が取ってきてくれるの！　棚には千一冊の本！　美しかった。その図書館では紅茶と、おいしそうな小さなケーキを出してくれる。

毎日、昼下がりにはトランプをする人たちがくる。みんな、おしゃれな服を着た自分をみせるためにやってくるの」フローレンスは悲しそうに、コートの下からはみ出したズロースに目を落とした。「千一冊よ！　ベティスンさんの趣味《しゅみ》は本当に完璧《かんぺき》だった。当分の間、彼《かれ》が館長だったの。そこが取り壊《こわ》されて、わたしはこの劇場にきた。ベティスン図書館はここのすぐ近くだったから。ベティスンさんもあの図書館を気に入っていたはず。そうでないと、買い取ったりしないでしょうから」フローレンスはそこまでいうと、まるで初めて気づいたように言い添《そ》えた。「お芝居《しばい》だって、本と同じくらいわくわくする作品があるでしょう」

幽霊《ゆうれい》たちは口々に同意の言葉をつぶやくと、ベティスン図書館とそのティールームがあった時代に生きていたらよかったのに（死んだあとでもいいからいってみたかった）としばらく考えていた。

「図書館には一度もいったことがない」モッズのマイキーはそういいながら、心の中でリストにつけたした。マイキーは死ぬまでにやらなかったことを書きとめた長いリストを作っている。そのおかげで、いつも怒《おこ》っていられた。

グレイシーは片方の三つ編みを直し、ポケットのボタンを全部とめると、スニーカーのひもを両方とも結び直した。しかし、効果はなかった。好奇心《こうきしん》が子犬のように噛《か》みついて離《はな》れない。

「あなたは洪水《こうずい》のことを覚えてる？」グレイシーはレインコートを着た男の幽霊《ゆうれい》にたずねる。

「おれのことをなんだと思ってるんだ。箱舟《はこぶね》に乗ったノアか？」ダグラス・ダグラスはききかえした。

「じゃあ、何を覚えてるの？」グレイシーはあきらめずに言い返す。クルミを持ったリスのように、本能的にわかっていた。固い殻《から》の中には必ず価値のあるものが入っている。

「何もかも、とっくに忘れちまった」ダグラス・ダグラスが答える。

グレイシーは、もう片方の三つ編みを直した。今度はポケットのボタンを全部外し、ハンカチを取り出し、きれいにたたんでしまい直す。それでもやっぱり、効果はなかった。

「いままで、本当に一度もきかれたことないの？」

グレイシーは幽霊《ゆうれい》たちが自分を無視しようとしているのがわかった。みんな、面倒《めんどう》なことに巻きこまれたくないらしい。

「本当にみんなで身の上話をしたことないの？」

幽霊《ゆうれい》たちは視線を交わし、互《たが》いに目をそらした。

「そういうことは……」ユージニアス・バーチが口をひらく。

「一度も……」ローランド・オリヴァーもいいかける。

「そんなこと知るかよ」マイキーがけんか腰《ごし》で割りこむ。「おれはどうでもいいね」

「おれたちには関係ない」ダグラス・ダグラスが続く。

立派なジョージ卿《きょう》は胸をふくらませた。のりのきいたシャツの胸が、わきあがる言葉の力に負けて小さな音をたてたわんだ。ジョージ卿はジャケットの片方の下襟《したえり》をつかんだ。「この魅力《みりょく》的な住まいこそ、だれもが必要とするものです！　音楽！　芝居《しばい》！　大仕掛《おおじか》けのショー！　喜劇！　これ以上に素晴《すば》らしいものが世界にあるでしょうか。これこそが娯楽《ごらく》と喜びの本質なのです。ああ、わたしの動物たちが生きていたら……」ジョージ卿は、フリルのついたシャツの袖口《そでぐち》をはためかせて、客席の中央にある通路を大股《おおまた》で歩き、一階席と二階席をいったりきたりする。「われわれはこの場所にきたとき、苦しみや悲しみを忘れたのです！　生まれや身分のちがいも、将来への不安も、過去の失敗も忘れることにしたのです！　われわれは、楽しむことで結ばれています。歌！　感動！　われわれは、娯楽を愛する同胞《どうほう》になったのです！　過去は……」（ジョージ卿は両手を動かし、ほかの幽霊《ゆうれい》たちに最後の言葉で声をあわせるように合図した）「過去にすぎない！」

グレイシーは幽霊《ゆうれい》の顔を見回した。セピア色のその顔は、まるで古い写真のようだ（形のくずれたムギワラ帽子《ぼうし》をかぶった青年だけ、顔を黒くぬっている）。楽しんでいるようにはみえなかった。オーケストラピットの隅《すみ》では、画家が乾《かわ》いた音をたてて絵筆を動かしている。カンバスはずっと白いままだ。ふたたび、舞台裏《ぶたいうら》から人の声とは思えない音がきこえた。いななくような声が劇場に響《ひび》いたかと思うと、次第《しだい》に小さくなっていった。グレイシー以外は、平然としている。

そのとき、大きな音がして劇場の後ろの扉《とびら》がひらき、全員がぎょっとした。みんなの頭の中はまだ、フローレンスさんの話でいっぱいだったので、波が劇場に流れこんできたのかと思ったのだ。しかし、入ってきたのは海水ではなく、はしごだった。電気技師が配線の点検をしにやってきた。

「これから海にいくわ」グレイシーは幽霊《ゆうれい》たちにいう。「決めたんだ。毎日、海にいくって。

引《ひ》っ越《こ》してきた日から、毎日通ってるんだ」

「いいね」電気技師が面倒《めんどう》くさそうに相づちをうつ。

「一緒《いっしょ》にくる？」グレイシーは幽霊《ゆうれい》にたずねる。

「遠慮《えんりょ》しとくよ」電気技師は不機嫌《ふきげん》な声で返事をしながら考えていた。子どもにはうんざりだ。いつだって、知りたくもないことをいってくる。

幽霊《ゆうれい》たちの姿が揺《ゆ》らめく。幽霊は本当に、石油ランプの炎《ほのお》のように揺れるのだ。

「もしよかったら、図書館にもいこうよ！」グレイシーはしつこく誘《さそ》い続ける。

「暇《ひま》そうにみえるか？」電気技師が声を荒《あら》らげた。

メルーシュさんは指で両耳の穴をふさぎ、劇場の外には出ないと首を振《ふ》っている。

ユージニアス・バーチが仲間たちより一歩前に出た。「わたしたちがこの場所から出ることはありません」ユージニアス・バーチのささやくような低い声は、ジョージ卿《きょう》の楽しむことについての大声のスピーチよりもずっと説得力があり、ゆるぎなかった。

そんなわけで、グレイシーはひとりで海まで歩いていった。素敵《すてき》な夏の日で、薄《うす》い霧《きり》に射《さ》しこむ陽光がまぶしい。海は穏《おだ》やかで、水面は鋼《はがね》の板のように滑《なめ》らかだ。グレイシーは、この海が大きな握《にぎ》りこぶしになって、シーショーの町をなぐって気絶させる様子を想像しようとしたが、できなかった。小さいころから、この町には何度もきている。砂浜《すなはま》に、町に並ぶ店に、トレーラーハウス用の駐車場《ちゅうしゃじょう》に、幸せな場所に。いまでは、この町に住んでいる。それも想像できなかったことだ。何かがグレイシーを軽く突《つつ》いた――大きい湿《しめ》った鼻だ。

「うわあ、ロバだ！　こんにちは！　もう浜辺《はまべ》でロバに乗れる季節なの？　やった」

今日の日差しはとても不思議で、何キロも海のむこうにある発電用の風車が宙に浮《う》いてみえる。まるで、数えきれないほどたくさんの天使が飛んでいるみたいだ。もちろん、そんなはずはない。

もしかすると、幽霊《ゆうれい》もそうかもしれない――宙に浮《う》かんでいる風力タービンと同じで、幻《まぼろし》なのかもしれない。

第四章　ささやかな幸せ

「助成金《じょせいきん》をもらえばいい」グレイシーのパパがいう。

「カビを取るために？　カビ取り専用の助成金があるの？」ママは納得《なっとく》していないようだ。

「害虫の被害《ひがい》――トコジラミとか――にあったり、ネズミが住みついたりしたときは町の議会が無料で対応してくれるんだ。カビだって同じだろう」

「カビが生えるのは虫がわくのとはちがうわ。ただくさくて迷惑《めいわく》なだけよ」

「健康に悪い……と考えるべきじゃないかな」

「そうよ！」

「そうだ！　それなら、たぶん助成金がおりる！」

毎朝、問題が蒸《む》し返され、同じような言い合いがくりかえされた。ロイヤルシアターが抱《かか》える――山のような――問題のなかでも、客席のあちこちに広がり、じめじめした柔《やわ》らかい毛のようで、嫌《いや》なにおいのするカビは最悪だった。それは、白と金の美しい空間を醜《みにく》く変えてしまった。まるで黒いにきびだ。おまけにカビは、健康に悪そうな腐《くさ》ったにおいがした。「息のくさいクジラみたい」ママは劇場のカビをプラスチックのピクニックナイフでけずりおとし、抗《こう》カビ作用のある洗浄液《せんじょうえき》をかける作業に一時間も費《つい》やしていた。その成果はというと、バケツいっぱい黒カビが取れて、壁《かべ》が一平方メートル灰色になっただけだった。「まるで、ダニがたかって毛が抜《ぬ》けてかさぶたのできた猫《ねこ》よ」ママはがっかりしているようだった。口にはださなかったが、カビだらけの魚屋みたいなにおいのする湿《しめ》っぽくて寒い場所に、観客なんて呼べるわけがない。「舞台裏《ぶたいうら》に動物のフンがあるわ」とママがいう。

「動物のフン?」

「馬のフンよ。間違いない。わたし、鼻がいいの。どんなにおいでもわかるんだから。ポニーのフンがある場所をさがし当てるのを仕事にしてもいいくらいよ。ほら、馬と話のできる人みたいに」

両親は明るく楽しそうな顔で言い合いをしていたが、グレイシーはちっともだまされなかった。ふたりとも心配なんだ。すべては希望と貯金とこれまでの経験にかかっている。ふたりはどうみても忙《いそが》しそうで、幽霊《ゆうれい》や洪水《こうずい》や、空と海の間に浮《う》かぶ風力タービンの天使のことは話せない。それに、話をきいてもらえたとしても、いまとなっては自分がみたものに自信がなくなっていた。もしかしたら、幽霊の夢をみただけかもしれない。

もう一度、幽霊《ゆうれい》に会おうとして、こっそり劇場に忍《しの》びこんでみると、思ったとおり……客席にはだれもいなかった。レインコートを着た救助艇《きゅうじょてい》の乗組員も、顔を黒くぬった青年も、ヘアピンやボタンをいじって言葉をさがすメルーシュさんも。通りに面した扉《とびら》は開いていて、外ではごみ回収車が空《あ》きびん入れの中身を回収している。希望が打ち砕《くだ》かれる音は、きっとこんなだろう。

楽屋口の扉《とびら》も開いているにちがいない。なぜなら、大きな赤いカーテンが風でふくらんでいるからだ。グレイシーの両親が思いついた、においをとるための新たなアイデアだ。

「だれかいませんか？」グレイシーは呼びかけた。エンジンをつけたままのトラックにびんが放りこまれて割れる音が響《ひび》く。グレイシーはむなしくなって、ばかみたいだと思った。あの幽《ゆう》霊《れい》はみんな、わたしの想像だったの？　わたしの想像力が、バス停にできる列みたいにいろんな幽霊をつくりだしたの？　ひとりひとりにきいたこともない名前までつけて？　自分をなぐさめようと、グレイシーは衣装《いしょう》を着てみることにした。議員のレッツさんの案内で劇場をみてまわったとき、舞台《ぶたい》の下にある迷路《めいろ》のような部屋や、狭《せま》いけど落ち着く場所を教えてもらった。そのうちのひとつには、いまでも舞台衣装が詰《つ》めこまれていた。グレイシーは舞台によじのぼり、急な階段をおりて舞台の下にいった。クモの巣におおわれたものがそこらじゅうに散らかっていた。そして、衣装戸棚《とだな》の扉を開けると……

……幽霊《ゆうれい》が勢ぞろいしていた。

がっくり肩《かた》を落とし目をふせたロイヤルシアターの住人たちは、あらためて確認することになった。グレイシーは自分たちのことがみえている。自分たちの姿を消すマントはやぶれてしまったらしい。

「ぼくたちはすきま風の通る場所にいちゃいけないんだ」そういった双子《ふたご》の顔はかすかに青白く光り、暗がりに浮《う》きあがる二本の銀のスプーンのようだった。「咳《せき》がひどくなっちゃうから」

「おまえたちが咳《せき》をしてるところなんてみたことないぞ」モッズのマイキーがからかうように

いう。

「だって、いつもは風が入らないところにいるもん」

「さあ、もういってくれ」ニクソン巡査《じゅんさ》が警棒《けいぼう》をグレイシーのほうにむけた。「平和を乱すのは犯罪だ」

「この劇場はまえからくさかったの？」グレイシーは返事のかわりに質問をした。「わたし、ここにお客さんが入っていたころに何度もきてるけど、くさかった記憶《きおく》がないんだよね」

幽霊《ゆうれい》たちがため息をつく。このオーバーオールを着た小さな侵入者《しんにゅうしゃ》が、どうか幻《まぼろし》でありますように、と祈《いの》っていたのだ。だが、幻ではなかった。女の子は劇場にもどってきて、好奇心《こうきしん》むき出しの不快な質問を次々にあびせる。

「そのうち慣れるって」モッズのマイキーが怒《おこ》ったようにいう。「時間がたてば、どんなことだって慣れるもんだ」

「ちょっと湿《しめ》っぽいだけじゃないか」そういうダグラス・ダグラスのレインコートから水滴《すいてき》がしたたっている。七十年間ずっとそうだ。「ちょっとくらいの湿気《しっけ》で死ぬやつはいない」

グレイシーは、メルーシュさんの洪水《こうずい》の話をききたい気持ちをがまんして、別の質問をした。

「いまはショーの時間なの？」

そのとたん、幽霊《ゆうれい》たちの表情が和《やわ》らぎ、にぎりしめていた手がゆるんだ。リリー・オリヴァーは顔を輝《かがや》かせ、先頭に立って舞台《ぶたい》の上にむかう。リリーは、片手で自分のドレスのすそをまとめて持ちあげ、急な木の階段を軽い足取りでのぼっていった。グレイシーは大きな扉《とびら》を全部閉めると（幽霊たちが風や外の騒音《そうおん》に悩《なや》まされないようにするためだ）、客席はぬれた幕のような暗闇《くらやみ》に包まれた。ピアニストがオーケストラピットにもどり、音のない音楽を奏《かな》でる。ミンストレルショー〔白人が顔を黒くぬり黒人にふんして踊《おど》りや音楽、寸劇などを演じた大衆演劇〕の芸人モーリスが、バンジョーをA調にあわせる。リリーとローランドが「大理石の広間に暮らすことを夢見ていた」をうたう。バリトンとソプラノの声が古い歌に新しい命を吹《ふ》きこんだ。

電気技師は何を見落としているのかわからなかった。はしごの上でバランスを取ると、ランプを外し、ヒューズボックスを点検し、照明のスイッチのねじを外す。そのとき、オリヴァー夫妻は『喜歌劇：夏の楽しみあるいはシーショーでの冒険《ぼうけん》』を上演していた。ふたりで十一の役を演じている。音楽は、白い手袋《てぶくろ》をはめて顔を黒くぬったモーリスの弾《ひ》くバンジョーだけで間に合わせるしかなかったし、観客はグレイシーと、劇場に避難《ひなん》してきた幽霊《ゆうれい》たちだけで間に合わせるしかなかった。しかし、オリヴァー夫妻は百年間ずっとそうしてきた。

「みんなでいこう、陽光あふれるシーショーへ」という曲がはじまると、グレイシーも一緒《いっしょ》になってうたった――この声に電気技師は、初めは驚《おどろ》いたが、次第《しだい》にいらいらしてきた。目立ちたがり屋の子どもがきらいなのだ。

「拍手《はくしゅ》してやりたいけど、あいにく両手がふさがってるんでね」電気技師が不機嫌《ふきげん》につぶやいた。だが、その声はローランド・オリヴァーが詩を朗読する声にかき消され、グレイシーの耳には届かなかった。「少年は燃えさかる甲板《かんぱん》に立っていた。全員が退避《たいひ》した甲板にいるのは少年だけ……」ローランドの朗読にあわせて、観客はずっと唇《くちびる》を動かしている。何度も耳にしてきた言葉がすらすらと出てくる。

電気技師ははしごをたたむと、騒々《そうぞう》しい音をたてて劇場をあとにした——「だれが扉《とびら》を閉めたんだ？」——ようやく、グレイシーはまわりを気にせずに質問できるようになった。

「毎日同じショーをするの？」

リリーが鈴《すず》のような声で笑う。「あらまあ、まさか！　愛《いと》しいローランドはロンドンのいろんな劇場で活躍《かつやく》してたのよ。彼《かれ》のレパートリーは驚《おどろ》くほど広いんだから！」

マイキーが鼻を鳴らす。ローランドは髪《かみ》をなでつけ、はげた部分を手で隠《かく》した。実際は、ロイヤルシアターの幽霊《ゆうれい》たちにとって、毎日上演される劇や歌や詩やジョークはどれも、テレビで何千回も再放送されている『名探偵《めいたんてい》ポワロ』や『フレンズ』などのドラマと同じくらいなじみのあるものばかりだ。

「みんなで交代してショーをやってみたら？　そうすれば、みんな自分のショーができるよ」グレイシーがいう。

オリヴァー夫妻はまるで、ストリップショーやサソリでジャグリングをして、といわれたかのようにグレイシーをまじまじとみつめた。「素人《しろうと》のショーですって？　ここはそういう場所じゃないわ！」

「ぼくたちはなにもできないよ」双子《ふたご》がいう。

「つまんない」モッズのマイキーがばかにしたように笑う。「おれはそういってるんだが、こいつらはいつまでも続けてる。くる日もくる日も同じことばっかり」しかし、幽霊《ゆうれい》たちはマイキーの失礼な発言には慣れていたので、無視するのが一番だとわかっていた。そして今回も無視している。

「だれもが決められた範囲《はんい》のなかで生活しなければならない」巡査《じゅんさ》がいう。「人にはそれぞれ、自分にふさわしい立場というものがある。そういうきまりなんだ」

つるつるしたシルクハットをかぶった男が燕尾服《えんびふく》の襟《えり》をつかんだ。「かつては華《はな》やかなショーが行われていた時代がありました。力自慢《ちからじまん》の男や火を食う男、トラやニシキヘビ……曲芸師、オーケストラのメンバーは百人くらいいて、軽業師《かるわざし》にココナツ落とし［遊園地やお祭りの出店のひとつで、台に乗ったココナツめがけてボールを投げて落とすゲーム］……。しかし、そういう輝《かがや》かしい時代は終わったんですよ、おじょうさん。われわれは、さえない時代を受け入れなければならないのです」

幽霊《ゆうれい》たちがグレイシーをにらんでいる──男の子のようなパッチワークのオーバーオールを着て、苦労してやっと手に入れた平和を乱そうとしている女の子を。

「みんな、自分の物語を話せばいいのよ」グレイシーはいう。「パパがいつもいってる。自分の物語を語る方法を知っていれば、人間は本と同じくらいおもしろいんだよ、って。ほら、メルーシュさんをみて」

そういわれたメルーシュさんは、強風にあおられて折りたたまれるデッキチェアのように、自分の体をたたもうとしていた。その姿から、自分の話なんて絶対にするべきじゃなかった、と後悔《こうかい》しているのがわかる。ほかの幽霊《ゆうれい》も明らかにメルーシュさんと同じことを考えている。

みんな口をかたく閉じている。ところが、グレイシーはひるまなかった。パーティーや運動場で同じような状況《じょうきょう》を何度も経験してきた。黙《だま》りこんで何も教えてくれない相手から話を引きだしてきた。グレイシーは、双子《ふたご》をじっとみつめると、目を見開き、真剣《しんけん》な表情で問いかけた。

「そのころは本当に、文句なしに素晴《すば》らしかった？」

ジョーンとジムはどこからみてもそっくりだった。好きなものも同じだ。カリカリに焼いたベーコン、赤色、ドミノ、海草のふくらんだところを踏《ふ》んでつぶすこと。嫌《きら》いなものも同じで、カスタード・ソースにできた膜《まく》、ハサミムシ、右手で文字を書くこと、薬をのむこと。ふたりとも、髪《かみ》は茶色であごはとがっていて、左右の眉《まゆ》の位置がちがう。同じように結核《けっかく》にかかっている。

ふたりとも結核《けっかく》病院で診《み》てもらっていた。シーショーの町の海浜《かいひん》病院には、喜んでやってくる子どもたちもいる。あたたかい海水をいれたバスタブにつかり、海辺のきれいな空気の中ですごせるからだ。とにかく、楽しみながら体を休められる。ジョーンとジムは結核病院に入院するつもりはなかった。結核にかかっているということは、だれかが治す方法を発見するまで、すきま風の吹《ふ》きこむ駅の待合室で待っているようなものだった。やってくるのは蒸気をはきだして走る黒い汽車、つまり死だ。病室のベッドはかたいが、それ以上に現実は厳しい。ジョーンとジムはやがて死んでしまう。その一方で、シーショーの喜びに満ちた世界がワルツを踊《おど》るように軽《かろ》やかに、そしてにぎやかに、双子《ふたご》が経験したこともないような楽しみを運んできた。

夏の夜には、ベッドがベランダに運び出され、患者《かんじゃ》はあおむけで海を眺《なが》めることができた。次々に波が打ち寄せる暗い海は、死のように深く、飢《う》えている。頭上では星がまたたき、海の反対側には、にぎやかで華《はな》やかなシーショーの町が広がっている。まるで、娯楽《ごらく》という名前の星雲に輝《かがや》く、最も大きな星座のようだ。音楽、花火、汽笛、大型遊覧《ゆうらん》バス、遊園地、野生の動物たち。はめを外した人々。笑い声。

結核《けっかく》病院では、声をあげて笑うことはよくないといわれていた。看護師が患者《かんじゃ》の楽しみをじゃましているのではない。笑いは肺の粘液《ねんえき》を刺激《しげき》して咳《せき》の発作を引き起こす可能性があるからだ。そういうわけで、大笑いすると悲しい結末を引き寄せてしまうことがある。

だが、ジョーンとジムは十歳《さい》だ。新聞紙でくるまれたフライドフィッシュを食べたことも、ランベズウォーク［一九三〇年代後半に特にイギリスで流行した活発な社交ダンス］を踊《おど》ったことも、聖歌《せいか》をうたいにいったこともない。泳いだり、スキップをしたり、（クイズ以外の）チームに入ったりすることもできなかった。学校は休みがちだったので、ノミと同じくらい知らないことばかりだった。だから、きっとクイズのチームにも入れなかっただろう。

「わたし、きっと死ぬのよね。ひとりでいたくないな」ある夜、ベランダに出されたベッドの上でジョーンがいった。

「だから一緒《いっしょ》に入院したんだよ」ジムが答える。「ぼくたちはいつも一緒。そうだろ？」

ふたりは長い間黙《だま》りこんだ。外では、路面電車が勢いよくカーブを曲がり、乗客が楽しそうに叫《さけ》ぶ声がきこえた。警官の乗っている馬が道路を全速力で駆《か》けていく。

「ジム、わたしがしたいこと、わかる？」ジョーンが口を開くと、遠くから遊園地のジェットコースターの走る音が雷《かみなり》のように響《ひび》く。「回転木馬に乗ってみたいの。絶対に楽しいと思わない？」

この一週間にジョーンが話した一番長い言葉だった。少なくとも、その言葉はジムの心に二回半、巻きついてしめつけるには十分の長さだった。「じゃあ、これからいこう」ジムはベッドで体を起こす。生ぬるい紅茶のような夜だ。月は空にむかって投げられた銀色のシリング硬《こう》貨《か》みたいだ。「たくさんしたいことをしよう」

双子《ふたご》はみんな眠《ねむ》っていると思ったが、大金持ちのネリーがいつものようにこちらを見張っていた。ネリーは人差し指を唇《くちびる》にあてると、ジムに手まねきをした。「どこにいくつもり？」ジムが説明するよりはやく、ネリーはベッドの中からものすごく大きなハンドバッグを取り出した。ネリーはそのバッグをいつもみえるところに置いていた。ネリーはバッグから白い五ポンド紙幣《しへい》を出してジムにいう。「わたしのかわりに回転木馬に乗ってきてくれる？」

ふたりは病院のベッドに乗って移動しようと思ったが、ベランダの階段が急すぎて使えなかった。それに、病院のベッドが町の通りを走っていたら人目を引くにきまっている。しかし、エデン・デル・テンペランス・ホテルの外に籐《とう》で編んだ乳母車《うばぐるま》がある――旅行客が週単位で借りることができる乳母車だ。それはふたりへの贈《おく》り物――成功のしるし――神様のお告げのように思えた。

「ひとつ目は五ポンド紙幣《しへい》、つぎは乳母車。きっと運命だ」

ジョーンが乳母車《うばぐるま》に乗り、ジムが後ろから押《お》した。

「ぼくたちはヤギが引く二輪馬車みたいな速さで、ホール・バイザシーにいったんだ」

「天国にむかってるみたいだったわ」

「とても明るかったんだ。たくさんランタンがあって、どれも色がちがう。夜に虹《にじ》をみたのは初めてだった」


扉《とびら》の前に立っている警備の男は、お金を持っていない子どもたちを窓ガラスから引きはがし、追い払《はら》うのには慣れていた。だが、ジョーンとジムは中に入るお金を持っていた。ふたりが持っていたものはそれだけではない。顔は青白く、おちくぼんだ目をきらめかせ、お金を差しだす手は小枝のようにやせこけている。

——お札を出されたって、おつりがない——

そう思った男は、双子《ふたご》を無料で中に入れた。ダンスホールを通り抜《ぬ》けないようにな、と注意する——ダンスホールにはドレスコードがあって、寝《ね》るときの格好では入れてくれない——だが、その先にあるプレジャー・パーク〔十七〜十九世紀に貴族の庭園技術をもとにつくられた施設《しせつ》。スポーツや音楽、社交ダンス、見世物など様々な娯楽《ごらく》を集めた遊技場〕には入っていい。「ただし、食われないようにな」男は忠告した。

玄関《げんかん》ホールの正面の壁《かべ》にペンキで書かれた看板には、

世界の獣《けもの》と爬《は》虫類《ちゅうるい》展

という文字がくりぬかれていた。そのまわりには、ジャングルや砂漠《さばく》や山の絵が描《か》いてあった。看板の奥《おく》にあるプレジャー・パークは、ジャングルでも砂漠《さばく》でも山でもなく、噴水《ふんすい》や彫像《ちょうぞう》や、魚のいる池のある庭園だった。ガス灯の明かりに照らされ、人のいないひっそりとした庭園は、いっそう謎《なぞ》めいた雰囲気《ふんいき》に包まれていた。オウムが自由に飛びまわり、檻《おり》の中にはサルがいる。ガラスの水槽《すいそう》には渦《うず》を巻いた緑の長いホースのようなものがいた。それは体をのばすと、双子《ふたご》をみてちろちろと舌を動かした。「最強の毒ヘビ」と看板には書いてあった。ライオンの檻は空っぽだ。ジムはがっかりして、だまされたような気持ちになって、ジョーンの顔をみた。ジョーンは乳母車《うばぐるま》からおりて、曲がったかんぬきや冷たい黒々《くろぐろ》とした鉄格子《てつごうし》をさわっている。

「逃《に》げ出したんだわ！」そういうと星のきらめく空をみあげた。まるで逃げ出したライオンが星空で狩《か》りをしようと、まっすぐ駆《か》け上がっていくのを眺《なが》めているようだった。

ジョーンとジムはクマの前まできて、ぎょっとした。金色のしずくが音もなくジョーンの髪《かみ》に落ちてきたのだ。

切り立った崖《がけ》のように高い塀《へい》があり、クマの檻《おり》はその塀にはめこまれていた。鉄格子《てつごうし》がれんが造りの塀にコンクリートで固定されている。その中で、監獄《かんごく》の鉄格子を揺《ゆ》らす囚人《しゅうじん》のように、二頭の大きなクマが立ち上がっていた。黄色の目が、ナイトシャツを着てショールをはおったふたりの子どもたちをとらえている。鼻の穴から銀色の液体がリボンのように流れ落ちた。そのとき、クマは口を開けてうなり声をあげ、石臼《いしうす》でひいているようなかたそうな音が響《ひび》いた。前足で鉄格子をたたいている。

「そこから出してあげる」ジョーンがいう。「約束する」

ジョーンは、きっと塀《へい》の後ろに檻《おり》への入り口がある、と思いついた。どこかに飼育係がえさを投げ入れるところか、そうじの間にクマを檻から移すための場所があるはずだ。「塀《へい》の裏にいきましょう」ジョーンがジムにいう。ジムはそんなことやってもむだだよと説得しようとしたが、ジョーンはクマを助けると約束したし、約束は守らなければならない。

「このクマは外国からきたから言葉が通じないんだ。だから、ジョーンが言ったこともわかってないよ」ジムがいった。

「でもわたしはわかってる。約束したもの」ジョーンが言い返す。

双子《ふたご》は塀《へい》のすきまを通り抜《ぬ》けるか、のりこえるか、まわって後ろにいったりする方法がないかさがした。クマは左右に体を揺《ゆ》らし、鉄格子《てつごうし》をたたいている。「檻《おり》から出たら、ぼくたちを食べちゃうかも」ジムがいう。

「それがどうしたの？」ジョーンが聞き返す。

「ここから出たら、こいつらは町を走りまわって、赤ちゃんを食べるかもしれない。それか、病院までいって看護師のマージさんを食べちゃうかも」

すると、ジョーンが泣きだした。はやく泣きやませなければ。泣くのは声をあげて笑うことと同じくらい肺を刺激《しげき》してしまうからだ。そこで、ジムはこんな提案をした。「大きな回転木馬をさがしにいこうよ。夜遅《おそ》くなったら、乗れなくなっちゃうよ」

双子《ふたご》はホール・バイザシーをあとにした。ジムがジョーンの乗った乳母車《うばぐるま》を押《お》して海岸沿いの道を歩く。桟橋《さんばし》に着くと、体重を読みあげてくれる体重計に代《か》わる代《が》わるすわった。ジムが乗ると、体重計は十九キロと読み上げた。しかし、ジョーンはとても軽かったので、体重計は針を動かさなかった。ふたりは桟橋を先に進んだ。鉄道模型がみえて、野外ステージからミンストレル芸人がうたい、演奏する音がきこえてきた。だが、乳母車の車輪が桟橋の板の間に何度もはさまってしまう。桟橋の下では黒い海が大きな口をあけている。荒《あ》れた冷たく黒い海のことを考えると、ふたりは自然と遊歩道にもどり、回転木馬にむかっていた。

　赤と金で、てっぺんにウェディングケーキのような屋根がついた回転木馬から、大きな音で音楽が鳴り響《ひび》いていた。並んだ馬が怖《こわ》がるんじゃないかと思うほどだ。しかし、たてがみとしっぽをなびかせ、派手なひし形の模様の鞍敷《くらし》きをつけた気高い馬は、鼻の穴を広げ、歯をむき出して楽しそうにひたすらまわっている。

「ここで両替《りょうがえ》するつもり?」係の人は、双子《ふたご》の五ポンド紙幣《しへい》をみていうと、ふたりを無料で乗せてやった。ジムはロシアの大砲《たいほう》に突撃《とつげき》する軽騎兵《けいきへい》旅団を、ジョーンは女王を乗せてバンベリー・クロス［オックスフォード州のバンベリーの市場に建っていた大きな十字架《じゅうじか》のこと］にむかっている馬を選んだ。ざらざらしたたてがみ、ひんやりとしたつややかな脇腹《わきばら》、柔《やわ》らかい革の手綱《たづな》、かたい金めっきの鋲《びょう》でまわりを飾《かざ》った鞍《くら》、大麦糖のキャンディーのようにらせん状にねじれた柱。ジョーンはすべての感触《かんしょく》を確かめた。まるで、全身の肌《はだ》が新しくなって、何もかもが初めて触《さわ》るもののように感じた。

「かわいそうに、馬のたてがみに血がついてたの。だからふいてあげたの」ジョーンがいった。

「そのあと、この劇場にきたの。最高だった」

「乳母車《うばぐるま》の車輪がはずれていたし、遠くまできていたから、ジョーンは休憩《きゅうけい》なしでは病院にもどれなかった。だから、ロイヤルシアターの中に入ったんだ」

「そしたら、わたしたちのためにうたってくれたよね！」ジョーンがリリーを指さして声をあげて笑う。「短いお芝居《しばい》がふたつあって、ひとつ目はローランドさんが王冠《おうかん》をかぶってた。もうひとつのお芝居《しばい》では、ヘアオイルをつけた悪人が出てきて、悪魔《あくま》が客席まできたわ。それから、みんなで歌をうたった。わたしたちもうたったわよね、ジム。夜が明けるまで、歌をうたってすごしたのよ」

「そのあと浜辺《はまべ》におりると、そこにいたんだ。檻《おり》から出てきたライオンが。女の人がリードをつけて散歩させてた！」ジムがいう。

「女の人がライオンをなでさせてくれたの。ライオネルって名前だった」

「ライオネルは小さな波に前足をつけるのが好きなんだ」

「目はおしっこみたいな色をしていて、たてがみが砂だらけだった。砂浜《すなはま》で転がっていたから。わたしの手についた血をなめてくれたのよ」

「病院には二度ともどらなかった……いや、一度だけネリーにお金を返しにいった。ぼくたちは使わなかったから。そうだよね、ジョーン？」

ジョーンが勢いよくうなずく。「大声で笑っちゃだめっていうのは嘘《うそ》だった。夜のあいだ、ずっと歌ってた——それに、たくさん笑ったわ！　咳《せき》は出なかった。あの日からずっと咳は出てないよね、ジム。今日までずっと調子がいいの！」

一階席や舞台《ぶたい》の上にいる幽霊《ゆうれい》は、まったく納得《なっとく》のいかない顔をしていた。メルーシュさんは、また何もいわずに涙《なみだ》を流している。リリー・オリヴァーは口元をおさえて顔をそむけた。一番近くで笑い声をあげたのは、モッズのマイキーだ。嫌味《いやみ》っぽく鼻を鳴らすと手の甲《こう》を軽くたたいていった。「ばかばかしい。嘘《うそ》つきめ」

ジョーンの顔から晴れやかな笑顔が消えた。まわりを見回して、味方になってくれる人をさがす。「あなたもいたわよね、モーリス！」顔を黒くぬった青年に話しかける。「栈橋《さんばし》でうたってたじゃない！　わたしたちのことをみかけたはずよ！」

モーリスはびくっとした。黒くぬった顔のなかで目だけがくっきりと白くみえる。「ぼくたちのバンド、ブラックバードは……栈橋《さんばし》では演奏しないんだ」

「栈橋《さんばし》ってどこの？」グレイシーが話題を変えようとして口をはさむ。

巡査《じゅんさ》がヘルメットを外し、落ち着かない様子で指の節でたたく。「夜に子どもが寝《ね》る格好をして通りをうろついているのを見逃《みのが》す警察官はいない——少なくとも、盗《ぬす》んだ乳母車《うばぐるま》を押《お》していれば声をかけそうなものだ……」

ジョーンのかすれた声が、か細く高くなっていく。「あなたはみたわよね、リリー！　わたしたちをまっすぐみて『大きな声でうたいましょう、小鳥たち！　さあ、もっと！』っていったもの」

「客席の照明が消えたら、舞台《ぶたい》の上から観客の顔はみえないんだ」ローランド・オリヴァーが妻のかわりに返事をする。

「チケットも買わずにどうやって入ったんだよ」マイキーが冷やかすような口調でいう。「それに、『走った』っていったよな？　片方がいまにも死にそうなのに、走ったって……」

「やめなさい」ユージニアスが怒鳴《どな》った。「くだらないことばかりいわないで、黙《だま》っていなさい」

しかし、マイキーは幸せが嫌《きら》いだった。「砂浜《すなはま》にライオンだって？　へえー。こいつらは嘘《うそ》つきだ」

「ジム！　この人たちに説明してよ！」ジョーンは必死に訴《うった》える。

ところが、ジムがジョーンをかばうまえに、華《はな》やかな服装の紳士《しんし》が声をあげた。ほおひげを生やし、ベストを着て、光沢《こうたく》のあるシルクハットをかぶっている。サーカスの舞台監督《ぶたいかんとく》が鞭《むち》を振《ふ》って指示するように、力強い声でいう。

「その子の話は、すべて本当だ！　ホール・バイザシーはわたしが運営していたんだ。世界で最も喜びに満ちた施設《しせつ》！　世界の七不思議の次に注目されるべき場所！　冬には、サーカスが巡業《じゅんぎょう》をやめるから、たくさんの動物がいる。ゾウ！　トラ！　ニシキヘビ！　馬！　夏には動物園にしかいない動物たち――もちろん、現役を退いた動物もいた。ライオネルは年をとって引退してから、うちにやってきた。あの子は子羊のように心優しいライオンだった。わたしの妻は、いつも夜中すぎに浜辺《はまべ》を散歩させていた。あやうく、忘れてしまうところだった。そうだ！　忘れかけていた。決して嘘《うそ》ではない。このわたしが、この子たちがライオネルと会ったという確かな証拠《しょうこ》だ！　この子たちの話は神に誓《ちか》って本当だ」

みんなの顔に笑顔がもどった。幽霊《ゆうれい》たちは双子《ふたご》の話を嘘《うそ》だと思いたくなかった。ライオンがいたことが確かな証拠《しょうこ》だ。ありえそうにないが、病気で疲《つか》れ切った、かわいそうなふたりの子どもが、ある夜、町に出て新しい世界を手に入れ、一生忘れることのない楽しい経験をしたのだ。いや、それだけではない。死んでからも忘れることのない思い出になっていた。

グレイシーは、もう一度質問をしてもだいじょうぶ、と思えるまで根気よく待っていた。

「栈橋《さんばし》ってどこの？」

第五章　栈橋《さんばし》のない町

「だって、栈橋《さんばし》なんかどこにもないよ」

幽霊《ゆうれい》はひとり、またひとりとグレイシーをみる。

「ばかなこというなよ。ちゃんと目はついてるのか？」

「海にいって栈橋に気づかないわけがない！　長さが一キロもあるんだぞ！」

「まんなかには野外ステージがあるし」

「栈橋の先には小さなコンサートホールがあるのよ」

「蒸気船用のドックは？」

「蒸気船ってなんだよ。おれは蒸気船なんてみたことがないぞ」マイキーがいう。

もちろん、幽霊《ゆうれい》たちは現在のシーショーの町並みが、自分たちが生きていたころとはちがっていることはわかっていた。洞窟《どうくつ》の中で満ち引きする潮《しお》のように、客席いっぱいにやってきては、ぞろぞろと帰っていく観客をみれば、流行の服装やマナー、好み、髪型《かみがた》などが変わっていくのがわかる。しかし、だれひとりとして、栈橋《さんばし》のないシーショーは想像できなかった。

ユージニアス・バーチは通路をいったりきたりしている。「蒸気船のことはいいんです。それより栈橋《さんばし》です」静かな、思慮《しりょ》深い口調で続ける――「栈橋がないってどういうことでしょう？」とうとう、ユージニアス・バーチはグレイシーに向き直り、両手をにぎりしめていった。

「お願いです、確かめさせてください！」

そういうわけで、思いがけずロイヤルシアターの住民のひとりが、思い切って劇場の外にいく決心をした。そして出かけるというときになって、巡査《じゅんさ》も同行することになった（栈橋《さんばし》が盗《ぬす》まれていたときのためだそうだ）。

ほかの幽霊《ゆうれい》たちは呆然《ぼうぜん》と、三人が出かけていくのをみつめていた。メルーシュさんは気付《きつ》け薬《ぐすり》をかいでいる。ダグラス・ダグラスは砂浜《すなはま》に埋《う》まっている地雷《じらい》に気をつけろと注意し、マイキーは怒鳴《どな》り声をあげる。「扉《とびら》を閉めろ！　開けっぱなしにしていくなよ、いいな？」

「ママ、ちょっと栈橋《さんばし》をさがしにいってくるね！」グレイシーは事務室にむかってできるだけ大きな声でいう。ユージニアス・バーチはグレイシーの大声にびくっとした。

ユージニアスは外に出て広場を見回し、大きなテラスハウスや、緑の生い茂《しげ》る小さな公園に安心した。自分が知っているころとそれほど変わらない。しかし、広場のむこうに出ると倒《たお》れそうになった。交差点で車が渋滞《じゅうたい》している。車の排気《はいき》ガスに吐《は》き気《け》がした。レストランの持ち帰り用の箱や、紙コップでいっぱいになっているごみ箱をまじまじとみる。信号機をみつめていると、視界が赤、黄、緑に染まってしまった。建築家で技師のユージニアス・バーチは、未来や変化をほかの人よりも的確に想像できた。だが、それはこんなものではなかった。

かつてユージニアス・バーチが初めて海からシーショーの町を眺《なが》めたのは、帆船《はんせん》が港に到《とう》着《ちゃく》したときだった。古い木造の桟橋《さんばし》にとまると、船が大きく左右に揺《ゆ》れた。短い木造の桟橋は長いこと嵐《あらし》や波にさらされ、柱は海草やどろどろしたものにおおわれていた。ユージニアスは新しい桟橋を作るために雇《やと》われたのだ。

それまで、ユージニアスはイングランド［イギリスの一部で、グレート・ブリテン島の南部の地域］じゅうの海岸にいくつも桟橋《さんばし》を作ってきた。桟橋は海にむかってまっすぐに手をのばし、水平線をつかんで近くに引き寄せているようにみえた。

「桟橋《さんばし》は広い世界にむかって手招きをしているんだ」ユージニアスがグレイシーにいう。「こんなふうに呼びかけている――こっちにおいで！　ほら、もっと！　素晴《すば》らしいこの町をみて！」

それから数ヶ月、ユージニアスは苗木《なえぎ》を植えるように鉄の棒を海に打ちこんでいった――腕木《うでぎ》が葉のように突《つ》き出た鉄の木が並んだところは一本の道のようにみえる。この鉄の支柱の上に板が張られて、世界のどんな船よりも長い桟橋《さんばし》になった。

「長い間、インドに住んでいました。そこでの生活に影響《えいきょう》をうけて、わたしがつくる桟橋《さんばし》の多くはドーム型の屋根と先の尖《とが》った塔《とう》がついています。そして、塗装《とそう》は異国風です」

浅瀬《あさせ》のむこう、避難港《ひなんこう》のむこう、サンゴ礁《しょう》のむこう、海が青から茶に変わるところのむこうまで、ユージニアスの美しい桟橋《さんばし》は続いている。突端《とったん》は鉄でできた握《にぎ》りこぶしのようで、三段階の高さから積み下ろしができる。そこではいつも——満《み》ち潮《しお》でも引き潮でも、その間でも——蒸気船が停泊《ていはく》できるようになっていた。

「そして、船がやってきました！」ユージニアス・バーチが大声でいった。「一日に三隻《せき》から五隻の船がロンドンから六、七時間かけてやってくるのです。船のなかは、喜びに満ちた人々でひしめきあっていました。観光客がわたしの桟橋《さんばし》におりると、シーショーの町が目の前に広がります。ミンストレル芸人がうたい、バンドが演奏し、犬が芸をみせ、牧師たちは大きな声で説教をして、写真家が感嘆《かんたん》の声をあげながらシャッターを切る……。桟橋におりたばかりの観光客は、波が打ち寄せる音で、にぎやかな町の音がきこえません。ご婦人たちは桟橋を歩きながら下をみて悲鳴をあげます。『まあ、怖《こわ》い！』それをきいた若者には、ご婦人方をそっと抱《だ》き寄せる口実ができました」

ユージニアス・バーチがどんどん早歩きになっていく。グレイシーは置いていかれないように駆《か》けだした。ユージニアスはひたすら前をみて進む。そのうち、巨大《きょだい》な白い建物に視界を遮《さえぎ》られ、怒《いか》りと失望で片手をふりあげた。「なんだ？　この——わけのわからない——板みたいなものは。こいつのせいでみえないじゃないか、わたしの美しい——」

マリン・パレード通りを下り、泥《どろ》がたまった港を通り過ぎるころには、ユージニアスは走っていた。小学生のグループとすれちがう。みんなサッカー選手のように唾《つば》を吐《は》く練習をしていた。霧《きり》のような不快な雨がユージニアスの顔に降りかかる。そのとき、ユージニアスは遠くの海を、海岸の先を、水平線のむこうをみつめ、涙《なみだ》を流した。大きなシルクのハンカチでも隠《かく》しきれなかった。

「あなたの桟橋《さんばし》がなくなっていたこと、本当に残念だと思う」グレイシーがいう。

「わたしの苦労はむだだった。なんの意味もない、そのうちなくなってしまうものを必死になって作ったのか」ユージニアスは首を振《ふ》り、後ろをみた。「観光客は？　彼《かれ》らはどうしているのです？　ひと夏のあいだに五万人が、船からわたしの桟橋《さんばし》におりてきました……。桟橋がないということは、観光客はもうこないのですか？　それから蒸気船用のドックは？　港に泥《どろ》がたまっていました！　なぜ、取り除かないのですか？」

巡査《じゅんさ》は手帳を取り出し、なくなっている物のリストをつくったが、ものすごい量だった。豪《ごう》華《か》なホテル、屋台や大きなテント、ずらりと並んだ二階建ての大きな馬車……。「移動更衣室《こういしつ》［十八〜二十世紀にかけて使われた海水浴のための車輪付き更衣室。客を浜辺《はまべ》から水辺に運んだ］は？　路面電車は？」

グレイシーは困って肩《かた》をすくめた。ふたりがなんのことを話しているのか、さっぱりわからなかったのだ。「ごめんなさい」それ以上の言葉は出てこなかった。

劇場への帰り道もいいことは起こらなかった。アイボリータワーという名前のアパートを通り過ぎた。そこは、かつてホール・バイザシーが誇《ほこ》る『世界の獣《けもの》と爬《は》虫類《ちゅうるい》展』があったところだ。小さな店や留置場が取り壊《こわ》され、バールを持った男たちがドアの蝶番《ちょうつがい》や錠《じょう》、窓や看板をはがしたり取り壊したりする騒々《そうぞう》しい音が響《ひび》いている。開発業者の名前の書かれた広告板があったが、上から大きくスプレーで汚《きたな》い言葉が落書きされていたので、もとの文字がまったく読めなくなっている。

「以前はあそこに保養地があったんです」ユージニアスが砂浜《すなはま》を指さした。

「いまもあるよ」グレイシーが必死になっていう。「似たようなのが、少しだけど」

「それなのに、観光客がいないんですか？　じつに人が少ない！」

カモメが黒いごみ袋《ぶくろ》をくちばしで破り、中のごみが歩道のあちこちにまきちらされていた。

人がたくさんいる場所をさがして、グレイシーは町の中心を通って帰ることにした。しかし、ほとんどの店舗《てんぽ》が売りに出されていて、ほとんど、どこも板が打ちつけられていた。インド料理店の前で、だれかが吐《は》いたあとがそのままになっている。ニクソン巡査《じゅんさ》にとって残念だったのは、古い警察署が美術館に変わっていたことだ。美術館は閉まっていた。どういうわけか、プライマーク［アイルランド発祥《はっしょう》のファストファッションブランド］のショーウィンドウに立っている髪《かみ》のない裸《はだか》のマネキンをみて、ニクソン巡査が怒《いか》りの発作《ほっさ》に襲《おそ》われた。グレイシーたちは、発作でこわばった巡査の体を脚立《きゃたつ》のように壁《かべ》に立てかけ、回復するのを待たなければならなかった。それでグレイシーは海沿いの道にもどることにした。

ユージニアス・バーチは質問を続けている。「人々はどこにいったのです？　大勢の観光客は？　幸せのいらない世界になってしまったのですか？　いったい、この町に何があったというのですか？」

「はっきりいって、すたれたんだろう」ニクソン巡査《じゅんさ》がいった。

グレイシーは町のかわりに腹を立てた。「だけど、きれいだよ、ほらみて」強い口調でいう。

遠くに目をやると、浜辺《はまべ》と海があって、たくさんの風力タービンの天使が空と海の間に浮《う》いている。「それに、いまはわたしがここに住んでるの。わたしの町よ」グレイシーは片手を前にのばし、腕《うで》を沖《おき》にむかってはるか遠くまで続く桟橋《さんばし》に見立てて眺《なが》めた。

ユージニアス・バーチがふたたび涙《なみだ》を流した。「残念ですが、あなたに伝えておかなければならないことがあります。それは、ロイ――」しかし、グレイシーの頑固《がんこ》な表情をみて、いうのをやめた。

「あのころとは、何もかもちがうんだ」ニクソン巡査《じゅんさ》が嘆《なげ》く。

「そんなことないよ！　昔よりいまのほうがいい！」グレイシーはいらいらしていった。「ついてきて！　ふたりともまだ、わたしの大好きな場所をみてない。おもしろいおもちゃを売ってるお店やゲームセンターやカップケーキカフェ。洞窟《どうくつ》だってあるし、それから……そうだ、みて！　ゴルフ場にロバがいるんだよ！」

巡査《じゅんさ》は重さのない手をグレイシーの肩《かた》に置いた。

「もういい。われわれにはロイヤルシアターがある。そうだよな、バーチさん」

ユージニアス・バーチは水平線にむかってのばした手の先をじっとみつめている。「いまのところはね」手をのばしたまま、声を出さずにつぶやいた。

第六章　イエス・ウィ・缶《カン》！

劇場に帰る途中《とちゅう》、グレイシーはバーチさんとニクソン巡査《じゅんさ》を、ブリキ缶《かん》好きの店長の店に案内した。

グランド・缶《カン》ニオン
イエス・ウィ・缶《カン》！

「これ、全部売り物なんだよ、みて！　このお店では缶詰《かんづめ》ばかり売ってるんだ。すごいでしょ？　店長さんのことをパパはブリキ店長って呼んでるんだけど、本当はボブっていう名前なの。ほらみて、ペンキの缶が色ごとに並んでいて虹《にじ》みたいじゃない？」

三人が店の外で鼻を窓に押《お》しつけていると、そのうちガラスが白くくもってよくみえなくなった。そこで、グレイシーたちはそっと店内に進んだ。

じつのところ、ニクソン巡査《じゅんさ》は缶《かん》のなかに野菜や果物が入っているときいてぞっとしていたし、缶入りのビールなんて絶対に嫌《いや》だといった。猫缶《ねこかん》も理解できなかった――「猫の肉だと？」――だが、その一方で、きれいに整頓《せいとん》された棚《たな》をみて、ひそかに感心していた。

ユージニアス・バーチは空《あ》き缶《かん》を積み上げて作ったメソポタミアの聖塔《せいとう》やピラミッドのほうへ進み、桟橋《さんばし》がなくなった悲しみをいやした。ユージニアスは鉄でできているといっていいほど、鉄製のものが好きだったので、輝《かがや》く金属の柱に、ほかのだれかが自分と同じように情熱を注いでいると思うとなぐさめられた。

「ブリキの缶《かん》って、小さなよろいみたいだよね、ボブ」グレイシーはカウンターの後ろにいる男の人にいった。

「そうとも」ボブは食料雑貨の専門誌〈ザ・グローサー〉から目を離《はな》さずに、うなるように返事をする。「細菌《さいきん》や腐敗《ふはい》っていう矢から守ってくれる」

「ほらね、わかった？」

ボブはちらりと顔を上げ、もうひとりいるのかとさがしたが、店内にいるのはグレイシーだけだったので雑誌に目をもどした。ボブはあまり客が好きではなかった。店内を散らかしたり、きれいに並べた棚《たな》をぐちゃぐちゃにしたり、積み上げた缶《かん》の一番下を取って遊んだりする。しかし、この女の子は気に入っていた。学校が休暇《きゅうか》になるたびにやってきては、棚をあちこちてまわりながら、しつこく質問を浴びせてくるのがうれしい。何も買わないが、少なくとも、ボブがきれいに積み上げた缶の一番下を取ることはない。だからといって、特にかわいがったりもしなかった。缶詰《かんづめ》の世界で働く男は甘《あま》い顔をみせることはない。

アーティチョーク、アスパラ、ライチ、ライターオイル、コーヒー、コンデンスミルク、アイアン・ブルー［スコットランドで人気の炭酸飲料］、エプソム塩［入浴剤に使う硫酸《りゅうさん》マグネシウムの結晶］、シェービングフォーム、イワシ、ベビーパウダー、タイヤの修理セット。この店「イエス・ウィ・缶《カン》！」では、いろんな缶がアルファベット順に並んでいる。なかには、台形のコーンビーフの缶詰《かんづめ》や、限定品の缶入りビスケットのような変わったものも混ざっている。ボブがいうには、自分が缶詰を売っているのは、安くて、積み上げるのが簡単で、販売《はんばい》期限が長いからだそうだ。しかし、本当は、缶——なかでも円柱形のアルミニウムの缶——が好きなだけだった。屋根裏にはアルミニウム製のひつぎが家族全員分、置いてある。自分や家族が死んだら、すぐにそれに入れて埋葬《まいそう》しようと決めていた。八人分のよろいが家族を細菌《さいきん》や腐敗《ふはい》から守ってくれる。

「この絵いいね、ボブ。まえはなかったよね」

ボブは肩越《かたご》しにちらりと後ろをみた。壁《かべ》にフランスのポスターが少しななめに貼《は》ってある。

「娘《むすめ》がクリスマスに送ってきたんだ。なんでこれを選んだのかわからない。女の子が踊《おど》ってる絵なんだが。それでも、喜んだふりをしなくちゃな。なんだか寒気《さむけ》がしてきた。店の中が寒いのか？」

ユージニアス・バーチは思わず吹《ふ》き出し、咳《せき》のふりをしてごまかした。「この絵には、パリのナイトクラブの有名なダンスが描《えが》かれているんです。マドモアゼルたちはカンカン［一八三〇年ごろからパリで流行し始めた足を高くけり上げるダンス］を踊《おど》っているんです」そういって、また吹き出すと咳でごまかした。その声がとても大きかったので、グレイシーはボブにもきこえたかもしれないと思った。

「もしかして、この人たち、カンカンを踊《おど》ってるのかな」グレイシーは、おそるおそるボブにたずねた。

グレイシーの一言のおかげで、ボブにとって最高の一日になった。ボブはアルミ製の椅子《いす》から転げ落ちるほど大笑いした。「カンカンか！　そのとおりだ！　なんで気づかなかったんだ——」そういいながら勢いよく受話器を取り、娘《むすめ》に、ようやくジョークがわかった、夕食を食べにこいといった。

ロイヤルシアターにもどるとすぐ、ニクソン巡査《じゅんさ》は次々に話をした。細菌《さいきん》と腐敗《ふはい》のこと——だれかの吐《は》いたあと、半裸《はんら》の女性、破壊行為《はかいこうい》、なくなった建物、人のいない遊歩道……。耳を傾《かたむ》ける幽霊《ゆうれい》たちは壊《こわ》れた客席にすわって震《ふる》えながら、一緒《いっしょ》にいかなくて正解だった、と思っていた。桟橋《さんばし》がなくなっていたことや、ホール・バイザシーが取り壊されたこと、シーショーの町のさびれた様子をきいてひどく悲しんだ。

「あいつらはまだいたか？」マイキーが一言だけたずねた。目を見開き、にぎった両手をポケットに押《お》しこんでいる。あまりにも力をこめているので裏地が破れそうだ。

ユージニアス・バーチが「イエス・ウィ・缶《カン》！」でみた素敵《すてき》な商品の数々について話したが、遅《おそ》かった。みんなの最も恐《おそ》れていたことが現実になっていたのだ。

「何もかも、変わってしまった」一番長く劇場に住んでいる幽霊《ゆうれい》がしわがれ声でつぶやいた。

しかし、シーショーの町を素敵《すてき》だと思うグレイシーの気持ちが揺《ゆ》らぐことはなかった。ここのみんなにわたしの考えをわかってもらうんだ、と心に決めた。幽霊《ゆうれい》たちが劇場の外にいくのを嫌《いや》がるなら、ひとりずつ外に誘《さそ》い出して幸せの矢で狙《ねら》い撃《う》ちしよう。

第七章 海に飛びこむ

「ひとつだけ、変わっていないことがあるはずだ！」ロンドンのイーストエンドなまりの声がきこえた。その男はゲートル［すねの部分に巻く布や革でできた服装品。労働や長期歩行の際に足を保護し、動きやすくする］を巻き、スモーキングジャケット［タバコを吸うときに着る丈《たけ》の短い上着］をはおり、女性用の縁《ふち》のある帽子《ぼうし》をかぶって、百年は火をつけてないようなパイプをくわえていた。「海水浴客がくつろいだり着替《きが》えをしたりする高級休憩所《きゅうけいじょ》〈フィルポット〉には、いまもしゃれた移動更衣室《こういしつ》があるにちがいない。ああ！　あそこの移動更衣室はローマとクラクトン［イングランド東部エセックス州にある海沿いの町］をあわせたくらい上品だった。バッキンガム宮殿《きゅうでん》に負けないくらい美しかった」そういうと、自分に満足したハトのように胸をつきだした。

「ボドキンズさんは、よほど〈フィルポット〉がお好きなんですね」ユージニアス・バーチが皮肉っぽくいう。

「そういってもらって光栄だな。もちろんだとも。シーショーの砂浜《すなはま》には、どこよりもたくさん〈フィルポット〉があるはずだ！」ボドキンズさんがいった。

　ところがボドキンズさんはハンマーで頭をなぐられたような気がした。遊歩道から〈フィルポット〉がなくなっただけでなく、海岸のどこをさがしても移動更衣室《こういしつ》はひとつも残っていなかった。恐《おそ》ろしい知らせにショックを受けたボドキンズさんは、「上品」とはお世辞にもいえない言葉を次々に吐《は》き捨てた。ニクソン巡査《じゅんさ》は、ボドキンズさんの肩《かた》に片手を置いた。逮捕《たいほ》しようとしているようにみえるが、驚《おどろ》いたことにボドキンズさんを元気づけようとしているのだ。ニクソン巡査とボドキンズさんほど、友だちにみえない組み合わせはほかにいない。

「きっと、また洪水《こうずい》がきたんだろう」ボドキンズさんは、ほかに原因が考えられなかった。「大波にさらわれ、岩にぶつかって粉々《こなごな》になったんだな。悲劇だ」

「そんな！　移動更衣室《こういしつ》がなくなったなんて！」写真家がいう。みすぼらしい身なりの小柄《こがら》な男で、指は化学薬品で染まっている。着古したスーツ姿で、片方の肩《かた》に黒い布をかけている。「わたしの写真はすべて移動更衣室のまわりで撮《と》りました。あのあたりは、わたしのなわばりでした。素敵《すてき》な写真を撮れる場所だったんです。布の少ない服！　たくさんの美しい体」

するとそのとき、巡査《じゅんさ》が写真家をなぐった。その意外な行動にだれもが驚《おどろ》いた。

猛暑《もうしょ》でシーショーの砂浜《すなはま》は千人もの日帰り旅行客であふれていた。暑い空気が海水を蒸発させて作った霧《きり》が、砂浜をおおっていた。ニクソン巡査《じゅんさ》は、この天気では砂浜を巡回《じゅんかい》するのは難しいと思った。乗っている馬が旅行客を踏《ふ》むと危険だし、霧の中で悪いことをしている人をみつけだすのは不可能に近い。

ニクソン巡査《じゅんさ》の任務――人生の目的――は、悪さをする人をなくすことだ。若い独身男は浜《はま》辺《べ》の片端《かたはし》で、若い女は反対側の端で泳がなくてはならない。その間の砂浜《すなはま》には汗《あせ》だくになった家族がすわり、シャベルやパラソルがちらばっている。服を一枚も脱《ぬ》いでいない交際中の恋人《こいびと》同士であっても、公衆道徳に従い、くっついてすわってはいけない。公衆の面前でいちゃつくことは条例で禁止されていた。ニクソン巡査は法律にうるさい、少しの間違《まちが》いも許さない人物だった。

「気をつけろ！」霧《きり》の中から怒《おこ》った声がきこえてきた。

ニクソン巡査《じゅんさ》の馬が穴につまずき、男の子が作った砂の城を蹴飛《けと》ばし、ピクニック中の人を踏《ふ》みつけた。霧《きり》の中に浮《う》かぶいくつもの移動更衣室《こういしつ》は、動く小さな家のようだ。もし、いま、この浜辺《はまべ》ですりが盗《ぬす》みをはたらいていたら？　放浪者《ほうろうしゃ》が物乞《ものご》いをしていたら？　恋人《こいびと》たちが白い霧のカーテンに隠《かく》れて禁じられたキスをしていたら？

さらに、巡査《じゅんさ》を悩《なや》ませていたのは、近ごろ馬のレグに恋人《こいびと》ができたことだ。相手はロージーという雌馬《めうま》で、移動更衣室《こういしつ》を引っぱって海に入れたり、浜辺《はまべ》に引き上げたりする馬のうちの一頭だ。巡査はこれまで、いつもの道を迷わず歩くレグを信頼《しんらい》していた。いまのレグは、ロージーのいる方向に流されるように斜《なな》めに進む。念のため、巡査は霧《きり》にむかって叫《さけ》んでおいた。

「見苦しいことをするんじゃない。いますぐやめろ！　ちゃんとみえてるぞ！」

波打ち際《ぎわ》までくると、レグが不気味な人影《ひとかげ》にぶつかった——真っ黒で頭がない。写真家が三脚《さんきゃく》とカメラにしがみつくように立ち、上半身が黒い布の下に隠《かく》れていた。写真家は耳にレグの息がかかると、びっくりしてフラッシュを焚《た》いた。

フラッシュの光に、近くの移動更衣室《こういしつ》につながれて静かに立っていたロージーが驚《おどろ》いた。そして後ろ足で立ち上がり前に飛び出すと、御者《ぎょしゃ》がつかんでいた手綱《たづな》を振《ふ》り払《はら》い、海に飛びこんだ。更衣室の後ろからは山のように積まれた服が転がり落ち、前からはののしり言葉が飛んできた。写真家は素早《すばや》く立ち上がったが、走って雌馬《めうま》の馬勒《ばろく》をつかむのではなく、新しいガラス板をカメラに押《お》しこみ、フラッシュを焚《た》いて、逃《に》げ出した馬を写真におさめようとした。

雌馬《めうま》は落ち着きを取りもどしていたかもしれない。しかし、御者《ぎょしゃ》が手綱《たづな》を必死になってつかもうとしているうちに、二度目のフラッシュが光り、雌馬は再び後ろ足で立ち上がり対岸のフランスにむかって走りだした。マグネシウムが燃える光で雌馬の茶色の目は一瞬《いっしゅん》みえなくなった。いつもの場所にゆっくりとぎこちない足取りでもどるのではなく、おもちゃの揺《ゆ》り木馬のように波をこえて、沖《おき》にむかっていく。移動更衣室《こういしつ》が馬車の荷台から浮《う》き上がる。雌馬のロージーは鼻を上にあげ、目をぐるりとまわして、泳ぎ始めた。力強く前に進む。膝《ひざ》が下あごにぶつかり、後ろでは水しぶきが上がり、御者の足掛《あしか》け台まで海面が迫《せま》ってきた。

巡査《じゅんさ》が乗っているレグは、ロージーを追って海の中に突《つ》っこんでいく。恋人《こいびと》を失いかけた四本脚《あし》の水難救助員だ。レグは愛するロージーを追いかける。ロージーはヨーロッパ大陸にむかって、五百キロはありそうな最高級のオーク材でできた更衣室《こういしつ》を引いて、しゃにむに泳いでいく。

「公共の安全のために止まれ！」ニクソン巡査《じゅんさ》は、移動更衣室《こういしつ》の御者《ぎょしゃ》に並ぶと怒鳴《どな》り声をあげた。「こうなるとにらんでいたんだ、ボドキンズ。やはり騒動《そうどう》を起こしたな！」

いまとなっては、馬は二頭とも泳いでいた。レグの広い胸がまき起こす波は、ニクソン巡査《じゅんさ》のウエストバンドまでぬらしていた。

「おれはなにもしてない！　石頭の警官め。ラクダみたいな馬に乗りやがって。あのばかがフラッシュを焚《た》いたせいで、気づいたらロージーがわき腹まで海に浸《つ》かっていた。もし、この子が溺《おぼ》れたら、あの能天気な写真ばかを殴《なぐ》り倒《たお》してやる。だから、助けてくれ！」

ロージーはまだ溺《おぼ》れる様子はなく泳いでいる。だが、岸にもどる気配はない。大きな波がきたら、移動更衣室《こういしつ》も馬も飲みこまれてしまう。浜辺《はまべ》はすぐにみえなくなり、波が打ち寄せる音だけがきこえる。

レグは移動更衣室《こういしつ》の脇《わき》までやってきた。ニクソン巡査《じゅんさ》は海のまんなかにきたのかもしれない。突然《とつぜん》、まぶしい日差しの下に出た。ニクソン巡査《じゅんさ》は鞍《くら》から身を乗り出し、ロージーをつないでいるバックルとひもを引っぱってゆるめた。自由になったロージーは泳ぎ続ける。両耳を後ろに倒《たお》し、額と首には血管が浮《う》き出ている。きらめく海に大きな弧《こ》を描《えが》きながらロージーは砂浜《すなはま》にむかって進み始めた。御者《ぎょしゃ》のほうにぎょろりと目をむける。その視線は、もうたくさん、といっているようだった。

「わたしは一瞬《いっしゅん》の判断を迫《せま》られていた！」ニクソン巡査《じゅんさ》が夢中で話をきいている幽霊《ゆうれい》たちにいう。「ボドキンズを助けるには、馬から下りて更衣室《こういしつ》によじ登らなければならなかったんだ！」

「『馬から下りる』ってどういう意味だ？」ボドキンズが文句をいう。貝を売る露店《ろてん》の店主のようにきれいに並んだ歯をむき出してみせる。「おまえの馬は、主人を振《ふ》り落として、ロージーの後を追って泳いでいっただけだろ！」

ニクソン巡査《じゅんさ》は足を水につけた瞬間《しゅんかん》、ブーツが重くなるのを感じてぞっとした。頭まで沈《しず》み、これから永久に海底を巡回《じゅんかい》することになるのか。ヒラメに笛を鳴らし、海草で靴《くつ》を磨《みが》くことになるのか。しかし、移動更衣室《こういしつ》の車輪をつかみ、なんとかよじ登った。ボドキンズはとなりに倒《たお》れこんできた男にスモーキングジャケットをぬらされてむっとしていた。

こうして、巡査《じゅんさ》とボドキンズはオーク材の移動更衣室《こういしつ》をボートがわりにしていた。このボートには竜骨《りゅうこつ》も、オールも、舵柄《かじづか》もない。放浪《ほうろう》する馬車のように、波のうねりにあわせて上がったり下がったりしているだけだった。ふたりは十分ほど待って——沈《しず》み始めるか——または、波が浜《はま》に運んでくれるか様子をみた。そのあいだ、言葉は交わさなかった。きこえるのは、ニクソン巡査の歯がかたかた鳴る音とブーツに入った水の音だけだ。巡査はボドキンズに、おまえを逮捕《たいほ》するといってやりたかったが、ぴったりくる罪が思い浮《う》かばず、いらいらしていた。ときどき、聖書《せいしょ》を暗記している人がいるが、ニクソン巡査は法令集や地域の条例を暗記していた。

「その格好はいったいなんだ?」巡査《じゅんさ》はいきなり、怒《いか》りを爆発《ばくはつ》させた。ニクソン巡査は身なりのきちんとした、上品な男で、いつもおしゃれな自分を誇《ほこ》りに思っていた。うす汚《よご》れたクリケット用のフランネル製のズボンをはいてゲートルを巻き、スモーキングジャケットを着て女性用の帽子《ぼうし》をかぶったボドキンズの姿が目にはいると、心の中のなにかがハリネズミのように針を逆立《さかだ》てるのだった。

ボドキンズは、まるでそんなこと考えたこともなかったというように、自分の服をみた。

「忘れ物だよ。更衣室《こういしつ》で持ち主が忘れていった服を着てるんだ。旅行客はいろんな物を更衣室に置いていくが、取りに帰ってくることはない。帽子《ぼうし》、コート、靴《くつ》、ズボン——ズボンをはかずにどうやって家に帰るんだろうな。だが、忘れていく人がいるんだ。むださえなければ不足なし。つぎはぎだらけの寄せ集め……」

「……はやりの歌をうたって、ほしいものはひったくる！」ニクソン巡査《じゅんさ》がうれしそうに大声をあげた。「もしかして、ギルバート・アンド・サリヴァン［十九世紀に活躍《かつやく》し喜歌劇を作った二人組。ギルバートが台本《リブレット》を、サリヴァンが作曲を担当していた］のファンなのか？」

「パンとジャムくらい大好きだ。ロイヤルシアターで上演してた『英国海軍ピナフォー号』はみたか？」

「素晴《すば》らしかったが、一番じゃない——一番はもちろん『ミカド』だろ」

「そりゃそうだ。それから、『ペンザンスの海賊《かいぞく》』もいい」

その瞬間《しゅんかん》、ニクソン巡査《じゅんさ》は心に決めた。今日、起きたことは犯罪ではなく事故だ。ギルバート・アンド・サリヴァンのファンが悪事をはたらくはずがない。手帳を取り出し「移動更衣室《こういしつ》三十四番救出」と記録しようとした……しかし、ノートはずぶぬれになり、鉛筆《えんぴつ》はなくなっていた。

「ありがとよ」ボドキンズがぶっきらぼうに礼をいう。

「なんのことだ？」

「ロージーを助けてくれて」

「ああ、わたしはその……」ニクソンがいう。

「あの馬が大好きなんだ」ボドキンズがいう。

「わたしもレグが大好きだ」

「ちょっと！　まだなの？」三人目の声がきこえた。


その日の朝、クララベルは〈フィルポット〉の休憩所《きゅうけいじょ》で機嫌《きげん》よく時間をすごし、思い切って泳ぎにいこうと考えていた。クララベルにとってシーショーは少し品のない町だったが、海水浴はちがった。海水浴は富裕層《ふゆうそう》に人気だったのだ。

ロンドンのパーティーで、よくきかれる。「きみみたいに海の近くに住んでいたら、きっとよく海水浴にいくんだろうね」クララベルは、そんなことないわと返事をするのに飽《あ》き飽《あ》きしていた。もしかするとパーティーで会う人たちに、怖《こわ》がり――もっとひどければ――時代遅《じだいおく》れと思われているかもしれない。

それで、朝から〈フィルポット〉で若い男の人が演奏するピアノの音に耳を傾《かたむ》けたり、雑誌〈パンチ〉［イギリスで刊行されていた漫画《まんが》入り風刺《ふうし》週刊誌］の古い号を読んだりしていたが、険しく恐《おそ》ろしい崖《がけ》のような階段をはうようにして下り、自分に割り当てられた移動更衣室《こういしつ》三十三番を（外は霧《きり》に包まれていたが）みつけた。

少なくともクララベルは三十三番だと思っていた。しかし、みつけたのは三十四番の更衣室《こういしつ》だった。

御者《ぎょしゃ》はすでに前方の席にすわっていた。クララベルは声をかけず（下層階級の人と話すのは嫌《いや》だった）、かがんで後ろの天蓋《てんがい》をくぐった。更衣室《こういしつ》に乗ると服を脱《ぬ》ぎ、ていねいにたたんで階段の一番上にのせ、そのとなりに、ひだ飾《かざ》りのついたウールの水着とそろいの帽子《ぼうし》を置く。

その瞬間《しゅんかん》、移動更衣室《こういしつ》が急に傾《かたむ》き、クララベルはつんのめった。更衣室が水しぶきをあげて海の中に入っていく。クララベルは移動更衣室に乗るのは初めてだったので、おかしなことが起きているとは思わなかった。壁際《かべぎわ》の木製の長椅子《ながいす》に、顔をしかめてしがみついていた。釘《くぎ》にかけてある湿《しめ》ったタオルが一定のリズムで耳にあたる。そして、クララベルは更衣室が適切な深さのところまで進んで、止まるのを待った。無理をしてまで水着を着ようとはしなかった。明るい太陽の下、床《ゆか》が波打ってない場所でも、上品な水着を着るのは大変なのだ。

ちょっと入って出てくるだけだから。格好よくても悪くても、海につかる姿をみられることはないし。後ろについている折りたたみ式の天蓋《てんがい》が、神様以外の人の目から隠《かく》してくれる。

実際、自分が思いきってはしごを下り、ひんやり冷たい海に入ったのか、それとも更衣室《こういしつ》から出ずに、汗《あせ》をかいて頬《ほお》をピンクに染めて元気に浜辺《はまべ》にもどったのかなんて、だれも知らなくていいことだ。クララベルは頬をつねると、あたりを見回して服をさがした。確かに、扉《とびら》の近くに置いたはずだ。

クララベルは、移動更衣室《こういしつ》がもうすでに海に入り、地面から浮《う》きあがっていたことに、まだ気づいていなかった。更衣室がずんぐりした馬の後ろで、激しく揺《ゆ》れながら海に浮かんでいるとは、普通《ふつう》だれも思わない。クララベルは更衣室の揺れに吐《は》き気《け》がしてきた。砂浜《すなはま》から三十メートルくらいのところで船酔《ふなよ》いをするなんて！　目的の場所に着いたら、間抜《まぬ》けな御者《ぎょしゃ》が必ず声をかけてくれるはずだ――いつになったら、長くてばかばかしい説明をはじめるんだろう。更衣室が止まったかどうかさえ、わからないなんてどうかしてる。石炭置き場くらいせまい場所で自分の服が――水着さえ――みつけられないなんて。

「まだなの？」クララベルは、なにも身につけていない女性が出せる一番威厳《いげん》のある声でたずねた。

ボドキンズがニクソン巡査《じゅんさ》をみる。ニクソンはボドキンズをみる。

「更衣室《こういしつ》にだれか乗せてるのか？」

「そうみたいだな」

「だれだ？」

「さあな。密航者《みっこうしゃ》かも」

御者席《ぎょしゃ》と更衣室《こういしつ》の間の覆《おお》いがなくなっている。本来はなくてはならない。御者が後ろの部屋に首をつっこみ、みてはいけないものをみるかもしれないからだ。しかし、覆いがなくてもボドキンズは中をのぞくことも、客を安心させることもできなかった。「じっと、すわっていてください！」ボドキンズが怒鳴《どな》るようにいう。「おれなら、今日は海水浴はしないな。クラゲがうようよしている」

更衣室《こういしつ》の中から恐怖《きょうふ》で息をのむ音がきこえ、震《ふる》える声で返事がかえってきた。「よくわかったわ。浜辺《はまべ》に連れて帰って」

「そのほうがいいでしょう」

移動更衣室《こういしつ》は少しの間、泡立《あわだ》つ波に乗っていたが、やがて波をすべり下りて、ゆっくりと回転しながら航海をはじめた。

ニクソン巡査《じゅんさ》はおどろいてボドキンズをみる。「この状況《じょうきょう》を更衣室《こういしつ》の中にいる人に伝えなくては！」

ボドキンズが肩《かた》をすくめる。「あの客は、こんなに沖《おき》まできているのを知らない。目にみえないことを嘆《なげ》く者はいないっていうだろ」

「だが、死ぬかもしれないんだぞ！」

「じゃあ、巡査《じゅんさ》にまかせる。後ろの部屋にいって、悲しい知らせを伝えてくれ」

そういうわけで、ニクソン巡査《じゅんさ》は移動更衣室《こういしつ》の屋根によじ登ると——天蓋《てんがい》が落ちてしまっていた。折り重なった布を少しずつ広げ、ひとりごとをつぶやきながら、苦労して重いキャンバス地の日よけを起こして革ひもでしばった。

天蓋《てんがい》が上がると、部屋の中に陽光が流れこんできた。クララベルのいる場所から、少しずつ海がみえてきた。ほかには何もない。ただ、海だけが広がっている。岸はまったくみえない。

そのとき、二足のぬれた乗馬靴《ぐつ》と、二本のぬれた脚《あし》が屋根から下りてきて、制服を着た男が扉《とびら》の前に立ち、けげんな表情を浮《う》かべてこっちをみた。

クララベルは悲鳴をあげた。

五分後、ニクソン巡査《じゅんさ》はボドキンズのいる御者席《ぎょしゃ》にもどってきた。巡査は何も話そうとしなかった。ボドキンズも黙《だま》りこんでいる。クララベルがまくしたてた。

「こんなことをして、お父様がただではすませないわよ！　いっておくけど、わたしの父はビーズ百貨店の取締役《とりしまりやく》なのよ！　父にこらしめてもらうから！　父にいって、あなたを警察から追放するわ！　警察官として働けないようにしてもらうから！　なんとかしようとしたんだよ」

「説明しようとしたんだ」ニクソンが情けない声でいう。「なんとかしようとしたんだよ」

ボドキンズは肩《かた》をすくめる。「いやはや、偉《えら》そうで怒《おこ》りっぽい女だな」

「父にいって、警視総監《けいしそうかん》にいいつけてもらいますからね！　これは誘拐《ゆうかい》よ！　拉致《らち》事件だわ！」

ニクソン巡査《じゅんさ》は説明しようとした。厳密にいうと、これは不法監禁《ふほうかんきん》であって誘拐《ゆうかい》ではない。しかし、更衣室《こういしつ》の中の客はきいていなかった。

三人は、ふたたび霧《きり》の中に迷いこんだ。引《ひ》き潮《しお》が移動更衣室《こういしつ》を沖《おき》に運んでいた。更衣室は岸から離《はな》れていく海流にしっかり捕《と》らえられ、入《い》り江《え》を流れ出て海峡《かいきょう》に入っていた。進行方向を南に変え、回転しながら漂《ただよ》っている。ボドキンズは、両手に手綱《たづな》を持っていればと思った。手綱をにぎっているといつも気が落ち着く。「ドーヴァー海峡を泳いでフランスにいけるらしいぞ。やった人がいるんだとか」ボドキンズがいった。

「だが……フランスはどっちだ？」ニクソンがたずねる。

「さあな」

「岸にもどして！　こんなのひどい！　わたしの兄にいいつけて、こらしめてもらうから！」

「きっと、楽しいハンプシャーに流れ着くだろう。そこには、おれのいとこが住んでる」

そのとき、牛肉や玉ネギと同じくらいイギリス人にはおなじみの、イギリス国歌と同じくらい圧倒的《あっとう》なことが起きた。イギリス海軍の戦艦《せんかん》が霧《きり》の中から姿を現したのだ。巨大《きょだい》な包丁のような灰色の鋼鉄の船首《せんしゅ》が三人にむかってくる。戦艦は三人を乗せた移動更衣室《こういしつ》にはまったく気づかず、船のへさきが作りだす波で更衣室を押《お》しのけた。

「そのときに死んだの？」グレイシーがたずねる。ほかの幽霊《ゆうれい》たちはどきどきしながら息をつめている。

「いや、助かった」ボドキンズが答える。「けがをして、頭がぼうっとしたくらいだ。そして、ニクソンが更衣室《こういしつ》の屋根にのぼった——中のお客が溺《おぼ》れてるか、それとも暇《ひま》つぶしに叫《さけ》んでいるか確かめるためにな。お客はひざまずいて、神様に誓《ちか》ってた。もし助かったら、教会に鐘《かね》を寄贈《きぞう》するとか、飢《う》えた人に食べ物を送るとか、いろんなことを。ニクソンは中に入ると、落ち着かせて元気づけ、自分の上着をかけてやった……そして、岸に着くころには人生が台無しになっていた、というわけだ」

「どうすることもできなかった」ニクソン巡査《じゅんさ》が、次に起きる悲惨《ひさん》な出来事を予告するように小さな声でいった。

「海軍の船は通りすぎるときに気づいてくれた、やれやれ」ボドキンズが続ける。「おれたちを救い出すために、手こぎのボートでやってきた。おれたちの乗った三十四番の移動更衣室《こういしつ》にロープをくくりつけ――岸までひっぱっていこうとしたが、お客が大騒《おおさわ》ぎしはじめた」

「わたしは騒《さわ》がなかった」ニクソンがいう。その声は悲しみでかすれていた。「まだシーショーに着いてもないのに、クララベルはわたしたちの婚約《こんやく》がきまったというんだ」

ボドキンズはわけがわからなかった。ボドキンズは、財産や社会的地位に悩《なや》まされたことがないのだからしかたがない。一方でクララベルとニクソン巡査《じゅんさ》は、ヴィクトリア朝《ちょう》の良き市民たるべき暗黙《あんもく》のきまり事をすべて知っている。法を執行《しっこう》する者としては、付き添《そ》いのいない何も身につけていない女性の姿をみてしまった以上、たとえそれが、北海《ほっかい》を南にむかう移動更衣《こうい》室《しつ》の中であっても、道義上、絶対に結婚《けっこん》しなければならない。

「クララベルのせいでわたしの人生は惨《みじ》めになった」巡査《じゅんさ》が悲しい声でいう。「スーツを着て、クラバット［男性が首に巻いた スカーフ状の装飾《そうしょく》］をつけ、夜はずっとぼんやりすごすはめになった。クララベルのおかげでわたしは巡査部長に、さらに警部補《けいぶほ》に昇進《しょうしん》し、人命救助で勲章《くんしょう》を授けられ、クオーク・パークの近くにある家でクララベルの家族と一緒《いっしょ》に住むはめになった。最後には、警察の仕事をあきらめて父親の会社――ボビーズ百貨店に入るしかなくなった」

ニクソンは幽霊《ゆうれい》たちを見回し、自分の罪の重さがみんなに伝わっているか確認した。胸ポケットから一枚の絵はがきを取り出し、幽霊たちに順番にみせた。それは、十二人の警察官の集合写真だった。ヘルメットをかぶった頭が、射的に使われるココナツのように並び、その上にはこう書かれていた。

海辺の町シーショーで
幸せな時間がすごせますように

「警察官としての仕事が大好きだった。法と秩序《ちつじょ》を守ることがわたしのすべてだったんだ。父親の事業を手伝うのを断ると、クララベルは怒《おこ》りっぽくなった。口を開けば文句ばかり。がみがみ、がみがみ。昼も夜も、がみがみ、がみがみ。翌年、文句はぴたりとやんで、そのかわりまったくしゃべらなくなった。わたしと一言も口をきこうとしない。無言で不満を訴《うった》えていた。さらには、ギルバート・アンド・サリヴァンなんてばかみたいというんだ！　死んでもロイヤルシアターにはいかないというんだ！」（恐《おそ》ろしさに息をのんだリリー・オリヴァーに、巡査《じゅんさ》はうれしくなった）「そうなんです！　想像できますか？　文化？　芸術？　演劇？　クララベルにはどれも必要なかった。それで、わたしはひとりでここにやってきた。心安らぐ場所に。ボドキンズと待ち合わせて、確か、もう一度『ミカド』をみた」

　ボドキンズがうなずく。オーケストラピットにいるピアニストが「彼《かれ》は去り、ヤムヤムと結《けっ》婚《こん》した」の一節を鼻歌でうたい、音の出ないピアノの鍵盤《けんばん》をたたく。

　それからというもの、ニクソン巡査《じゅんさ》は――レグに乗って町を巡回《じゅんかい》しないときは――ロイヤルシアターで夜をすごし、ひどく気取った妻から隠《かく》れていた。

驚《おどろ》いたことに、年老いた画家の幽霊《ゆうれい》が、珍《めずら》しく自分からこういった。

「ボドキンズは馬にブリンカー〔馬が前方しか見えないように視野をさえぎる装具〕をつけておくべきだった。そうすれば、驚《おどろ》いて暴れることもなかったのに」

画家の言葉をきいて、ニクソン巡査《じゅんさ》の頬《ほお》を涙《なみだ》が伝った。巡査は考えていた。もし、ロージーがブリンカーをつけていれば、自分の人生はどんなにちがうものになっていただろう。もし、写真家のフラッシュガンが不発だったら。二十一世紀に生まれていたら、若い女の人がほとんど裸《はだか》のような格好で歩いているのをみられても気にしないような世界に。

ボドキンズは妻や子どものことよりも、移動更衣室《こういしつ》のことを懐《なつ》かしく思い出す。愛《いと》おしそうに微笑《ほほえ》み、三十四番の移動更衣室のことを考えていた。「おれの移動更衣室はすぐにもどってきた。伝書バトみたいにな。栈橋《さんばし》の下に打ち上げられていた。しばらくの間、大勢の人がみにきたものだ。おれは栈橋に腰《こし》かけ、更衣室を指さしてこういった。『あれは、一八七五年にあった移動更衣室の海峡《かいきょう》横断大レースで、フランスまでいってもどってきた素晴《すば》らしい移動更衣室なんだ』浜辺《はまべ》にいる旅行客は、だまされやすい間抜《まぬ》けばかりだ。おれの勇敢《ゆうかん》でむこうみずな旅の話をきいて、みんなビールをおごってくれたよ」

ピアニストがきこえない曲を弾《ひ》きはじめる。ミンストレル芸人のモーリスがバンジョーをA調にあわせる。幽霊《ゆうれい》たちは声をあわせて「ぼくは人魚と結婚《けっこん》した」という、長い歌をうたった。グレイシーは舞台裏《ぶたいうら》でタップダンスを踊《おど》るパタパタパタパタという音がきこえたような気がしたが、気のせいだと思うことにした。

第八章 ふたりの音楽家

劇場に隠《かく》れているたくさんの幽霊《ゆうれい》をみつけることは、つぶれたお菓子屋《かしや》をみつけるのと同じくらいわくわくする。夜になると、グレイシーはチョコレートのように幽霊の包み紙をはがし、その過去を味わうところを想像して楽しんでいた。両親が弁護士を訪ね、銀行、委員会の事務所、建設会社をかけまわっているあいだ、グレイシーは劇場の住人を問い詰《つ》めた。

「みんな舞台《ぶたい》にあがって、自分の話をするべきよ！」

今日は、無視を決めこむ幽霊《ゆうれい》たちを気にもとめず、グレイシーはオーケストラピットのふちに立ち、ある男の幽霊にしつこく話しかけた。その人は毎日、骨組みだけになったアップライトピアノの前にすわっている。ピアノは後ろの板がなくなり、中身が外にたれさがっている。その様子はまるで、衣装《いしょう》ダンスから飛び出した骸骨《がいこつ》のようだ。譜面台《ふめんだい》の両端《りょうたん》にあるろうそく立ては、車のワイパーのように左右に揺《ゆ》れている。男がどんなに素晴《すば》らしい技術で鍵盤《けんばん》に指を走らせても、音が鳴ることはない。

「名前はなんていうの？」

「シャドラクといいます」

「あなたのピアノ、壊《こわ》れてるみたいよ、シャドラク。音がしないもの」

「ですが、わたしにはきこえているのです。頭の中に音が響《ひび》いています。ベートーベンが証言しています。最高の音楽は頭の中できこえるものだ、と」

「ベートーベンってだれ？」

「耳の不自由なピアニストです」

「あなたも耳が不自由なの？」

「わたしはピアニストです。この頭の中では、素晴《すば》らしいコンサートピアニストなんです。しかし、現実は……」もし、シャドラクがここで話を終えるのを許されると思ったなら、グレイシーの野獣《やじゅう》のような好奇心《こうきしん》をみくびっていたということになるだろう。

「続きを話して。本当は何をしていたの？　教えて。みんな、だれにもいわないから。メルーシュさんもボドキンズさんも巡査《じゅんさ》も話したじゃない。あなたは何をして暮らしていたの？」

シャドラクが身震《みぶる》いをする。「生きていたころは、食事をする人たちのためにピアノを弾《ひ》いていました。アセンブリー・ルーム［貴族の社交場としてティーパーティーや舞踏会《ぶとうかい》、カード遊びなどに使用された建物］のピアニストでした。そこにやってくるのは、ショパンよりショコラ、シューベルトよりシュー皮に興味のある人がほとんどでした。ある十一月の夜、アセンブリー・ルームが火事になり、その仕事から解放されました。わたしは火の中でピアノを弾き続けました。流れるような旋律《せんりつ》が空中でまっ赤に燃えるまで。人生で最後にきいた音楽は、シャンデリアが落ちたときのティンパニーのような音と消防車の騒々《そうぞう》しい音でした」

数人の幽霊《ゆうれい》が、これで満足か？　といいたげにグレイシーをにらみつけていた。この女の子は、シャドラクに百二十年まえの悲惨《ひさん》な死を語らせて、何が楽しいんだといわんばかりだ。

しかし、バンジョーを持った黒い顔の青年の反応は、ほかの幽霊《ゆうれい》とはまったくちがった。オーケストラピットのふちに、プールの端《はし》にすわる水泳選手のように腰《こし》かけたまま、バンジョーをシャドラクに差し出した。

「よかったら弾《ひ》いてみますか。ぼくが教えます」モーリスがいった。

シャドラクはモーリスの靴《くつ》とスパッツ［靴にすっぽりとかぶせ、足首の上までを覆《おお》う、布または革製のカバー］に目をやった。どちらも地下のささやかな自分の場所にぶら下がっている。シャドラクが仕方なく弦《げん》をはじくと、バンジョー（実際はバンジョーの幽霊《ゆうれい》）から心地《ここち》よい高い音が響《ひび》いた。

「これまでに、一度でもアセンブリー・ルームで働いたことはありますか？」シャドラクが、堅苦《かたくる》しいくらいていねいな口調でたずねる。

「ありません。ぼくは、そこが火事でなくなったあとに生まれたんです。ぼくたちのバンド、ブラックバードが演奏できるのは、ホテルの庭や砂浜《すなはま》だけでした。けど、ぼくたちは人気だったんですよ」

「給料制か？　それとも、投《な》げ銭《せん》か？」ジョージ卿《きょう》が思わず口をはさむ。

「すみません、どういう意味ですか？」

「給料をもらっていたのか？　それとも、観客に帽子《ぼうし》をまわして金をもらっていたのか？」

「帽子《ぼうし》を十個まわしていました！」モーリスが誇《ほこ》らしげにいう。「稼《かせ》ぎのいい日は、帽子ひとつではまにあわないほどだったんです！　ぼくは、このバンジョーで演奏して、全体の一パーセントをもらっていました」モーリスのあまりに少ない報酬《ほうしゅう》をきいて、演劇関係の仕事をしていた幽霊《ゆうれい》たちは、おい、冗談《じょうだん》だろうといわんばかりに両手をあげた。しかし、モーリスはブラックバードの悪口には耳を傾《かたむ》けようとしなかった。「お金がもらえなくても、このバンドで演奏を続けたと思います。絶対に。ブラックバードのみんなが演じるニガーはシーショーの町で一番です」

「そんなこといっちゃだめ！」グレイシーの言葉に幽霊《ゆうれい》たちは、きこえるくらい大きな音で息をのんだ。

「どうして？」身構えるモーリスの目は、火花が散ったようにきらっと光った。「ほかにもっとうまいやつなんていなかったよ」

「おれはハーリー・バーリーズが好きだったな」ボドキンズがいう。

「やっぱり、ザ・ディキシーランダーズの演奏がしゃれててよかったなあ。実際、ブラックバードの演奏はよかったよ。オペラ『アイオランシ』の曲をニガーの格好をしてうたってるのをみただけだけど」ニクソン巡査《じゅんさ》がいう。

「やめて！　少しでもまともな人なら、そんな言葉は使わないわ！」グレイシーがものすごく怒《おこ》って足を踏《ふ》み鳴らす。

「だれか、ダンディクーンズ［クーンは黒人に対して使われる差別的な表現］を知らないか？」写真家がよく考えずにたずねる。グレイシーは、消火バケツから片手いっぱいに砂をにぎりしめ、写真家めがけて投げつけた。

モーリスと写真家はまわりを見回し、自分たちの何が悪かったのか、だれかが説明してくれるのを待った。しかしほかの幽霊《ゆうれい》たちも、戦いの雄叫《おたけ》びのように大声をあげるグレイシーに戸《と》惑《まど》っていた。「もし、自分がそんなふうに呼ばれたらどう思う?」

「わたしのスワニー・ミンストレルズは完璧《かんぺき》だった。彼《かれ》らのショーは素晴《すば》らしかった。サーカスの巡業《じゅんぎょう》でブロミッジにいったときにみたんだ」ジョージ卿《きょう》がいった。

「ブロミッジってどこだ?」

「その町がどこにあるかは知らないけど、おれはいったことないな」モッズのマイキーがいう。

「いいパブがたくさんあったんだが、観客はひどかった」

「答えてよ。自分がそんなことをいわれたら、どう思うかってきいてるの」グレイシーの怒《いか》りはおさまらない。

「ブロミッジのこと?」かすれてうわずった声でモーリスがたずねる。かぶっていたムギワラ帽子《ぼうし》で自分をあおぎ、ほてった顔を冷まそうとしている。

マイキーがガムをかむふりをしながら答える。「この子は、おまえがニガーをばかにしていると思ってるんだよ、モーリス」

グレイシーはまた、あの訴《うった》えかけるような──なんでわかってくれないの、といいたげな──表情になる。「そういわれても困るよ。ぼくがニガーをばかにできるわけないだろ! ぼくがニガーなんだから! ニガーって最高だよ!」モーリスもグレイシーも、いまにも泣きだしそうだ。

「いいえ、ちがうわ。ただそんな格好をしているばかな人よ。そんな……、えっと……」グレイシーはどの言葉が使ってよくて、どの言葉がだめだったか思い出そうとした。言葉のきまりは次々に変わる。

「シェイクスピアの『オセロ』はどうかしら？」メルーシュさんが、助《たす》け舟《ぶね》を出す。

「『オセロ』に黒人のメイクをした登場人物がいたかな？」ローランド・オリヴァーが申し訳なさそうにいう。「『オセロ』にミンストレル芸人が出ているのは、みたことがないと思うのだが……」


モーリス・ホッパーは第一次世界大戦が始まったとき、まだ十三歳《さい》だった。エドワード七世が王位に就《つ》いた日に生まれ、シーショー・アンド・シープスゲート・シルバーバンドが、老人ホームの外で演奏する国歌の音にあわせてこの世に生まれた。それで、モーリスの魂《たましい》に音楽が宿ったのかもしれないし、おじのサヴィルからうけついだバンジョーに導かれたのかもしれない。

一九一五年になるころには、毎週日曜日に防波堤《ぼうはてい》にすわって、遊歩道や砂浜《すなはま》にいるいろんなバンドと一緒《いっしょ》に演奏していた。そのときから、絶対にミンストレルバンドに入ると心に決めていた。

はじめは、バンドが演奏するテンポについていけず、モーリスのバンジョーの音は数秒遅《おく》れて響《ひび》いていた。ブラックバードのリーダーはかっとなって、ある日、自分のムギワラ帽子《ぼうし》をぬぐと、円盤投《えんばんな》げをするように防波堤《ぼうはてい》にすわっている少年にむかって飛ばした。帽子がモーリスの首をかすめていったが、そのときできた傷は、聖ジョン救急隊がかけつけて止血《しけつ》をしなければならないほどだった。バンドリーダーは自分が腹立ちまぎれにおかしてしまった罪が恐《おそ》ろしくなり、応急処置室の外でひざまずき、モーリスのために祈《いの》った。その後、バンドリーダーはモーリスにムギワラ帽子をプレゼントした。その帽子は、モーリスにとってバンジョーの次に大切な、かけがえのない宝物になった。そのとき、ただのミンストレル芸人ではなく、ブラックバードの一員として演奏するミンストレル芸人になることを決めた。十五歳《さい》の誕生日のまえには、学校用の靴《くつ》の上からスパッツをはき、縦縞《たてじま》のブレザーを着て、メトロポールホテルの庭で八十人の観客を前に「ディキシー」を演奏していた。ホテルの宿泊客《しゅくはくきゃく》はパラソルの下にすわり、レモネードを飲みながら、扇子《せんす》でハチを追い払《はら》っている。どこからどうみても裕福《ゆうふく》な人々で、モーリスの父親でさえ感心した。母親はブラックバードの演奏をみて、顔を黒くぬった演奏者のなかから自分の息子をみつけられず、別の少年にお祝いをいった。しかし、モーリスは母親にそれを指摘《してき》するのは気が引けて、なにもいわなかった。

　その年は、ひとりで休暇《きゅうか》にきている女の人がたくさんいた。彼女《かのじょ》たちの恋人《こいびと》は、遠くの最前線で軍務に服し、楽しい時間をすごしているか――あるいは、おそらく大変な思いをしていたのだろう。翌年になると、白の綿《めん》モスリン「薄手《うすで》で柔《やわ》らかい無地の綿織物」のドレスはほとんど黒のクレープ生地「表面に細かいさざ波状のしわのある軽い布」の喪服《もふく》に変わっていた。戦地にいった恋人たちは帰ってこなかったのだ。

一九一六年、ブラックバードのミンストレル芸人は、学生か五十歳《さい》以上の男だけになっていたが、演奏を続けて人々を励《はげ》ましていた。

戦争は、はるか遠くの国にいる怪物《かいぶつ》であり、電報《でんぽう》で連絡《れんらく》してくるだけの殺人鬼《さつじんき》だった。

残念ながらお知らせします……

若者は重傷を負って帰ってくるか、帰ってこないかのどちらかだった。しかし、戦争は実際にシーショーで起きているわけではなかった。一九一七年になってもまだ、戦争はイギリス海峡《かいきょう》のむこうにいる、あいまいで形のない不幸だった。シーショーは（相変わらず）、沈《しず》んだ気持ちや恐怖《きょうふ》や疲《つか》れた心をいやす場所だった。海のそばにある幸せの町だった。

そんなとき、爆弾《ばくだん》が降ってきた。

八月のよく晴れた日、モーリスはウィンザー街《がい》にある家の二階の自室で、砂の入ったボウルに何度も指をつっこんでいた。バンジョーを弾《ひ》く指先の皮膚《ひふ》を強くするためだ。エンジンの低い音がきこえた。イギリスの空軍機は、その姿も音もすっかりおなじみになっていた。しかし、こんな音はきいたことがなかった。モーリスは窓を押《お》し開け、顔をつきだした。外では、ドイツ軍のゴータ爆撃機《ばくげきき》がうなりをあげ、ごう音を轟《とどろ》かせて町の上空を東へ飛んでいくところだった。それはじつに堂々《どうどう》と飛んでいって、突然《とつぜん》、最後に爆弾《ばくだん》を落とした。

爆撃《ばくげき》されたのは三十九番地だった。すさまじい風が通り沿いの窓をすべて粉みじんにした。

その光景は、池で水切りをしたときに、石が水面の輝《かがや》きを粉々《こなごな》にしていく様子に似ていた。モーリスはニュース映画を――無声《むせい》映画を――みているようだと思った。爆発音《ばくはつおん》のせいで、一時的に耳がきこえなくなっていたのだ。周囲の空気に見覚えのあるものが混じる――かわら、カーテン、スーツケースの取っ手、本のページ、靴下《くつした》。それから数分間、なにも起きなかった。そのとき、三十九番地の残骸《ざんがい》が――いまにも倒《たお》れそうになっていた三枚の壁《かべ》が――、内側にむかって崩《くず》れ落ちた。すべての家のガス灯の明かりが揺《ゆ》れたかと思うと、ガスの本管が爆発し、がれきの山が炎《ほのお》につつまれた。

翌日、父親が保険金請求書《せいきゅうしょ》のことで気をもんでいるあいだ、モーリスは教会にいくときの靴《くつ》を磨《みが》き、心の支えにバンジョーを持って陸軍徴兵《ちょうへい》事務室にむかった。入隊しようと心にきめていた。ドイツ軍がウィンザー街《がい》三十九番地を爆撃《ばくげき》するのなら、やつらの飛行機を海に沈《しず》めるしかない。

モーリスは徴兵《ちょうへい》事務室の軍曹《ぐんそう》にバンジョーのことをきかれた。その瞬間《しゅんかん》、バンジョーを置いていけといわれるのではないかと思ってぞっとした。しかし、軍曹は音楽が好きな気持ちを分かち合おうとしただけだった――「わたしはウクレレを弾《ひ》くんだ。歌は、いつも士気を高めてくれる」軍曹は上機嫌《じょうきげん》だった。ウィンザー街《がい》三十九番地が爆撃《ばくげき》され、すでに八人が入隊を決めていたのだ。

翌日、ロイヤルシアターでコンサートが開かれた。空襲《くうしゅう》で焼け出された家族を助ける資金を募《つの》るためだった。一幕ものの芝居《しばい》、手品、愛国心に訴《うった》えるスピーチ。ブラックバードは観客に呼びかけ、全員で一緒《いっしょ》になってうたった。モーリスは舞台《ぶたい》の上で喝采《かっさい》をきき、白と金の装飾《そうしょく》が施《ほど》された客席を眺《なが》めているうちに、涙《なみだ》が流れた。純粋《じゅんすい》な喜びの涙で、黒くぬった顔に何本も筋ができた。戦地からもどったら、プロのミンストレル芸人になり、バンドの収入の二パーセントの報酬《ほうしゅう》をもらうのだ。しかし、今日以上に誇《ほこ》らしい気持ちになることはないだろう。ロイヤルシアターで、たくさんの紙の国旗が波のように揺《ゆ》れている客席にむかって「スワニー河を下って」をうたったこの瞬間《しゅんかん》は、最高に誇らしかった。

アンコールには、出演したすべてのミンストレルバンドが登場し、全員で「ディキシー」を演奏した。このとき、モーリスは初めてどこにもいきたくないと思った。子どもから大人になるまでの日々を、シーショーの町ですごせるということは、世界じゅうのだれよりも幸せなんだと気づいた。

塹壕《ざんごう》［戦場で、敵の銃砲撃《じゅうほうげき》から身を守るために陣地《じんち》の周りに掘《ほ》る穴または溝《みぞ》］には、白や金のものはなにひとつなかった。すべての色を、数百万人の命と一緒《いっしょ》に、泥《どろ》が音をたてて飲みこんでしまった。残っているのは茶色だけ。泥、苦痛、恐怖《きょうふ》、ネズミ、指令。そういうものが、カンブレー［フランス北部の都市。第一次世界大戦時の激戦地］の終わりのみえない戦場を汚水《おすい》のようにおおっている。

モーリスのバンジョーは大歓迎《だいかんげい》された。湿《しめ》った冷たい空気の中では、音程がずれることが多かったが、隊の仲間は気にしなかった。二日のうちに、知っている曲をすべてうたってしまった。バンジョーケースが壊《こわ》れたとき、お気に入りの曲をうたってくれたお返しに、といって隊長が自分のゲートルを使って直してくれた。

モーリスはシーショーの桟橋《さんばし》の絵はがきを寝床《ねどこ》に飾《かざ》っていた。だがシーショーの桟橋は、飛んできた砲弾《ほうだん》の振動《しんどう》で泥《どろ》の壁《かべ》が崩《くず》れ、モーリスの寝床と共にあとかたもなく消えてしまった。モーリスが塹壕《ざんごう》にきて一週間がすぎたころ、あるうわさが流れてきた。信じる者もいれば、そうでない者もいるが、両軍の中間地点からサッカーボールがみつかったそうだ。ドイツ軍とイギリス軍の兵士たち数人が、停戦を——一時間だけ——宣言し、友だちのようにサッカーの試合を楽しんだという。

「そんなもの、使い古されたジョークだ」隊長がいう。「去年のクリスマスにもきいた。そのひとつ前のクリスマスにもな。そんなことがあるはずがない」

「この話は、D師団に兄弟のいる隊員からききました。さらに、その兄弟は病院で修道女《しゅうどうじょ》からきいたそうです。修道女は嘘《うそ》をつきません、そうでしょう、隊長？」

「信じてみるべきだ」戦争に反対している社会主義者の兵士がいった。

「われわれなら、ドイツ兵と一緒《いっしょ》にうたえるかもしれない。ここにいるホッパーが素晴《すば》らしい音楽を奏《かな》でてくれるからな」ウェールズ出身のタフィーがいう。

「昔は音楽が大好きだった」頭に汚《よご》れた包帯を巻いた中尉《ちゅうい》が、ふたたび泣きはじめた。

フィンが持ってきたウイスキーをコップ一杯《いっぱい》飲み——モーリスは生まれて初めて酒を口にした——モーリスも戦争はよくないとみんなに話した——世界はロイヤルシアターのようであるべきだ……世界はあの劇場よりもはるかに大きいが……みんなで声をあわせてうたう場所であ

るべきだ。同じ音でなくていい、いろんな音でハーモニーを奏《かな》でるんだ。

そのあと、どういうわけか、睡眠《すいみん》不足や、さっき飲んだウイスキー、隊長が指令の確認で本部にいっていること、熱湯よりも熱い恐怖《きょうふ》、まだ埋《う》められていない三体の死体が目を開いてこちらをみていること……いろんなことが重なって、とんでもない思いつきが、信じられない現実になった。タフィーは白旗をライフル銃《じゅう》にくくりつけ、胸墻《きょうしょう》［敵弾《てきだん》を防ぐため、味方が射撃《しゃげき》をするために土を胸の高さほどに積み上げたもの］のむこうからみえるようにして旗を振《ふ》った。社会主義者の兵士がモーリスのバンジョーをひったくり、胸墻《きょうしょう》のむこう側に投げると、人類はすべて兄弟だと語り始めた。モーリスは塹壕《ざんごう》での任務に就《つ》いて、今日まで十日間、三時間以上眠《ねむ》れた夜はなかったが、骨にむかって走る犬のようにバンジョーに駆《か》け寄った。拾い上げると、音を合わせ始めた――両軍の中間地帯のまんなかだった。

「音合わせはいい、演奏しろ！」社会主義者は胸墻《きょうしょう》にはい上がっている。そばにはウイスキーのボトルを持ったフィンがいる。モーリスはバンジョーを弾《ひ》き、歌をうたった……だが、歌詞がいつもとちがう。


　　ここがシーショーだったらうれしいのに！

　　シーショーに帰れたら……


モーリスの手は寒さと恐怖《きょうふ》と疲労《ひろう》で震《ふる》えた。汚《よご》れた厚地のロングコートを着た兵士がさらにふたり、震えながら出てくる。タフィーが曲にあわせて旗を振《ふ》っている。

うれしいのに！　シーショーに帰れたなら……

ドイツ軍の機関銃《きかんじゅう》が火を噴《ふ》いた。人類の兄弟愛を確かめる興味深い実験は、泥《どろ》まみれの無惨《むざん》な終わりを迎《むか》えた。

モーリスはどうやってイギリスにもどってきたのか覚えていない。帰りたいという切実な願いが、担架《たんか》のようにモーリスの魂《たましい》を運んだ。多くの命が奪《うば》われたカンブレーから、金色に輝《かがや》くロイヤルシアターに。バンジョーを小脇《こわき》に抱《かか》え、泥《どろ》で茶色に染まった軍服はいつのまにか、縦《たて》縞《じま》のブレザーとクリケット用のフランネル製のズボンに変わっていた。顔までが、ミンストレルショーに出る支度《したく》をしたかのように黒くぬられていた。

モーリスが話を終えると、あらゆる思い出がロイヤルシアターの客席を吹《ふ》きぬけた。まるで、晴れた日の猛吹雪《もうふぶき》のようだった。幽霊《ゆうれい》たちは、父親や息子、祖父、そして第一次世界大戦にのみこまれた祖先のことを思い出していた。みんな、いままで考えないようにしていたのだが、そういうものは——時間を思いきり蹴《け》飛《と》ばしてへこみを作る。すると、思い出はくぼみにそっともどり、どうにもそこから出られなくなるのだ。

「だけど、なんで顔を黒くぬっているんだ？」マイキーが無神経にたずねる。マイキーにとって、第一次世界大戦は学校で習った歴史的事件のひとつでしかない。

モーリスは、一瞬《いっしゅん》、答えが浮《う》かばなかった。自分が顔を黒くぬる理由を考えたことがなかったのだ。「もちろん、ニガーに似せるためだよ」

グレイシーがまた、息をのんだ。「その言葉、使わないで！　本当に……自分だったらどんな気持ちになる？　そんなふうに呼ばれて……あんたみたいな人に侮辱《ぶじょく》されたら、どう思う？」

縦縞《たてじま》のブレザーを着たモーリスは両腕《りょううで》で頭を抱《かか》え、体を丸めた。

「きっと、同じ言葉でも話し手の思いによって、良い言葉にも悪い言葉にもなるのではないですか？」ユージニアス・バーチがいう。「たった数文字の言葉にすぎない？　そんなことはありません。どんな言葉でも、憎《にく》しみをこめていえば人を傷つけるかもしれません。どんな言葉でも、話し手が悪意に満ちていれば、相手に嫌《いや》な思いをさせるでしょう。だれかを傷つけるのは、言葉ではないのです。言葉そのものには、実体もなければ、鋭《するど》い刃《やいば》も、毒もありません。モーリスは悪意を持ってその言葉を使っていますか？　わたしはそうは思いません。それどころか……」

「どの言葉？」モーリスが必死になってきく。

「直接、黒人にきけばいいじゃない」グレイシーがきつい口調で答える。

ミンストレル芸人は目を見開く。黒くぬった顔の中で白い歯をきらりと光らせ、グレイシーの間抜《まぬ》けな返事にくすくす笑う。「なんだって？」モーリスはいう。「そんなことできるわけないよ。本物の黒人には、一度も会ったことがないんだから！」

第九章　ディキシーをきかせて

モーリスを説得するのは簡単だった。グレイシーは、外国の音楽をきかせるという、魅力《みりょく》的な約束をしてモーリスを劇場の外に連れ出した。

百年まえ、モーリスはアメリカ南部の州を旅してまわりたいと夢みたことがあった。スワニー河のほとりで、本物の黒人が演奏する音楽をきくのだ。満月のように丸く輝《かがや》くバンジョーを腕《うで》に抱《だ》いて。しかし、モーリスはアメリカではなく、フランスにいくことになり、泥《どろ》だらけの戦場で死んでしまった。

グレイシーはモーリスを連れて、恐《おそ》ろしいほどの速さでシーショーの町を走り抜《ぬ》け、片手をあげていう。「こっちよ！　ついてきて！」

砂浜《すなはま》にミンストレルバンドは一組もいなかった。海沿いのホテルはアパートにかわり、庭でうたう聖歌隊《せいかたい》の姿もない。ヤシの木がそよぐ中庭で演奏していたオーケストラもいない。縦縞《たてじま》のブレザーを着てムギワラ帽子《ぼうし》をかぶっている人はひとりもいない。メカニカル・エレファント・パブリック・ホテルの外で、スプーンで膝《ひざ》をたたいてリズムをとる人も、ハーモニカをふく人もいない。バンジョーもみあたらない。悲しみに沈《しず》む人には、すぎていく年月が、洪水《こうずい》のようにシーショーの町からミンストレルショーをすっかり流し去ってしまったようにみえたかもしれない。

しかし、モーリスは通りにいる人々の顔をみつめて――いろんな国籍《こくせき》の人がいる――グレイシーの腕《うで》をつかんだ。その力があまりにも強かったので、グレイシーはモーリスの手の感触《かんしょく》が伝わってくるように思えた。「ああ！　音楽！　音楽はこの時代でも素晴《すば》らしいんだろうな！」

チャリティショップ［市民から寄付された不用品を安く販売《はんばい》し、その売り上げを各団体の慈善《じぜん》活動に充《あ》てる店］の書店のそばを通ったとき、モーリスが戸惑《とまど》った表情を浮《う》かべた。この店の主人はワーグナーのオペラとドイツ歌曲が好きなようだ。モーリスがたずねる。ドイツの内通者《ないつうしゃ》の店主はなぜ撃《う》ち殺されてないんですか？　少なくとも、捕虜《ほりょ》収容所に閉じこめられて当然でしょう。

「ここの店長さんは、困っている人を助けるためにこのお店をやってるのよ」グレイシーが思いやりに満ちた口調でいう。

「いや、ドイツ野郎《やろう》が好きみたいですよ！」モーリスがいう。「この言葉もニガーと同じですね、すみません！」

「二度といわないって約束するなら許してあげる」

まず、グレイシーはポーランドショップにいった。その店では大きなラジカセから流れているのはマグダ・ウーマーで、ポーランド語の歌を子守唄《こもりうた》のように静かな声でうたっていた。つぎは、ボンベイ・ダック。ふたりは、キッチンの窓の外でバングラ［インドとパキスタンにまたがる地域の民謡《みんよう》］に耳をすました。

それから、イタリアン・アイスクリーム・パーラー。そこでは、いつもラジオでハートＦＭ

を流している。店主のジョバンニがイタリア料理の店でかかっている音楽を軽蔑《けいべつ》しているからだ（義理の母親をいらつかせるのも好きだった）。

美容院にもいった。店内では美容師が、波が打ち寄せる音や、オオカミのほえ声のCDをかけていた。美容師のふとももにはタトゥーがあった。

ゴス・ショップのドラキュラ・サックスは、通り全体に店内の音楽が響《ひび》いていた。しかし、熱狂《ねっきょう》的なドラムの音がマシンガンを連射する音にあまりにも似ていたので、モーリスが車輪付きごみ箱の後ろに隠《かく》れてしまい、グレイシーは苦労して引きずり出して先を急がせるのが大変だった。

CDショップのHMVでモーリスはテレビ画面の下に立ち止まり、あるグループの映像をみていた。車の下からはいだしてきたばかりの整備士のような格好をしたミンストレルバンドだ。モーリスはその曲が全身を駆《か》け巡《めぐ》り、心臓の鼓動《こどう》がもどったような奇妙《きみょう》な感覚に襲《おそ》われた。音楽にあわせて足を動かさずにはいられない。ハード・ロックのリズムにあわせてソフトシュー［底に金属のついてない靴《くつ》で踊《おど》るタップダンス］を踊《おど》る。「吹《ふ》け、ガブリエル、あのラッパを！」曲の途中《とちゅう》でモーリスがそう叫《さけ》ぶと、一瞬《いっしゅん》、スピーカーの音にノイズが入った。

最後にグレイシーがつれていったのはレコード・ショップだった。ナット・キング・コールがささやくような優しい声で月の歌をうたっている。モーリスはスピーカーによりかかり、うっとりして髪《かみ》の毛を震《ふる》わせた。「ああ、おじょうさん！」そうささやき、目をとじる。「ぼくは、ブラックバードの音楽は最高に素晴《すば》らしいと思っていました。フランスでは、ロイヤル・ウェールズ・フュージリア連隊の奏《かな》でる音楽は素晴らしいと思いました。だけど、今日まで、音楽の素晴らしさの半分も知らなかったようですね！」

「それからアメリカの歌手の曲もきいたんです！」モーリスはロイヤルシアターに帰ると、幽《ゆう》霊《れい》たちにいった。「音が大きすぎて、歌詞がほとんどききとれないんです。けど、庭造りをたたえている歌もあるみたいでした。たしか、シャベルについてたくさんうたっていて、自分のシャベルに並々《なみなみ》ならぬ誇《ほこ》りを持っている……。女性のミンストレル芸人もいました。水着をきて、ああ、そうだ！　猫《ねこ》のひげをつけてるんです！——おっと、すみません、メルーシュさん。本当に最高でした！　ディキシー！　本物の！」

ほかの幽霊《ゆうれい》たちは信じられないという表情を浮《う》かべている。若者の悲しい物語をきいて、第一次世界大戦のころの記憶《きおく》が呼び覚まされ、明るく無邪気《むじゃき》に懸命《けんめい》に外であったことを語るモーリスの姿に腹を立てているのだろう。もしかすると、モーリスが劇場の外に出たことで、なんとなく裏切られたような気がしていら立っているのかもしれない。

「また外に出かけるつもりです！」モーリスは、まわりの幽霊《ゆうれい》が顔をしかめているのに気づかずに続ける。「グレイシーにききました。毎週日曜日には砦《とりで》でバンドが演奏してるそうですよ！」

劇場の住人たちは、いっそう不安な顔になった。どういうことだ？　グレイシーだって？　これからは、パッチワークのオーバーオールを着た厄介《やっかい》な女の子を名前で呼ぶことになったのか？

ピアニストのシャドラクが、いつものオーケストラピットから急に顔を出した。巣穴から出てきたプレーリードッグみたいだ。そして慎重《しんちょう》に質問をする。「エルガーの楽曲はきけますか？」

「もちろん！　たくさんきけるわ！」グレイシーは答えながら、中指と人差し指を十字にして、うまくいきますようにと願った。日曜日にエルガーの曲が演奏されるかどうか、わからなかったからだ。

シャドラクは、モーリスにむかってそっけなくうなずいた。「それならわたしも一緒《いっしょ》にいきます」音の出ないピアノの鍵盤《けんばん》に両手を乗せたままいった。

第十章　もう一度、思い出したい

「じゃあ、あのコンサートを覚えてるの？」グレイシーは、ロイヤルシアターのたったひとりの歌姫《うたひめ》にきいた。「モーリスが戦地にいって、えっと……泥《どろ》だらけになるまえに開いたコンサートのこと」

なかには、うなずいている幽霊《ゆうれい》もいる。

「昨日のことのように覚えてるわ」リリー・オリヴァーがいう。「あなたも覚えてるわよね？」

ローランドは、いぶかしげな視線を妻にむけたが、すぐにはっとした。片手を額にのせ、もう片方の手を金色に輝《かがや》く過去にむかってのばし、声高らかに答える。「もちろん、よく覚えているとも！　紙の旗の海が客席に広がり、みんなで歌をうたい、愛国心をかき立てるスピーチをきいた！」

「そのころにはもう、あなたは観客のひとりだった」リリーが優《やさ》しく愛情をこめて夫の腕《うで》をなでる。「戦争から逃《のが》れたのよね、かわいそうなローランド」

オリヴァー夫妻と同じ、ヴィクトリア朝《ちょう》とエドワード朝を生きた幽霊《ゆうれい》たちは、ローランドのほうをむき、説明してくれという顔をしている。義務を怠《おこた》ったのか？　出征《しゅっせい》するのを拒《こば》んだのか？　徴兵《ちょうへい》を逃《のが》れたのか？

ローランドがきまりの悪い思いをしているのは明らかだった。しかし、一言も理由を説明しない。それをしたのは妻のほうだった。

「ローランドは戦争が始まる前に死んでしまったの」リリーがいう。空のように青いローランドの目が、それ以上いわないでくれと訴《うった》えている。

「話して」グレイシーがいった。

若いころ、ローランド・オリヴァーの髪《かみ》は、たてがみのようにふさふさしていた。もちろん、人気の舞台《ぶたい》俳優になれたのは髪のおかげではなく、演技の才能があったからだ。しかし、幕あいに一階席のバーで観客たちのおしゃべりに耳をかたむけると、ローランドの成功の秘密は容姿だと考えてもいいような気がしてくる。

「なんてたくましいあご！」

「歯が素敵《すてき》！」

「あの、かすかに笑う仕草……」

「そうそう――横顔が素晴《すば》らしいのよね」

「あら、素晴らしいといえば鼻よ。貴族の生まれにちがいないわ、そう思いません？」

「声をきいているとほれぼれしてしまいますよね？」

「本当にそう思うわ。それからあの髪《かみ》！」

「間違いなくあの髪《かみ》よ」

ローランドはロンドンのオールドウィッチ劇場やサヴォイ劇場に出演していないときは、地方をまわっていた。巡回公演《じゅんかいこうえん》ではひとつだけではなく、三つの演目を用意した。すると、サンダーランドやチェスターの劇場が三回とも満員になり、観客はローランド・オリヴァーの天才的な演技を楽しんだ。シェイクスピアからソポクレス、王政復古時代《おうせいふっこじだい》の作品からオペレッタまで、休むことなく出演し、次々に大成功をおさめた。劇場に住む幽霊《ゆうれい》（どの劇場にも住みついていた）が、ローランドの出演するときだけは目にみえる姿になって、客席にやってくるといわれていた。少なくとも、ローランドの事務所の人はそう話していた。

ローランドの北欧人《ほくおうじん》のような美しい容姿には、もちろん厄介《やっかい》なこともあった。地方をまわるときの公演先で――立派な宿もあれば、質素な宿もあったが――女主人や、その娘《むすめ》たちがローランドに夢中になってしまうのだ。朝食をベッドまで持ってきたり、何度も紅茶を運んできたり、階段で待ちぶせし、偶然《ぐうぜん》を装ってぶつかってきたりした。カフスボタンやシャツの襟《えり》を思い出の品としてくすねることもあった。ローランドが夜にスーツをかけようと衣装《いしょう》ダンスを開けると、なかに女の人が隠《かく》れていたこともある。

ローランドは身の危険を感じて結婚《けっこん》することを決めた。幸運なリリー・アリアムが妻に選ばれたのには、三つのもっともな理由があった。ひとつ目は、リリーが『理想の結婚』でローランドの相手役を演じ、その公演の評判が素晴《すば》らしかったこと。ふたつ目は、リリーは演技中にローランドの合図を見逃《みのが》したり、悪い批評を書かれたりする心配がないくらいには演技の才能に恵《めぐ》まれていたが、一方で、ローランドより目立ちすぎることもなかった。三つ目は、同じ仕事をしていたことだ。役者は（正統派ユダヤ教徒のように）、絶対に別の職業の人と結婚するべきではない。役者と一緒《いっしょ》に暮らせるのは役者だけだ。

リリーがシーショー出身だったので、ふたりはこの町に家を買った――しかし、オリヴァー夫妻がシーショーの町で暮らしていたかというと、とてもそうはいえなかった。地方公演が容《よう》赦《しゃ》なく続いた――ブラックプール、リバプール、ハートルプール、プール。リリーが顔をしかめてつぶやく。「地方公演の多い俳優の結婚《けっこん》の誓《ちか》いは、『幸せなときも、困難なときも……』じゃなくて『リッチモンドでも、ポーチェスターでも、スケッグネスでも、エルサムでも……』にするべきね」

ある日、ついに『マクベス』に出演するチャンスが舞《ま》いこんできた。あのスコットランドの戯曲《ぎきょく》。不吉《ふきつ》な作品だ「劇場で「マクベス」と口にすると災《わざわ》いが起きるといわれ、こう呼ばれていた」。だが、もちろん、ローランドは迷信《めいしん》を信じるタイプではない。（迷信にとらわれている俳優なんてきいたことがあるだろうか？）さらに、災《わざわ》いをかわす方法はいくつかあった。たとえば、毎回、上演前に劇場の外を三周走る、とか。特に劇場の中では絶対に「マクベ――」……という人物の名を口にしない、とか。ローランド・オリヴァーは、そんな迷信を笑い飛ばし――はは！　ばかばかしい！――オーディションにむかった。いい役だし、もしこの役を勝ち取れば、あの偉大《いだい》なビアボウム・トリーと仕事をする最大のチャンスが手に入る。

一回目のオーディションは大成功だった。

「見事だ。素晴《すば》らしいよ、きみ。だが、髪《かみ》の毛がよくない」偉大《いだい》なトリーがいう。

驚《おどろ》いて声が出なかった。ローランドの金色の立派な髪《かみ》が歓迎《かんげい》されなかったのは初めてだった。「その髪だと説得力に欠けるんだよ」フットライトの下から声が響《ひび》く。「この男はバイキングじゃない、スコットランド人だ。赤毛なんだよ。赤毛でないと」

次の日、ローランドは偉大《いだい》なトリーを喜ばせたい一心で、薬局にいくと、ヘナ染料を買った。

ローランドは妻のリリーに叱《しか》られた。なぜなら、ヘナ染料の箱に書いてある説明を読まずに使ったからだ。しかし、心の中では、こうなったのは化学など関係ないとわかっていた。〝あのスコットランドの戯曲《ぎきょく》〟の呪《のろ》いがローランドの髪《かみ》を襲《おそ》ったのだ。立派なたてがみが――かつては、ギリシャ神話の神の像にとまった金色のキジのようだといわれていた――鮮《あざ》やかな赤になってしまった。朱色《しゅいろ》。郵便ポストの赤だ。

ローランドはそれから髪《かみ》を真っ黒に染め、さらにはオキシフルで脱色《だっしょく》したが、結局、頭皮《とうひ》がやけどをしたようになっただけだった。妻がスエードを縫《ぬ》い合わせて「スコットランド人の将軍がかぶっていそうな戦闘《せんとう》用ヘルメットのようなもの」を作るあいだ、ローランドは浴室に閉じこもり、頭皮にコールドクリームをぬりこみ、痛みを和《やわ》らげようとしていた。

パニックになったローランドの頭の中から、なんの苦労もなく覚えたはずの台本の内容が、すっかり消えてしまった。

二回目のオーディションで偉大《いだい》なトリーは、うぬぼれを捨て、十二世紀の将軍そっくりの姿で現れたローランドに感心した。しかし、せりふや動きをまったく思い出せない様子をみて、怒《いか》りを爆発《ばくはつ》させた。

髪《かみ》はもちろん再び生えてきた。一年もしないうちに、金色のとさかはもどってきた。額にかかる髪も、耳のまわりのくせ毛も金色になった。ローランドの顔は、コレクション用の絵はがきでよくみかけるようになった。ローランドの名前がのった芝居《しばい》のちらしは数え切れないほどあった。そして、演じる役がハムレットでもオセロでも、ジャック・ワージングでも、エイハブ船長でも、ワーニャおじさんでも、シンドバッドでも、二度と髪の毛を金色以外の色にすることはなかった。

しかし、神は情け容赦《ようしゃ》なく試練を与《あた》える。三十八歳《さい》になったころ、ブラシに金色の毛が生えたように、髪《かみ》の毛が絡《から》まっていることが多くなった。枕《まくら》には、いつも金色の毛がついていた。ローランドの髪の毛は抜《ぬ》けて、なくなっていった。年齢《ねんれい》や、脱色《だっしょく》に使ったオキシフルが原因だとは思えない。ローランドは『マクベ――』、〝あのスコットランドの戯曲《ぎきょく》〟の呪《のろ》いのせいだと思うと、ふたたび恐怖《きょうふ》が押《お》し寄せてきた。舞台《ぶたい》でせりふを忘れると、あの悲惨《ひさん》なオーディションが一瞬《いっしゅん》のうちによみがえる。あの日、頭の中からすべてのせりふが消えていると気づいたときのことを。

恐怖《きょうふ》はローランドの頭にゆっくりと染みこみ、いつまでも居座った。ローランドは確信した。髪《かみ》の毛が一本抜《ぬ》けるたびに、記憶《きおく》からせりふが一行消えていくのだ。髪の毛が抜けることは、女性人気の高い俳優にとってつらいことだった。それに加えて、記憶力《きおくりょく》まで落ちるとは。ローランドはどうしたらいいのかわからなくなった。

髪《かみ》の毛がふさふさしていたとき、頭の中にはどういうわけか、せりふがあるべき場所にしっかりとおさまっていた。以前は、モルナール・フェレンツやオスカー・ワイルドの作品はすべて頭に入っていたし、チェーホフの作品だってひとつ残らず覚えていた。バーナード・ショーも知っておかなければならない作品はおさえていた。十二のオペレッタを歌詞をみずに歌えたし、殺陣《たて》の動きも三十は覚えていた。いまとなっては、これまでに覚えていたことを何もかも忘れてしまいそうだ。

だが、ローランドがその恐怖《きょうふ》を口に出すことはなかった。紳士《しんし》たるもの、平静を装《よそお》い、絶望は自分の胸にしまっておかなければならない——しかし、せりふや舞台での動きを覚えられない役者は、翼《つばさ》を失った鳥だ。

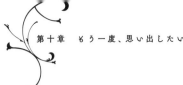

恐怖《きょうふ》がローランドをむしばんでいった。気弱になり、ロンドン公演の出演を断る口実をさがした（地方の批評家は、ロンドンよりかなり寛大《かんだい》だった）。あちこちをスーツケース片手に転々《てんてん》とする生活や、北部のさみしいホテルに泊《と》まるのに疲《つか》れた、とローランドは説明した。これで、遠くの公演に出ることはなくなった。しかし、毎晩のように同じ悪夢にうなされた。公演初日、もうすぐ幕が上がるというときに、ローランドは舞台裏《ぶたいうら》を走りまわり、そこにいる人全員にたずねる。——「台本がない！　だれもわたしに台本をくれなかった！　わたしのせりふは？　舞台に出てどうすればいい？」——そのうち、気の毒に思っただれかが紙の束を渡《わた》してくれる。ところが、ローランドはすぐにそれを落としてしまう。紙はオーケストラピットにこぼれ、切穴《きりあな》［舞台の床《ゆか》に設けられた小さな開口部で、通常はふたがしてあり、必要に応じて人などが出入りする］に落ちていく。舞台の上をはいまわって集めていると、ふと気づく。どのページも……真っ白なのだ。目がさめると、いつも汗《あせ》びっしょり

だった。

恐怖《きょうふ》はローランドの腹を締めつけ、ファンがその素晴《すば》らしく引き締まった腰《こし》をあらためてうわさするほどだった。恐怖に脳が締めつけられ、視界は暗くなり、頭の中で光が爆発《ばくはつ》した。頭の中で小さな焚《た》き火《び》がいくつも燃えあがり、次々に言葉を焼きつくしていく！　ローランドの記憶《きおく》は穴のあいたボートのようだ。このボートに生活がかかっているのに沈《しず》み始めている。ボートはみるみるうちに水の中に沈んでいき、自分は次第《しだい》に冷たい忘却《ぼうきゃく》と深い闇《やみ》に近づいていく。

ローランドは夜になると、眠《ねむ》れないままベッドに横たわり涙《なみだ》を流した。

ローランドは、共演している俳優たちが記憶《きおく》のことに気づき「目をつぶっている」のではないかと疑い始めた。たとえば、ある夜、ローランドは『ヘンリー五世』から脱線《だっせん》し、『ウィンザーの陽気な女房《にょうぼう》たち』によろめきながら入っていった。共演者たちは『冬物語』で雪の上を歩くローランドに根気強くついていき、フィリッピでジュリアス・シーザーと会い、真夏の夜に集まった妖精《ようせい》たちでにぎやかなバーナムの森を歩いた。シーショーにある演劇学校を出たばかりの若手の俳優は、即興《そっきょう》でジャグリングを披露《ひろう》して、ローランドがせりふを思い出すまで時間をかせいだ。さみしい荒野《こうや》を越《こ》えてウォルスキ族を倒《たお》し、クレオパトラと結婚《けっこん》して、結局、『テンペスト』は失敗に終わった。

芝居《しばい》が終わって、そのことに触《ふ》れるような失礼な人はひとりもいなかった。観客が気づいている様子はない。つまり、何も問題ないということだ。

しかし、ローランド・オリヴァーは気づいていた。

帽子《ぼうし》をかぶってみることにした。記憶《きおく》の水漏《みずも》れを止めてくれるかもしれないと期待したのだ。しかし、帽子は、海が白亜《はくあ》の崖《がけ》を削《けず》り取っていくように、額の生《は》え際《ぎわ》をますます後退させるだけだった。たちまち、ローランドの頭頂部の毛がなくなり、その部分を剃《そ》った修道士《しゅうどうし》のようになった。残っている髪《かみ》を後ろに、横に、それから前にとかしつけるが、毛は外向きにもどってしまう。開いたままの窓から、さらにたくさんの言葉が空中に飛び出し、はるか遠くに消えていく。

それで、バーナード・ショーの『人と超人《ちょうじん》』を上演中に五回せりふを忘れた夜、ローランド・オリヴァーはシーショーのロイヤルシアターの屋根にのぼり、手すりをのりこえて身を投げた。ツグミの鳴き声をききながら、ホーリー・スクエアに落ちていった。

リリーはいまでもまだ、そのときのことでローランドに腹を立てていた。「なんのつもりであんなことしたのよ？　三週間公演の最中に？　代役もいないのに？」

しばらくの間、夫婦は死によって引き離《はな》された——しかし、夜になると五列目の席にローランドの幽霊《ゆうれい》がはっきりとみえることもあった。特に、舞台《ぶたい》に出ている役者たちにはよくみえた（役者は普通《ふつう》の生活をしている人よりも、現実にありそうにないことを素直に受け入れられるのだ）。

そして、『ピーター・パン』のリハーサル中、リリーは安全ベルトをつけて頭上に張ったワイヤーから宙づりになり、アッパーサークル［ドレスサークルの後方と三階席］に立つと、優雅《ゆうが》に空を飛ぶ格好で飛び降りた。ところが、きちんと取りつけられていなかったワイヤーが靴《くつ》ひものようにちぎれ、リリーは真《ま》っ逆《さか》さまにだれもいない一階席に落ちていった。

「幸《さいわ》い、リハーサルが始まってすぐのころだったから、だいじょうぶだったの。本番までに別の女優を用意できたみたい。演目を変更《へんこう》する必要すらなかったの」

死んだことで再会したリリー・オリヴァーとローランド・オリヴァーは、ロイヤルシアターで新たな役割をみつけた。幸せを求めて劇場にもどってきた人々を、永遠に楽しませるのだ。ローランドの心は、生きていたときよりも穏《おだ》やかだった。このショーはいつまでも……いつまででも続けられそうだ。役者ならだれでも、長期の仕事が入りそうだとわかるとうれしくなるものだ。死んだことで、この現象は結末を迎《むか》えたのだろうか。新しい髪《かみ》は生えてくるのか？　これ以上なくなることはないのか？　本当に？

悲しいことに、ローランドは昔の恐怖《きょうふ》にいまも苦しめられている。毎日、金色に輝《かがや》く髪《かみ》に新しいミステリーサークル［田畑に植えてある穀物の一部が倒《たお》れて円形や幾何《きか》学《がく》模様になった跡《あと》］ができていないか確認している。鏡をのぞきこんでも、姿がうつることはないのに。

すべてを話したのはローランドではなく、妻のリリーだった。ローランド・オリヴァーは、自分の秘密が劇場のあらゆる幽霊《ゆうれい》に語られるのを、ショックで青ざめた顔できいていた。なぜリリーにそんなことができるのか理解できなかった。なぜリリーが知っているのか、わからなかった。妻にはあの苦しみを隠《かく》していたはずなのに。それから、なぜ妻は自分に恥《はじ》をかかせようとしているのだろう。いまになって、ローランドの観客全員の前で——腹立たしい子どもに教えてくれといわれただけで、わたしが隠《かく》していたことを話すのか？　ローランドの顔はヘナで染めたように真っ赤になった。もう一度、屋根から飛び降りたくなるほどの屈辱《くつじょく》だった。しかし、いまのローランドに自殺という選択肢《せんたくし》はない。

驚《おどろ》いたことに、ロイヤルシアターの住人はローランドの秘密を笑ったりしなかった——ただ、ユージニアス・バーチがマイキーをブーツのつま先で蹴飛《けと》ばしたのは、一度だけではなかった。幽霊《ゆうれい》たちにも、ローランドの気持ちがわかったのだ。それぞれに、忘れていく恐怖《きょうふ》に息をのんだ。

「ベートーベンにとっての恐怖《きょうふ》は、耳がきこえなくなることでした」ピアニストがいう。

「ジョシュア・レノルズにとっては、視力を失うことだった」オーケストラピットの隅《すみ》から画家がいう。

「脚本家《きゃくほんか》のウィチャリー氏が恐《おそ》れていたのは、言葉の力でした」メルーシュさんがいった。

運命とは悪意に満ちたものになることがあるのだと、みんなわかっていた。

何か役に立ちたいと思ったメルーシュさんが、小道具の棚《たな》にかつらをさがしに走っていった。しかし、かつらを入れたかごはネズミに荒《あ》らされ、残っていたのは、ココナツ落としの下に落ちている残骸《ざんがい》のようなものだけだった。

「いい所があるから、いこう！」グレイシーがいう。「ボング・ショップよ！」

モッズのマイキーが不機嫌《ふきげん》な顔で、いつもの壊《こわ》れた席に逃《に》げていく。「ボング・ショップなんていったことないね」マイキーはつぶやいた。

「みんなそうでしょう」ミンストレル芸人がいう。

しかし、ローランドへの同情か、それともただの好奇心《こうきしん》か、数人の幽霊《ゆうれい》が立ち上がった。

「試してみる価値はあるんじゃないかしら、ローランド。わたしたちは、これ以上、あなたのレパートリーを失いたくないのよ」リリー・オリヴァーがいう。

その言葉でローランドの心は決まった。

ローランド・オリヴァーは、パッチワークのオーバーオールを着た恐《おそ》ろしい子どもの案内で、劇場の外に記憶力《きおくりょく》を取り戻《もど》す方法をさがしにいくことにした。最後に外に出たのは一世紀もまえ、地下に続く階段に飛びこんだ日だった。

「がんばって！」リリーが顔を輝《かがや》かせ、片方の腕《うで》を夫の腕にからませる。劇場のポーチで戸惑《とまど》っている幽霊もいたが、数人は勇気をふりしぼってグレイシーについていくことにした。

「ちょっとボング・ショップにいってくるね、パパ！」グレイシーが事務所の窓にむかって大声でいう。

しかし、グレイシーのパパが椅子《いす》をくるりと回転させて「パパも一緒《いっしょ》にいこう！　パパは犬のうんちのおもちゃを買おうかな！」と返事をすることはなかった。それどころか、顔さえ上げなかった。

感じたことのない痛みがグレイシーの心を締《し》めつけた――こんな気持ちになったのは初めて

だ。とはいえ、両親がグレイシーに笑いかけたり、手をふったり、話しかけたりする時間もないほど忙《いそが》しかったことは、これまでになかった。パパとママには、しないといけないことがたくさんあるんだ。グレイシーはわかっていた。会議、事務作業、心配事、楽屋に泊《と》まって家賃を節約すること……。ふたたびロイヤルシアターに客が入るようになったら、なにもかも変わる。グレイシーにはわかっていた。それでも、これまでボング・ショップは、パパと一緒《いっしょ》におこづかいをにぎりしめていく場所だった。おこづかいも、最近忘れられているもののひとつだったが、ほしいとはいいたくなかった。ロイヤルシアターを不死鳥《ふしちょう》のようにふたたび羽ばたかせるには、一ポンド残らず必要だ。ローランド・オリヴァーがくじけずにがんばれるのなら、グレイシーにもできるはずだ――それに、ボング・ショップに行けば友だちのタンバレインに会えるかもしれない。

でも、おこづかいをもらえたら、もっとよかった。

パパがもう少し優《やさ》しかったら、もっとよかった。

第十一章 偉大《いだい》なタンバレイン

「『王であることは勇敢《ゆうかん》であるということではないのか？　王は勇敢なのではないのか？　王であれば、馬に乗り意気揚々《いきようよう》と』……さて、どこへ進軍するのだったか」ローランドがいう。

「特別な名前をきいて記憶《きおく》が呼び起こされたのだ。「そうだ。一九〇三年、リッチモンドで『タンバレイン大王』を演じたんだ。それも、意気揚々《いきようよう》と」

「たぶん、これから会うのはその人とは別のタンバレインだと思う」グレイシーがいう。そして、そのとおりだった。

タンバレインの店はホール・バイザシー通りにある商店街のなかにあった。じつは、タンバレインの店は二軒《けん》ある。となりあって並んでいるその店のまわりは、解体工事の作業員だらけだ。なぜなら、商店街がにぎわっていた日々は終わりにむかっているからだ。

ボング・ショップはつまらない世界にある奇妙《きみょう》な物の隠《かく》れ家《が》だった。まず店内は、線香《せんこう》から出ている色のついた煙《けむり》でかすんでいる。ギリシャ神話の神々《かみがみ》、真鍮《しんちゅう》のサル、幸せに満ちた表情のブッダ、殺戮《さつりく》と破壊《はかい》の女神カーリーが持っている線香から、煙が大きくうねる雲のように立ちのぼっている。運がよければ、煙を通してほかの商品がみえる――トランプのシャッフルマシン、ガラスでできたユニコーン、ミラーボール、小鳥の人形の入った小さな鳥かご。この小鳥には本物の羽根がついていて、ネジを回すとうたいだす。煙の中に人魚の像がぼんやりと浮《う》かびあがる。人魚は羽毛の襟巻《えりま》きを巻き、オーブン用手袋《てぶくろ》をつけ、中国の硬貨《こうか》のブレスレットをはめて、アリ・ババが隠《かく》れていそうなヤシのかごや、古い温度計のケースでつくったウィンドチャイムを守っているようにみえる。クリスマスの飾《かざ》り、ちょうちん、一年じゅうどんなパーティーにも使える万国旗。それから、空気を入れてふくらませる浮き輪は、馬にアヒル、サメなどいろんな種類があって、店の隅《すみ》にある水槽《すいそう》から逃《に》げてきたのかと思ってしまう。水槽の中にはクモガニが一匹《ぴき》いるのだが、不気味なほど動かない。

そのほかにも、ハロウィーンのほうき、庭小人《ガーデン・ノーム》、箸《はし》、びんに入ったガラムマサラやセロリシードなどが置いてある。天井《てんじょう》をみると、暗闇《くらやみ》で光る星のステッカーが星座の形に貼《は》ってある。ドライフラワーのバラの花びら、化石になったタツノオトシゴ、晶洞石《しょうどうせき》、貝殻《かいがら》、コウイカの甲《こう》［イカの体を覆《おお》う膜《まく》にうまっている船型の殻《から》］、目がピンク色に光る電動のネズミ（電池は入っていない）。そういう物にかこまれて、ヴィクトリア朝《ちょう》の霧《きり》をものともしないシャーロック・ホームズのように、店主のタンバレインがすわっている。

もし、この中に店の名前になっている「ボング」という商品があったとしても、煙《けむり》の立ちこめた店内では絶対にみつけられないとグレイシーは思った――もしかすると、知らないうちに目にしていたかもしれない。なぜなら、それが動物なのか、野菜なのか、鉱物なのか、さっぱりわからなかったからだ。

「こんにちは、タンバレイン！」

「やあ、グレイシー。元気か？」

毛皮でできたロシア帽《ぼう》をかぶり、ユキヒョウがなんとなく好きなタンバレインだったが、タンバレイン大王には少しも似ていない。十四世紀のモンゴル人の将軍でもなければ、帝国《ていこく》をつくった人でもない。生まれも育ちもシーショーで、七人兄弟のひとりで、両親は子どもたち全員に「T」から始まる名前をつけていた。トンカ・トニーはシープスゲートでレーシングカーのレース場を経営している。トレヴァーはイースターバーンでドライクリーニング店を開いていて、テリーは運送業を、トレローニーはスポーツのギャンブルで稼《かせ》いでいる。トークィルはしょっちゅうダーツをしているが、それを仕事にしているわけではない。それほどうまくないのだ。

「それで六人だが」グレイシーの説明がおわるとダグラス・ダグラスがいう。「七人目は？」

「セオドリックの話はしないことになってるの。そうだよね、タンバレイン？」グレイシーがきくと、タンバレインはうなずいて、セオドリックの話題は禁止だ、と答えた。しかし、タンバレインは不思議に思った。一体なぜ、そんな話をするんだろう、店内に客はグレイシーしかいないのに。

「今回も休暇《きゅうか》でこの町にきたのか？」

「ううん。今度はずっとシーショーにいるの。パパとママとでロイヤルシアターを復活させるのよ。まえに話したでしょ」

「いいね」タンバレインがいう。熱のこもった反応ではないが、ボング・ショップの店主はいつでも穏《おだ》やかで、のんびりしているのだ。頭にかぶったロシア帽《ぼう》の耳あてさえ、緩《ゆる》んでたれている。おまけにまぶたも。

「ロイヤルシアターって出るんだよ、知ってた？」グレイシーがいう。

「へえ、そうなんだ」

「幽霊《ゆうれい》だよ」

「出るといったら、たいてい幽霊だろうな」

「たくさんいるのよ」

「ほう。まあ、世の中にはいろんなものがいる。幽霊には幽霊の、おれたちにはおれたちの生活がある」

「みんないい人なんだ」

「それはいい。幽霊ってやつは、悪くいわれがちだからな」

グレイシーとタンバレインが話をしているあいだ、ローランド・オリヴァーは発毛に効果のありそうなものをさがしていた。軟膏《なんこう》、ジェル、バラの花びらから作ったクリーム、きらきらした粉の入った透明《とうめい》な酒、マニキュアの除光液、派手な色のバスバブル、はるばる死海《しかい》でとってきた泥《どろ》を入れた小袋《こぶくろ》。ラベルをみると、日本語、アラビア語、エスペラント語が印刷されている。ついてきた幽霊《ゆうれい》の多くは、この店にきた理由を忘れ、ガラスの容器の中を鮮《あざ》やかな赤の丸い塊《かたまり》が漂《ただよ》うラバライトを、うっとりした表情を浮《う》かべて眺《なが》めている。

　何年も前から、グレイシーはこの店にくるといつも、素敵《すてき》な宝物を持って家に帰る。たとえば、(パパがいうには)世界で一番かわいい女の子になれる泡《あわ》の立つバスオイル。それから、(パパがいうには)なめるだけでスワッガブギー語を話せるようになる粉のお菓子《かし》、いざというときに歯の妖精《ようせい》を呼び出せるカズーという笛。グレイシーの一番のお気に入りは明かりがつくマリア像で、心をこめて「おやすみなさい」といって、十から逆に数えると願いを叶《かな》えてくれる。グレイシーはボング・ショップの不思議な商品を信じていた。ここならきっと、ローランド・オリヴァーの髪《かみ》の毛をもとにもどしてくれるものがあるはずだ!

幽霊《ゆうれい》たちは、あまり信じていないようだった。生まれた時代にかかわらず、どの幽霊も、こういうローションや不思議な薬を休日の旅行客に売っているのをみたことがあったのだ。旅行客は冷静な判断を家に置き忘れ、小銭を持ってやってくる。

「いんちき商品の数々! 素晴《すば》らしい店だ!」ジョージ卿《きょう》が大声をあげる。

一方、リリー・オリヴァーはビーズのカーテンを通り抜《ぬ》け、となりの店に入ると大声で呼んだ。「こっちよ! きて!」

となりのジョークショップもタンバレインの帝国《ていこく》だった。店内をちょっとみただけでは、ボング・ショップのような奇妙《きみょう》で不思議な感じはない——セロファンに包まれた商品が並んでいるだけだ。しかし、よくみてみると、商品がものすごく変なことに気づく。ピンクのビニールでできた胸。追いはぎのマスク。ライトセーバー。ヘビ。にせ物の血が入ったびん。段ボールの帽子《ぼうし》とソニック・スクリュードライバー［イギリスのSFドラマ『ドクター・フー』で主人公が持つ、多機能な架空《かくう》の道具］。ブーブークッションに、ビニールでできたいろんな大きさの犬のうんち。「この店はメルーシュさんの好みではなさそうですね」ユージニアス・バーチが、自分の好みにもあわない、といいたげな口調でつぶやく。吸血鬼《きゅうけつき》の歯。おもちゃの車輪止め。古代ローマの胸当て。アヒルの足の形をした靴《くつ》……。

タンバレインは本に夢中になっていたので、ビーズのカーテンをくぐってとなりの店についてくることはなかった。いずれにしても、六人の幽霊《ゆうれい》が手を口に当て、仮装用の服の棚《たな》、しかもウィッグをじっとみつめる姿は、タンバレインにはみえなかっただろう。

棚《たな》にはいろんな種類のウィッグがかかっていた。まるで、車にはねられて死んだいろんな動物の死骸《しがい》を、ポリ袋《ぶくろ》に入れてずらりと並べたみたいだ。つやつやしたもの、羊の毛みたいなもの、茶色、黄色、黒、緑。それぞれに名前がついている。ローランドはどれを選べばいいだろう。ブロンドのセクシーな美女？　インディアンの女？　エルヴィス・プレスリー？　超人《ちょうじん》ハルク？　オペラ座の怪人《かいじん》？　幽霊《ゆうれい》たちの意見は同じだった。

「ありえない」

「絶対むり」

「決して賛成できません」

「わたしたちのオリヴァーさんには、ふさわしくない」

「口ひげと合わないだろう」

「合わないのは口ひげだけじゃない！　どれもオリヴァーさんらしくない！」

「わたしたちのオリヴァーさんには、ふさわしくない」

「偉大《いだい》なローランド・オリヴァーには似合わない」

「オリヴァーさんはただ、とても……。こんなものをつけるなんてありえない」

「決して賛成できません」

みんなのこの決断にグレイシーは、ほっとした。幽霊《ゆうれい》の頭に乗せられるナイロン製のウィッグがあるとは思えない。幽霊がどうやって、ホチキスで止めたポリ袋《ぶくろ》に手を入れられるだろう？　おこづかいのないグレイシーは、ウィッグを買うお金をどうやって払《はら》うのだろう？　それでも、最後まであきらめない。

グレイシーはタンバレインに、またね、と大声でいって店から出ると、新しい思いつきをリリー・オリヴァーの耳元でささやいた。リリーは目を丸くする。

ローランドが顔をしかめている。ローランドはそのとき、仲間の幽霊《ゆうれい》たちへの愛で胸がいっぱいだった。ほかの幽霊がこれほどまでに、自分の尊厳を思ってくれたのは初めてだったのだ。しかし、グレイシーのことはまだ嫌《きら》いだった。秘密にしていた屈辱《くつじょく》的な恐怖《きょうふ》がみんなに知られたのは、グレイシーのせいだと思っていた。「パッチワークの子はなんといったんだ？」疑い深く妻にたずねる。

「なんでもないわ。いつもと同じくだらないことよ」リリーは晴れやかに返事をして、ふたたび、自分の腕《うで》をローランドの腕にからませる。「さあ、わたしたちの古い劇場まで歩きましょう、あなた。わたしたちが恋《こい》をしていたころの思い出の場所に！」

ニクソン巡査《じゅんさ》と同じように、ローランドは通りでみかける「はしたない人々」をみてぞっとした。しかし、ローランドが一番ひどいと思ったのは、若い男の髪型《かみがた》だった。スキンヘッドにしたり、刈《か》りこまれた羊のように短く切ったりしている。

「シラミがわいたんだな」そうつぶやいたボドキンズが、最後にこの髪型《かみがた》をみたのは十九世紀のイーストエンドだった。

「ファッションなんだって。本当だよ」グレイシーがいう。

「しかし、記憶《きおく》はどうなるんだ？」ローランドが叫《さけ》んだ。「あんな髪型《かみがた》にしたら、記憶がすべてなくなってしまうじゃないか！」そういうと、すぐに片手を頭に持っていき、ブロンドの髪のてっぺんにあるピンク色の部分をおおった。

リリーとグレイシーが顔を見合わせる。リリーは本番前にいつもするように、素早《すばや》くコルセットをゆるめた。「まあ、みて、ローランド！　わたしたちが結婚式《けっこんしき》をあげたシナゴーグ［ユダヤ教の礼拝堂］よ！　覚えてる？」

グレイシーが幽霊《ゆうれい》たちをつれていったシーショーのシナゴーグに、ローランドの思い出はなかった。ローランドの生きている時代に、こんなものがあったかどうかさえあやしい。幸《さいわ》い、建物の正面に、建てられた日付は記されていなかった。

「ほら、覚えているといって、愛《いと》しいあなた！」リリーが声高《こわだか》にいう。「結婚式《けっこんしき》の天蓋《てんがい》を覚えてる？　あなたがワイングラスを踏《ふ》んで割る音――ああ、あの素敵《すてき》なラビ［ユダヤ教の聖職者］のことは？」リリーの顔は幸せそのものだ。「それから……えっと……バイオリニスト！　そうだわ！　ダンス！　わたしたち、ダンスを踊《おど》ったのよ、そうよね、あなた？」

ローランドは目の前の建物をまじまじとみた。その口には疑問が浮《う》かんでいる。ほかの幽霊《ゆうれい》たちは驚《おどろ》いている。ローランドのバイキングのような顔立ちと、リリーのバターのような金色の髪《かみ》にユダヤ人らしさはまったくない。しかし、リリー・オリヴァーは、いくつもの劇場でおしゃべりをする観客を黙《だま》らせてきた視線で、幽霊たちを見回し、何もいわせなかった。

「それで……わたしたちは……」ローランドが口を開く。ひどく動揺《どうよう》したその目をみて、グレイシーはすぐにでも、この作戦をやめたくなったし、リリーに耳打ちしたことを後悔《こうかい》していた。一方、リリーは役に入りこんでいた。ユダヤ教に関する知識は、キングストン・アポン・ハルという街にある劇場で一週間、『ヴェニスの商人』のジェシカを演じたときのものだけだったが、いま、リリーは頭から足の先まで完全に、内側も外側も、身も心もユダヤ人になりきっていた。

「ああ、覚えているといって、愛《いと》しいあなた！」リリーはうっとりした表情で声を張りあげた。

ローランドは記憶《きおく》をさぐったがなにもみつからなかった。結婚式《けっこんしき》のことも、ユダヤ人としての生活も、ユダヤ教のことも、なにひとつ記憶にない。覚えている限り、母親はウェールズ出身で、父親は下級騎士《きし》だった。しかし、これまで記憶には、さんざん裏切られてきた。妻には一度も裏切られたことはない。リリーがいうなら、それが真実にちがいない。ああ、思い出してきた。ユダヤ人の友人たち、親しい友、賢《かしこ》く尊敬すべき役者仲間！　オーガスタス・ハリス！　サラ・ベルナール！　それから、ユダヤ人？　その言葉はすでにローランドの口の中に甘《あま》く広がっていた――不思議なことに、甘い味がした。

ローランド・オリヴァーはずいぶん長い間、まわりの人に――自分に対してさえも――記憶《きおく》力《りょく》が落ちていることを隠《かく》してすごしてきた。そして、いま、その事実をなかったことにした。

「人生で最高の日だったよ、愛《いと》しいリリー。大切な思い出だ」そしてヘブライ語でいった。

「神のご加護《マゼルトフ》がありますように」

はじめは、新しい服のように、どこか変で慣れない感じがした。しかし、着ているうちにやわらかく生地がのびる服と同じで、役が俳優になじんでいく――俳優が成長して役にはまっていく。一日もしないうちに、ローランドはユダヤ教の清めの祭りハヌカ祭と同じくらい、自分がユダヤ教徒らしいと感じるようになった。『黄金のエルサレム』の歌詞を思い出した。祈《いの》りの言葉も完璧《かんぺき》に暗唱できる。ローランドの頭のはげかかった部分には、ナイロン製のウィッグではなく、ユダヤ教徒の小さな帽子《ぼうし》ヤムルカがいつのまにかのっていた。純粋《じゅんすい》な気持ちで心から信じることで生まれる奇跡《きせき》によって、ローランド・オリヴァーの髪《かみ》のてっぺんにあいていた穴はユダヤ教徒の小さな帽子でふさがれた。そして、ローランドは、もうこれ以上せりふを忘れることはないと確信した。

もし、――ときおり――マーロウからモリエールに、パングロスからペリクリーズにさまようことがあったとしたら？　だれも注意したりしないし、ローランドも気づかない。ローランドにいわせれば、神が頭のてっぺんにキスをして、記憶力《きおくりょく》をもどしてくれたのだ。

グレイシーは作戦が成功して、急に怖《こわ》くなった。「神様に怒《おこ》られるかな？」小声でリリーにたずねると、リリーが驚《おどろ》いた顔でグレイシーをみつめた。

「神様だってよくわかってらっしゃるはずよ。わたしたちが信心深い役者だということはね」

リリーはそういうと、両手を大きく広げた。リリーの役も、その半透明《とうめい》の体にぴったりなじみ始めたようだ。

第十二章　機械仕《じ》掛《か》けのゾウと発明家

議員のレッツさんはロイヤルシアターをおとずれ、素敵《すてき》な若い夫婦の変化に顔をしかめ、すぐに自分を責めた。賃貸契約《ちんたいけいやく》の申請《しんせい》が検討されている間、劇場で寝泊《ねと》まりしていいですよ、などといわなければよかった。ぼろぼろの古い建物の中は、明らかに健康に悪い。夫婦はやせ細り、引《ひ》っ越《こ》してきてから一晩も寝ていないかのようにげっそりしている。それでも、熱意に満ちた笑顔《えがお》をレッツさんにむけ、携帯用《けいたい》コンロでトーストを焼いてくれた。だが、ふたりの顔をみると、シーショーの病にとりつかれているのがわかった。この病にかかると、希望と活力を吸い取られてしまう。大変な仕事のせいでたまった疲《つか》れがクマのように、檻《おり》の鉄格子《てつごうし》を押《お》し開けようとしている。

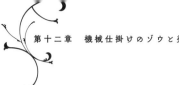

「だれも正直に答えてくれないんです。助成金《じょせいきん》は出るのか、出ないのか。銀行から資金を借りられるのか、借りられないのか。この劇場の賃貸契約《ちんたいけいやく》は承認されるのか、されないのか。わたしたちは率直《そっちょく》な答えがほしいだけなのに！」

レッツさんはクリップボードの端《はし》をかみながら、この夫婦に会うのをばかみたいに楽しみにしていたことに気がついた。ふたりなら、ジュディ・デンチやイアン・マッケランのことを、演劇クラブの旅行でいったギルフォードのことをきいてくれるかもしれない、と考えた自分がばかだった。劇場を運営するのは、ほかの仕事と同じように大変だということを忘れていた。

「すみません。手続きは時間がかかるもので。今日はあるお知らせを持ってきました」

そのとたんに、ウォルター夫妻はすぐに背筋をぴんとのばし、目を輝《かがや》かせた。携帯《けいたい》用コンロにのせたパンが焦《こ》げはじめている。「なんでしょう？」

「建築技師にきてもらう日を決めました。劇場を点検するためです。構造上の欠陥《けっかん》がないか調べないといけませんよね？　決断するうえで大切な一歩です」

「つぎはあなたの番」グレイシーは、オーバーオールを着てスパナを持った男の人にいった。この人物はめったに姿をみせず、たいてい舞台袖《ぶたいそで》か、舞台の天井《てんじょう》か、奈落《ならく》［舞台床下のスペースを指し、舞台機構の機械などがある場所］にいて、ロープや滑車《かっしゃ》を使って何かを修理している。

「え？　ぼく？」

「あなたの話をきかせて。急いで。検査の人がきちゃうかもしれないから」

「話すことなんてないよ。ぼくはこの劇場で働いてるだけだ」そこまでいって言い直した。

「働いていただけだ」

　内気で優《やさ》しい話し方をするフランク・スチュアートからは恐《おそ》れも悲しみも感じない。悲劇に襲《おそ》われた傷跡《きずあと》はみあたらない。フランクは生きていたころ、ロイヤルシアターの舞台《ぶたい》装置や小道具を作っていた。仕事は楽しく、すっかり夢中になった。仕事中は完全に集中しているので、だれに話しかけられても気づかなかった——妻にも、子どもたちにも、死神《しにがみ》にさえも。ある日、ほぞとほぞ穴で材木を継《つ》いでいるとき、ふと顔を上げると、物置小屋ではなくロイヤルシアターの舞台裏《ぶたいうら》にいることに気づいた。この場所にいるときは、いつも最高に幸せだった。劇場に必要とされているのは光栄なことで、（フランクがいうには）自分だけの特権で、うれしいことだった。

「ぼくが手がけた最高の仕事だよ。もちろん、一番はゾウだけど」

「ゾウだって？」ジョージ卿《きょう》がいきなり立ち上がる。「きみはゾウと仕事をしているのか？ ゾウをみるといつもほれぼれする！ ゾウはわたしのサーカスを支える柱なんだ！ ショーの間、カンバスに描《か》いた空を高く掲《かか》げてくれていた！」ジョージ卿はいまにも、わたしのサーカス団にはいらないか、といいだしそうだったが、しばらくして百二十年遅《おそ》かったと気づいた。

フランク・スチュアートは小さく肩《かた》をすくめ、恥《は》ずかしそうにまわりをみた。「ぼくはゾウを作っただけだよ。物置小屋でね。できるかどうかやってみたくて」

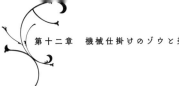

じつをいうと、フランク・スチュアートは天才だった。ただし、自分では気づいていなかった。妻だけは気づいていたが、それを伝えられるほど長くフランクの注意を引くことはできなかった。妻はそんな夫を責めなかった。天才には変わり者が多いことをわかっていたのだ——しかし、フランクはゾウのせいで本物の変人に近づいてしまった。

フランクは劇場の仕事から帰るとすぐに物置小屋にいき、大きな音をたてて金属の板をたたいたり、カンバスの長さを加工したり、ピストンに油をさしたり、電線の外側の覆《おお》いをはいだりしていた。家のものがなくなっていくにつれて、妻は心配になった。掃除機《そうじき》、フロアスタンド、ミシン、妻の兄弟のバイク……。さらに、近所の男の人がひとりずつ消えていった。それはまるで、小屋のなかにある恐《おそ》ろしい神像《しんぞう》がいけにえを要求し、フランクの携帯《けいたい》用ラジオで英国放送協会《BBC》の娯楽《ごらく》番組をききながら、貪《むさぼ》り食っているかのようだった。しかし実際は、近所の男たちは、フランク・スチュアートの職人技に、驚《おどろ》いて見入っているだけだった。みんな、こんな一言を残して帰っていく。「ふん！　こんなのが動くわけない」そのくせ家に帰ると、眠《ねむ》っていた子どもたちを起こしていう。「楽しみに待ってろよ！」

ささいな問題がひとつだけあった。完成したネリーが大きすぎて物置小屋のドアから出せず、奥《おく》の壁《かべ》を壊《こわ》さなければならなかったことだ。BBCラジオの音楽番組『ユア・ハンドレッド・ベスト・チューンズ』から流れてくる曲にあわせて、夜の庭に台車にのせられたネリーが現れた。その顔や頭に皮膚《ひふ》はなく（いつでも脳外科手術ができるように）、フランク・スチュアートが耳を手に持って運んでいたが、それ以外はすべて本物そっくりだ。ネリーはゾウだった――機械仕掛《じか》けのゾウで、その鋼《はがね》の背中には十人も乗せられるし、鼻も揺《ゆ》らすことができる。

庭の塀《へい》のそばに一列に並んでいたパジャマ姿の子どもたちから、拍手《はくしゅ》が起こり（恐怖《きょうふ》で泣きだす子もいた）、フランク・スチュアートは小屋の壁《かべ》を壊《こわ》したときに出た板にじゃまされながら歩き、恥《は》ずかしそうに引きつった笑みを浮《う》かべていう。「ゾウのネリーがくるよ」

試運転で、ネリーは時速四十三キロで走った。フランクはネリーを売りこんだが、委員会からその速度で走る許可がおりなかった。ネリーに乗るのは、ほとんどが子どもなので、自分のかわいい子どもが自動車並みの速さで、地平線のかなたに消えていくのを受け入れる親はいないだろう。

時速十三キロでもネリーは注目を集めた。趣味《しゅみ》で機械工をしている人や、模型を作っている人がイギリスじゅうからやってきては、ネリーのひざのピストンや、油圧式のおしりをみて感激し、ほめたたえた。一方、子どもたちは学校が休みの日に、ネリーの鼻の先に集まって角砂糖をあげようとした。大人の男たちは象使いの仕事をめぐってけんかをした。

「それで、ネリーはいまどこにいるの？」みんながききたかったことだった。もしかしたら、フランクは死んだあとも、ロイヤルシアターにネリーを連れてきて、四十年間外につないでいるのではないかと思ったのだ。

しかし、フランクはこれ以上、話したくなさそうだ。くるりと背をむけ、舞台裏《ぶたいうら》にある木の階段のほうにもどっていく。フランクがいつもいる場所は木材やロープ、仕《し》掛《か》け装置であふれていた――舞台の上のその空間から、背景幕が大きな船の帆《ほ》のように垂れ下がっている。ロイヤルシアターで働く舞台係やデザイナーは、二世代にわたって気づかないうちに、発明の天才フランクと同じ空間で仕事をしてきた。生きている人間がフランクの気配を感じることはない。ただ、素晴《すば》らしいアイデアがほんの一瞬《いっしゅん》、ふと頭に浮《う》かんだとき、もしかしたら何か感じたかもしれない。

ユージニアス・バーチ（バーチさんの仕事も、機械仕《じ》掛《か》けのゾウを作ったフランクと同じような天才的な才能が必要だった）がフランクのあとを追いかける。「油圧式《ゆあつ》ですか！　あなたが作った油圧式の仕掛けについて、どうか教えていただけませんか！　わたしには、ゾウよりも油圧式の機械のほうが魅力《みりょく》的です！」

しかし、フランク・スチュアートは暗闇《くらやみ》に飲みこまれていく。舞台《ぶたい》にいる幽霊《ゆうれい》たちは頭上の貨物昇降機《しょうこうき》や横桁《よこげた》で船の見張り台のようになっている場所にむかって大声でいう。「ネリーはいまどこにいるんだ？」グレイシーは「ゾウのネリー」をうたいはじめた。そのうち、幽霊たちも一緒《いっしょ》にくちずさむ。この歌を一度もきいたことのない、ジョージ王朝《ちょう》、ヴィクトリア朝の時代を生きた幽霊たちも合唱に加わった。

三番の歌詞をうたっていると、怒《いか》りを爆発《ばくはつ》させたフランクが階段をかけおり、ふたたび姿を現した。幽霊《ゆうれい》たちを押《お》しのけ、舞台《ぶたい》の端《はし》にむかって大股《おおまた》で歩いていくと、客席を指さした。そこには、ひとりだけ客席にすわっている人物がいた。

「こいつがネリーを殺した。こいつの仲間が殺したんだ。群れるしか能のない、ばかなモッズの連中に殺された！」フランクがモッズのマイキーにスパナを投げつけると、マイキーはぎょっとして悲鳴をあげた。

第十三章　海辺の町へ

マイキーはモッズだ――そうとしかいいようがない。生活のなかでモッズではない部分はない。上はミリタリーパーカー。いつも音楽をきいている。買うのは襟《えり》がベルベットで丈《たけ》の長いジャケット。ジーンズをはいたまま入浴するのは、ジーンズが脚《あし》の形ぴったりに縮むからだ。髪型《かみがた》はモッズカットで、モッズらしい格好をしていた。仕上げは七個のミラー。マイキーはこれを自分のスクーターに取りつけた。サイドミラー七個、ヘッドライト六個、トラのしっぽ。これをすべてつけると、ランブレッタのスクーターは戦闘《せんとう》用の馬車に、マイキーは道路を制する王に変身するのだった。マイキーには親友がいた。タバコを吸い、汚《きたな》い言葉も知っていた……それから、気持ち悪くならずにビールをほとんど一瓶《ひとびん》あけることができた。ロッカーズ［ロックンロールに影響《えいきょう》を受けた一九六〇年代のイギリスの若者］が嫌《きら》いなのには、ちゃんとした理由があった。ロッカーズがモッズを嫌っていたからだ。

母親が何をいってもむだだった――十五歳《さい》とはそういうものだし、道路の王ならなおさらだ。モッズは宇宙のみなしごなのだ（モッズはみんな、両親にそういっていた）。モッズはほかの人たちより、レベルの高い世界で生きている。定番の子どもむけ番組はみない。『レディ・ステディ・ゴー』［一九六〇年代イギリスで人気のロック・ポップ音楽専門番組］をみる。日曜日には、ローストビーフと二種類の野菜のような普通《ふつう》の食事はしない。新聞紙に包まれて灰色になったフレンチフライを食べ、マッケソン［牛乳由来の糖が入ったビールの一種］をびんから口飲みする。世界という戦場を自慢《じまん》の戦闘《せんとう》用の馬車でゆっくり走って、かわいい女の子たちの視線を集めようとした。襟《えり》がベルベットのジャケットを着て、ぬれたジーンズをはいた若者の魅力《みりょく》を無視できる女の子がいるだろうか？

祝日になると、モッズはけんかをする。

「けんか？　かわいい女の子をひっかけにいってたんじゃないのか？」マイキーがいう。

幸い、親友のタイガーはジョークだと思ったようだ。マイキーは新入りっぽい言葉を口にしてしまうのが嫌《いや》だった。ライダーズ・トゥー・ザ・シーには二週間前に入ったばかりで、まだ手探りですごしていた。いつか、モッズ戦士を率いる王になるつもりでいた。そうはいっても、まだ少しは学ぶべきことがありそうだった。

もちろん、ロッカーズは悪魔《あくま》の子どもで、生まれてくるべきではなかった連中だということは知っていた。やつらは砂漠《さばく》で杭《くい》にくくりつけられ、ヒアリの大群に襲《おそ》われて当然だ。マイキーはよくわかっていなかったが、祝日の月曜日に予定されているシーショーへの遠出は、あらかじめ計画された戦争だった。ロッカーズは、ばかみたいにでかいバイクに乗り、ばかみたいな革のジャケットを着て、リーゼント頭でシーショーにいく。モッズはスクーターで、メンソールのタバコのようにクールにシーショーを目指し、ロッカーズと戦う。それぞれ一対一でやりあうのだ。

「マラトンで戦った甲冑《かっちゅう》歩兵みたいに、めちゃくちゃになるまで戦おう！」タイガーがいう

（タイガーはグラマー・スクールに通っていた）。「おれはラウンダーズ［ソフトボールに似たルールの球技］のバットを持っていく」

マイキーはクリケットのバットを持っていくことにした（女のきょうだいがいないやつは、ラウンダーズのバットなんてどこで手に入れたらいいんだろう）。それから、母親が作ってくれたランチも。「サーモンペーストにスコッチ・エッグにミルキーバーよ。マイキー、大好きでしょう？　砂浜《すなはま》でクリケット。お友だちと遊園地。素敵《すてき》ね！」母親は、マイキーにキスをして十シリング紙幣《しへい》をわたした。ライダーズ・トゥー・ザ・シーがガソリンを入れるためにアシュフォードにとまったとき、マイキーはランチの包みと紙ナプキンを捨て、サンドイッチをつぶして自分が作ったようにみせた。そして、ロッカーズの顔をかみちぎる勢いで食べた。

国道Ａ２号線を東にいく道はモペッド［ペダルのついた小型オートバイ］でごったがえしていた。そのほとんどが、ふたり乗りだ。大勢のモッズ戦士が、モッズの彼女《かのじょ》をつれてきている。いつか、おれもスクーターの後ろに彼女を乗せて走るんだ。彼女はおれの腰《こし》にきつく腕《うで》を巻きつける。マイキーはわくわくした。これまで気づかなかったが、ライダーズに入ったとき、自分は正しい考えを持った大勢のかっこいい兄弟のひとりになったのだ。考えてみろよ！　ここにいる仲間はひとり残らず、人生について同じ真実にたどり着いたのだ。人生は無意味でつまらない。親は現代を生きていない。いま、ここで起きていること以外はどうでもいい。この瞬間《しゅんかん》も、この場所も、両方ともモッズのものだ！　女、ドラッグ、音楽。これが世界を……モッズを動かす車輪なのだ！

「当然の権利だ、そうだろ？　警察とか、法律は――子ども用の自転車についている補助輪だ。そう思わないか？」タイガーがマイキーにいう。「大人になると、補助輪を外すだろ？　その世界にルールなんかない。善悪はどうだ？　ひとつの大きな嘘《うそ》……いや、ふたつだ。ふたつの大きな嘘だ」タイガーは大学で社会学を学ぶそうだ。

一方、シーショーまでの道もバイクでいっぱいだった。まるでかぶとむしが大量発生したようにみえる。黒の革ジャケットをスタッズで飾《かざ》り、なんの役にも立たないミミズのような鎖《くさり》の切れ端《はし》をつけ、潜水《せんすい》作業員のようなブーツをはき、バイクの排気音《はいきおん》は花火大会の晩のようにうるさい。「そういえば、マフラーをつけないで走るのは法律違反《いはん》だよな？」タイガーがいう。

そのとき、遠くに海がみえた。巨大《きょだい》なサイドミラーみたいだ。マイキーは叫《さけ》びだしたい気持ちをおさえた。海だ！　海だ！　休日に家族で出かけるときは、一番に海をみつけた人が勝ちだ。もちろん、いまはそんな子どもじみたことはしない。仮免許《かりめんきょ》中であることを示すLプレートはスクーターの荷物入れに隠《かく》しているし、クリケットのバットはオイルを塗《ぬ》りたてだ。いま、マイキーはライダーズ・トゥー・ザ・シーの一員で、初めての戦いにむかう戦士なのだ。

駅前の広場にスクーターをとめ、ファンランドに直行した。ファンランドは遊園地で、祝日になるとみんなこの場所がめあてでシーショーの町にやってくる。遠くから、すでに戦いの叫《さけ》び声や悲鳴、物がぶつかりあう音がきこえたが、ただ客がジェットコースターやバンパーカーや回転ブランコに乗ってスリルを楽しんでいるだけだった。ファンランドはマイキーが世界で一番好きな場所だ。

マイキーはバイキングに乗るまえにびんビールを飲むんじゃなかった、と後悔《こうかい》していたが、それでも正午まではファンランドで楽しくすごした。目の前に広がる乗り物や売店、騒々《そうぞう》しい声や音の先に、映画館が目にとまった。ネオンの看板が点滅《てんめつ》している。あそこには、きっと女の子がいるから、暗闇《くらやみ》でとなりにすわれるかもしれない。「映画館にいきませんか？」マイキーはいってみた。

「仕事が先だ」タイガーがいうとリーダーはうなずいた。「ここは警官が多すぎる」タイガーがいうとリーダーはうなずいた。「砂浜《すなはま》にいくか。そこで乱闘《らんとう》だ」タイガーの提案にリーダーはうなずいた。それで、急ぐこともなくゆっくりと海岸にむかった。海に着くと、それぞれに袖《そで》に隠《かく》していた戦闘《せんとう》用の武器を出し、手に持った。

「あっ！　バイクにバットを忘れてきた！」マイキーは焦《あせ》っていった。

「早く取ってこい。なんのためにここに来たと思ってるんだ？　さっさといって、追いかけてこい」そういわれて、マイキーが駅にもどると――広場にとめているスクーター全部に、駅員がせっせと駐車違反《ちゅうしゃいはん》のチケットを貼《は》っているところだった。

……駅の敷地《しきち》に違法駐車《いほうちゅうしゃ》……

マイキーはあわてて自分のスクーターにまたがり、駅前の広場をあとにした。人通りはさらに多くなり、この中でどうやってタイガーをみつけたらいいんだろう、とマイキーは思った。

シーショーの町は、祝日に押《お》し寄せる観光客に対する準備を整えていた。警官はあちこちにいるし、パトカーが通りにあるすべての角にとまっていた。だが、警察に何ができるというのだろう？　三千台のバイクとモペッドがうなりをあげてこの町にきて、戦争が始まろうとしている。十時には窓がひとつ割られ、十一時にはひとりが血を流した。

数人のモッズが、ロッカーズのバイクを防波堤《ぼうはてい》のむこうに放り投げるのがみえた。マイキーは仲間にむかって親指を立てた。もし、潮《しお》が満ちていたら波が上がって派手にみえただろうが、どっちみち、砂でエンジンはいかれているだろう。ロッカーズがモッズのひとりを防波堤から突《つ》き落とした――死んだかもしれない。ロッカーズめ……しかし、マイキーは仲間のモッズをちらりともみなかった。

スクーターで保養地の近くを走っていると、自転車の長いチェーンを振《ふ》り回しながら走るロッカーズのひとりに追い抜《ぬ》かれた。マイキーはミリタリーパーカーの背中に手榴弾《しゅりゅうだん》の破片があたったような気がした。ロッカーズがバイクのむきをかえ、チェーンを振り回し、こっちにもどってくる。マイキーは猛《もう》スピードで急な坂になっている路地に逃《に》げこんだ。路地は狭《せま》く、長いサイドミラーがひとつ、排水管《はいすいかん》にぶつかって粉々《こなごな》になった。坂道をのぼりきると、そこは……激戦地だった。

カフェテーブル、デッキチェアの残骸《ざんがい》、窓ガラスの破片、海辺で集めた石。そこでは、すべて武器になっていた。車に火がつき――かわいい小型の車が燃えている――警察のバンが左右に激しく揺《ゆ》さぶられ、片方のライトが取れている。男がひとり、赤く染まったぼろきれで頭をおさえている。血まみれの少年が車のアンテナを振《ふ》りながら叫《さけ》んでいる。「おれたちはモッズだ！　おれたちはモッズだ！」彼女《かのじょ》が少年をひっぱたいて、大声でわめく。「あんた、ナイフで刺《さ》されてるのよ。もう黙《だま》って。お願いだから。あんたはあいつに刺されたの！　自分の格好をみてよ！」

マイキーはなんとか大乱闘《だいらんとう》の通りをすりぬけ、車止めが立てられた脇道《わきみち》に入り、スクーターを引きずるようにして進んだ。そのうち、海岸沿いの大通りマリン・ドライブに出た。大急ぎでスクーターを走らせ、舗装《ほそう》された広い道路を進む。マイキーの心臓はカンガルーのように飛び跳《は》ねている。ガラスの割れる音がして、考えていたことが砕《くだ》け散った。頭の中が真っ白になった。スクーターに乗り、感じ、叫《さけ》び、まぶしい太陽の光の中ではっきりとみた。大勢があちこちで、殴《なぐ》ったり蹴《け》ったり武器を振《ふ》り回したりしている。燃えるごみ箱、海、店、人の群れ、にじんだマスカラ、折れた靴《くつ》のヒール、警官のヘルメット、犬。ひっくり返ったアイスクリームのワゴンから白い血が流れている。路面電車の線路が銀の縫《ぬ》い目《め》のように、舗装された黒い道路に続いている。陽光の中を走ってくるロッカーズたちさえ、映画の一場面みたいだ。ロッカーズがマイキーに気づき、長いチェーンを振《ふ》り回しながら、ふたたびむかってきた。

マイキーはまっすぐ環状《かんじょう》交差点を目指して、スクーターを走らせた――交差点のまんなかの青と白の花がきれいに植えられた花壇《かだん》を横切る（アリッサム。母さんが好きな花だ。毎年、庭に植えてたな）。中央の安全地帯を突《つ》っ切り、交差点の反対側に抜《ぬ》けた。タイガーと合流したとき、いまのことを話す自分が頭に浮《う》かんだ。すごかったんだぜ！　環状交差点にまっすぐ突っこんだんだ、本当だよ。ジェームズ・ディーンになったかと思った！（モッズがジェームズ・ディーンを好きとかいっていいのか。いや、ジェームズ・ディーンはロッカーズじゃない——ただのアメリカ人だ。ジェームズ・ディーンを好きでいてもだいじょうぶだ、本当に？）……環状交差点を走り抜けて逃《に》げ切ったんだ！　マイキーは、スクーターにすわったまま後ろを振り向き、間抜《まぬ》けな革のジャケットとリーゼント頭を指さして、ばかにした……。

そのとき、ゾウがみえた。バスの待合所の後ろから機械仕掛《じか》けのゾウが突然《とつぜん》、姿を現した。それだけでも異様なのに、このゾウは左右に揺《ゆ》れている。どことなく変な鼻は顔から外れ、黒いケーブル一本でぶらさがっていた。ロッカーズたちがゾウの足を攻撃《こうげき》して倒《たお》そうとしている。マイキーが近くを通りすぎたちょうどそのとき、ついにゾウが倒れた——ゾウはとめてあるバイクの列にスローモーションのようにひっくり返り、その衝撃《しょうげき》で道路いっぱいに破片が散らばった。マイキーは壊《こわ》れたゾウの破片——頰《ほお》の部分——耳だったかもしれない——をよけて走った。すると、スクーターの前輪がスリップして路面電車の線路にはまった。スクーターは前につんのめり、後輪が宙に浮《う》き、マイキーはサドルから投げだされた。クリケットのバット——父親が買ってくれたバット——が転がって遠ざかっていく……。

スクーターから落ちたモッズは、ロッカーズの格好の餌食《えじき》だ。手と膝《ひざ》に砂利がめりこんでいる。マイキーはあたりを見回し、まぶしい太陽の光の下で悪魔《あくま》の化身のような革のジャケット姿をさがした。歩道を海にむかって逃《に》げ、防波堤《ぼうはてい》を細身の白いジーンズで滑《すべ》り下りた。しかし、砂の上を走って逃げるのは無理だ——悪夢の中で走っているようなものだ——なにもかも、ゆっくりになる。ラウンダーズのバットを買いにいけばよかった。持ってきたクリケットのバットは、グレイ・ニコルズ社がジュニア用に作った特別版で、イギリスを代表するスター選手テッド・デクスターのサインが書いてある。

脚《あし》はまるでゴムの切れ端《はし》――それも擦《す》り切れたゴムだ。どうしてゴムはかたくなるんだろう。疲《つか》れてのびなくなるんだろうか？　いや、ゴムは人間じゃない。石が飛んでくる。目がつぶれるかもしれない。母さんが、石を投げる男の子たちのことをいつも話しては、だれかの目がつぶれるかもしれないのよ、っていってた。おれはまだ十五歳《さい》だ！　だが、そんなことはいえない。そんな、子どもっぽいことは。どうせきいてくれない。ちょっと待った！　休戦だ！　おれはまだ十五歳なんだ！　母さんの声がきこえてくるようだ。ママのかわいいマイキーはまだ大人になる途中《とちゅう》なのよ、そうよね、マイキー。

砂浜《すなはま》から通りにもどる階段は高くて、疲《つか》れ切った膝《ひざ》が上がらない。なんで膝が上がらないんだ？　階段の上のロッカーズは増えている。黒い悪魔《あくま》が集まってきた。

クリケットのバットに書かれたテッド・デクスターのサインは本物じゃない。それとも、一日じゅう、すわって大量のバットにサインを書いたのだろうか。倉庫にあるクリケットバット全部に？　ちょっと待った！　頼《たの》む！　やめろ！　お願いだから！

警官を乗せた馬が全速力で駆《か》けてくる。ひづめの音が舗装《ほそう》した道に大きく響《ひび》く。馬はいい。西部劇で活躍《かつやく》してた馬はシルバーとトリガー……『ローン・レンジャー』でトントが乗っている馬の名前はなんだっけ。馬に乗った警官は、いってみればライダーズ・トゥー・ザ・シーのようなものだ。まだ生きている。警察馬が全速力で走っているところを初めてみた。サッカーの試合のときに立っている騎馬《きば》警官も、絶対に馬を全速力で走らせたりしない。もうだいじょうぶだ。ロッカーズが人殺しをするのを、警察が黙《だま》ってみているわけがない。迷子になったら、警察官にきくのよ。マイキーが小さいころ、いつも母親にいいきかされていた。それか、子どもを連れている女の人に道をききなさい。テレビに出てくる馬はこんなに大きくみえなかった。レンジ・ライダー［アメリカで制作された子どもむけ西部劇『レンジ・ライダー』の主人公。イギリスでも放送されていた］は軽々《かるがる》と鞍《くら》に飛び乗っていた。それとも、レンジ・ライダーの馬はものすごく小さかったのだろうか？「迷子になったら」なんていうのは典型的な母親だ。

ところが、騎馬《きば》警官は助けにこなかった。ようやく、タイガーたちがみえた！こっちに気づいたら助けてくれる。来週、学校で先生たちにいろいろきかれるだろう。ひどい目にあいました。マイキーはこう答える。いや、やっぱりこうだ。けんかをしたんです、先生。戦いは続きます。シーショーでね。先生たちは感心するだろう。うんざりした顔をしてみせるが、心の中ではすごいと思っている。むこうみずなマイキー・フィプスは——あの週末で少年から大人の男になった、と。

マイキーはホーリー・スクエアから外れた路地に連れていかれた——狭《せま》い路地の先にはごみ箱があり、壁《かべ》に〝楽屋口〟と書かれている。ロッカーズはやめなかった。マイキーがやめてくれ、といってもむだだった。タイガーがロッカーズのジャケットの後ろを引っぱり、子どものように泣きながら叫《さけ》んでも、やめようとしない。こいつは子どもだ、まだ子どもなんだよ！

それでも、スタッズがにきびのようにちりばめられた黒の革ジャケットを着たロッカーズは、マイキーの前に立ちはだかった。マイキーは、ロッカーズの脚《あし》の間に——蹴《け》りつけてくる脚の間に——〝楽屋口〟の文字が目に入り、ある思い出が頭をよぎった。サインがほしくて、歌手が出てくるのをあの場所で待ったときのことだ。学校が休みの日だった。マット・モンローが出てくるのを待っていたんだ。すごく楽しかった。母さんとすごした最高の休日だ。母さんと。母さん！　そのとき、マイキーはひらめいた。劇場に入りさえすれば助かる。劇場の中ではだれも殺されない。そうだよね、母さん。

「それで、楽屋口にむかったんだ。ロッカーズの脚《あし》の間をすり抜《ぬ》けて、劇場に飛びこんだ。なんてことない」モッズのマイキーは夢中になって話していたので、ふたたびあのときの痛みとあざと切り傷を全身で感じているような気がした。自分を忘れて語っていたので、じつは、何をしゃべったのかよく覚えていなかった。しかし、勝利をおさめたロッカーズとの戦いを、リアルにかっこよく伝えられていたらいいな、と思った。細かい説明はいらない。本物のライダーズ・トゥー・ザ・シーのメンバーには、こういうヒーローのような出来事は毎日のように起きている。「ロッカーズの脚の間をすり抜けて、劇場に飛びこんだんだ。なんてことない」

ダグラス・ダグラスは、かぶっているレインハットを両手でくるくるまわしている。レインハットの縁《ふち》を持ってまわし続ける。「いや、ちがうぞ、若いの。おまえは逃《に》げ切れなかった。路地で死んだんだよ。不良連中に蹴《け》られて命を落としちまったんだ」ほかの幽霊《ゆうれい》たちは目を閉じ、顔をしかめたが、ダグラスよりも優《やさ》しい言い方がみつからなかった。

マイキーはベルベットの椅子《いす》を蹴《け》った。「ロッカーズの脚《あし》の間をすり抜《ぬ》けて、劇場に飛びこんだんだ。なんてことない」

フランク・スチュアートが舞台《ぶたい》から下り、マイキーにむかって歩きだすと、モッズのマイキーは背中を丸め、恐怖《きょうふ》でふたたびうずくまった。記憶《きおく》が呼び起こされ、ふたたびあざができ、腫《は》れた目から涙《なみだ》があふれる。「ゾウのネリーは、ロッカーズが壊《こわ》したんだ！　モッズは絶対にそんなことしない。絶対に！　ロッカーズがやったんだ！　あいつらは悪魔《あくま》の子どもだから。タイガーがそういってる！」

フランク・スチュアートはマイキーの腕《うで》をつかみ、引っぱって立たせると、一階席の後ろに連れていく。ほかの幽霊《ゆうれい》たちは身じろぎもせず立っている。まるで、マイキーの話の破片がポケットに入っていて、動けば肌《はだ》に刺《さ》さってしまうと思っているかのようだ。

一番長く劇場に住んでいる幽霊《ゆうれい》だけがいつまでも話し続けていた。「……そこらじゅう、目につくものはすべて粉々《こなごな》にした――ゾウが壊《こわ》されたのは始まりにすぎない……堕落《だらく》の始まり……その日から、この町は変わってしまった……シーショーの評判が地に落ちた……ギャングが暴れまわる町……」しかたなく、ユージニアス・バーチが注意した。「静かにしてもらえますか」

一階席の後ろまでくると、フランク・スチュアートは小さなマイキーをぎゅっと抱《だ》きしめた。マイキーはフランクの油の染みついたオーバーオールに顔をうずめて泣いている。いろんなことを思い出して泣いた。何もなしとげることなく死んでしまったこと。友だちを失ったこと。

サイドミラーが折れたこと。襟《えり》がベルベットのジャケットの縫《ぬ》い目《め》が破れたこと。それから、母さんのこと。「あなたのゾウが壊《こわ》されて残念です。おれは、機械仕掛《じか》けのゾウをみたことがありません——というか、ちゃんと動いているのは」マイキーはそういうと、できなかったことリストにまたひとつ追加した。

「ゾウはもういない。死んだんだ。モッズやロッカーズのように。彼《かれ》らのようになりたいと思っているギャングは、いまもたくさんいる。しかし、モッズやロッカーズはもういない。その時代は過ぎ去ったんだ。短いソックスや、リーゼントのようにね」

「じゃあ、あいつらは……もういないんですか？　外の路地にいない？　もう、おれを待ち構えてない？」いままでずっと、マイキーは外にいるロッカーズを恐《おそ》れていた。恐怖《きょうふ》は、塀《へい》のてっぺんに埋《う》めこまれたガラスの破片のように、頭につき刺《さ》さっていた。いまでもロッカーズが楽屋口の扉《とびら》の外にいて、マイキーの息の根を止めようと待ち構えているんじゃないかと考えてしまう。

フランク・スチュアートは、劇場の外の小道からロッカーズがいなくなってから、五十年はたっているんじゃないかと答えて、話題をクリケットに変えた。しかし、フランクはもう、別のことを考えていた。大きくなっていく天井《てんじょう》のひびや、ドレスサークルの下側のたれさがっている部分が目にとまった。マイキーと一緒《いっしょ》にほかの幽霊《ゆうれい》のところにもどったとき、機械仕掛《じか》けのゾウ、ネリーの生みの親は、その天才的な頭の中にある庭の小屋にとじこもり、ふたたびあらゆることに考えをめぐらせていた。

第十四章 だいじょうぶ

「だいじょうぶ。問題ありません」サッパーさんはそういうと、体を揺《ゆ》らす独特の歩き方で客席をみてまわる。スーツにまっさらのジョギングシューズをはいている。というのも、ライフコーチ［人生や仕事の目標を達成するためにカウンセリングやアドバイスをする人］にジョギングシューズをはけば、おしりがやせますよ、といわれたからだ。パイの量を少し減らせば、ジョギングシューズを買わずにすんだかもしれない。この靴《くつ》のせいでドナルドダックのような歩き方になってしまった。しかし、この歩き方のおかげでサッパーさんは、以前より朗《ほが》らかな人にみえた。金色の飾《かざ》りしっくいやシャンデリアを長々《ながなが》とほめることはなかった――「はい、いいですね」――黒いカビをみても困った顔をしないし、交換《こうかん》が必要な椅子《いす》も数えなかった――「全部新しくしましょう、客席丸ごとです」――しかし、一階席をひょこひょこ歩きまわると、こんなふうに力強い言葉をかける。「リストを作りましょう。必要なものはなんでもそのリストにあげてください。だいじょうぶですよ」

グレイシーの両親はサッパーさんの後ろについて歩く。その小さな頭が上下する様子や、大きなおしりが前後に揺《ゆ》れるのをみていると、催眠術《さいみんじゅつ》をかけられているような気がした。

「理想をいえば、九月に劇場の営業を再開させて、クリスマスにくるお客さんをつかまえたいんです。しかし、その考えは楽観《らっかん》的すぎて……」グレイシーのパパ、ウィルがいう。

「いえいえ、問題ありません」

「来年度までは、芸術協会からの資金はでません……まだ劇場の職員さえ雇《やと》ってないんです」

「だいじょうぶですよ」

「この町にあった演目を考えたいと思っています――地域社会がこの劇場に求めているものを知りたくて……」

「パム・エアーズ。ぼくはパム・エアーズが好きなんです。それから、下品なコメディーもいい。下品になるほどおもしろいんです」ウォルター夫妻が急に立ち止まったのを感じて、サッパーさんが振《ふ》り返った。「ぼくの意見は気にしないでください。おふたりがいいと思う作品を上演してください。シーショーにはこの劇場が必要です。何世紀もずっとここにあったのですから、そうですよね？　閉鎖《へいさ》するべきではない。お金を持っている人にはそのお金を有効に使う義務があるんです、わかります？」そういって、ぴょんと跳《と》んでみせた。その姿はまるで『チョコレート工場の秘密』の登場人物ウィリー・ウォンカだ。なんでもチョコレートで支払《しはら》える、夢のチョコレートの国に続く道を少しずつ切りひらいているようだ。

どこからともなくやってきたこの地元の後援者《こうえんしゃ》は、ロイヤルシアターに、この劇場の公演に、職員に、宣伝に、未来のために喜んで資金を提供するといってきたのだ。

「そのうち、なんでも自分が決めるっていうようになるさ。劇場をぼくたちから取り上げるつもりなんだ」ウィルが小声でエリーにいう。

しかし、サッパーさんはロイヤルシアターの経営には興味がなく、上演する作品も、どんなお客さんがくるかも気にしていないようだった。劇に出演したいとも思ってなさそうだし、好きな女優に会うための口実を作ろうとしているようにもみえない。劇場の名前を「サッパーシアター」に変える気もなさそうだ。まるで、ある朝、目を覚まして妻にこういったかのようだった。〝ちょっと思いついたんだけど、ロイヤルシアターで寝泊《ねと》まりしている夫婦にぼくの財布をあげて、ふたりの願いをぜんぶ叶《かな》えてあげるってどうかな？〟

「じゃあ、ぼくが資金を出すから、おふたりは賃貸契約《ちんたいけいやく》を進めてください。銀行を回って時間をむだにする必要はありません。一年目の費用はぼくが前金で払《はら》います！　おふたりを信頼《しんらい》しています。ぼくには、人をみる目があるんです。信じてますよ。名義はすべて、おふたりの名前のままにしておきましょう。もちろん、一番いいのは、この劇場に保険をかけること。賃貸契約を結んだと仮定して、次は保険をかけましょう、いいですね？　慎重《しんちょう》になりすぎてはいけません。好事魔《こうじま》多し。いいことにはじゃまが入りやすいというじゃないですか。出資金はありますか？　ないと思ったので、用意してあります――ですが、もちろん契約書《けいやくしょ》にはおふたりが署名をして、保険料を払ってください。いいですか、明日、五千ポンドをおふたりの口座に振《ふ》り込《こ》んで、書類を持ってきますからサインをお願いします。議会の対応は、そちらでしてください。名義はすべてウォルターさんで、いいですね？　ぼくはかかわりません。何か質問は？」

「なぜですか？」この質問しか出てこなかった。

「『陰徳《いんとく》を積む』という言葉をきいたことはありませんか？　ぼくは、この町を助けたい、それだけです。自分が生まれた町の力になりたいんです。パム・エアーズ、ファン・ダンス、下品なコメディー。家族の楽しい時間！　――それから、シェイクスピア。おふたりの好みにあえば、ですが」

サッパーさんは帰っていった。飢《う》えに苦しむ人々に飛行機が穀物の入った袋《ふくろ》を落とし、着陸もせずに飛び去ったかのようだった。


「ちがうの！　これはいいことなのよ！　心配いらないわ！」グレイシーが劇場の住人たちにいう。「サッパーさんは費用を全部払《はら》って、ママとパパに劇場の経営をしてほしいっていってるの！」グレイシーの喜びはマッチのように燃え上がり、幽霊《ゆうれい》たちはまばたきをした。

幽霊《ゆうれい》たちは、グレイシーに話したことがあった。生きている人間にこの劇場を渡《わた》したくない。望むのは平穏《へいおん》で、だれにもじゃまされない日々だけなんだ、と。しかし、ボウリングのレーンを転がる玉のように、グレイシーはまっしぐらに突《つ》き進み、幽霊たちの計画にぶつかっていく。

自分の夢がもう少しで叶《かな》いそうだと思ったグレイシーは、モッズのマイキーのできなかったことリストに書かれている野望をいくつか叶えてあげようと思った。

五十年間、マイキーはびくびくしてすごしてきた。楽屋口の外にロッカーズがいて、自分の血でサインしろといってくるんじゃないかとおびえていた。ところが今日、劇場の外に出てみると、車輪付きのごみ箱が並び、ピザの箱が落ちているだけだった。

「おれ、ピザって食べたことない」マイキーがいった。

そこで、グレイシーはモッズカフェに連れていった。店内の壁《かべ》には、ペナントやトラのしっぽ、ぴかぴかのモペッドの写真が飾《かざ》られている。このカフェの店主は、五十年前、マイキーと同じモッズで、当時のことを懐《なつ》かしく思っていた。しかし、マイキーはそんな気分ではなかったようで、店を出たい、といいだした。それをきいてグレイシーは、ほっとした。なぜなら、サッパーさんという支援者《しえんしゃ》が現れたにもかかわらず、あいかわらずグレイシーには、ピザを買うおこづかいがなかったからだ。グレイシーはカフェをあとにして、次はゲームセンターに連れていった。中に入ると、きらきら輝《かがや》く大量のペニー硬貨《こうか》が、崖《がけ》にむかって流れる氷河のように動いている。ペニー硬貨は崖の端《はし》までくると、膝《ひざ》の近くにある容器の中に、大きな音をたてて洪水《こうずい》のように落ちていく。しかし、ここもグレイシーとマイキーにむいていなかった。ゲームセンターでおこづかいを増やすには、まずペニー硬貨が必要なのだ。グレイシーはもう、一枚もペニー硬貨を持っていなかった。

そのあとクリケット場にいった。そこは、有名なクリケット選手、フレッド・トゥルーマンのいるチームが州別対抗《たいこう》リーグの試合をしたことがある場所だ。マイキーは六十四回ランナップを行い、偉大《いだい》な選手が踏《ふ》みしめたにちがいない場所を踏みしめてボールを投げた。そして、グーグリー、レッグブレーク、ヨーカーという、相手の打者が打ちにくい球を次々に投げた。

「ロバに気をつけてね！　わかってる？」みえないボールを、みえないウィケット［フィールド上にあり、敵チームに倒《たお》されないように守る三本の杭《くい》］に投げるマイキーにグレイシーが注意する。しかし、グラウンドの隅《すみ》に思いがけず現れた数頭のロバは、それほどこちらを気にしていないようだった（だれのロバなんだろう。グレイシーは不思議に思った）。強い風が吹《ふ》いてスコアボードの数字が回転し、マイキーはすべてクリーンボールド［投げたボールが打者の体にもバットにも当たらずに直接、敵のウィケットを倒《たお》すこと］で六ウィケット取ったと表示された。驚《おどろ》いたことに、投球を終えたマイキーに観覧席から拍手《はくしゅ》が起こった。劇場の幽霊《ゆうれい》たちは思い切って、マイキーの初めての外出についてきていたのだった。

「みんなでファンランドにいこう――ジェットコースターに乗るんだ！」マイキーが幽霊《ゆうれい》たちにいう。そして、ミリタリーパーカーを魚のしっぽのようになびかせながら、うれしそうにみんなの先頭に立った。

　しかし、グレイシーが忠告したとおり、ファンランドは車が数台とめてあるだけの、穴だらけの空き地になっていた。ジェットコースターも、回転ブランコも、回転木馬も、バンパーカーも、ロケットの乗り物もない。蒸気オルガンも、綿菓子《わたがし》の屋台も、背中にフックのついたアヒルの人形も、ビニール袋《ぶくろ》に入った金魚も、派手な色のナイロン製のテディベアも、射撃場《しゃげきじょう》もない。

「でも、全部もどってくる！　本当よ！　嘘《うそ》じゃない！」グレイシーがいう。

「クリスマスみたいに毎年やってくるのか？」マイキーがいう。

「ちがう、そうじゃないけど、本当にもどってくるんだってば！　絶対、絶対に！　約束してくれたんだから！」

　しかし、目の前の状況《じょうきょう》をみると、とても本当とは思えない。風がごみを舞《ま》い上げて、とめてある車に吹《ふ》きつけ、ガソリンの浮《う》いた水たまりが波立ち、ねっとりした虹色《にじいろ》に揺《ゆ》れる。

「わたしのホール・バイザシーがあった場所だ」ジョージ卿《きょう》がいう。線路の位置から、いまいる場所がわかったようだ。

「ホール・バイザシーが取り壊《こわ》されて、ファンランドを建てたんです」フランク・スチュアートがいう。

「それなら、なぜ、どうして、ファンランドを壊《こわ》したんですか？」ジョージ卿《きょう》がたずねる。

答えに詰《つ》まる悲しい質問だった。

「客がこなくなったからです。シーショーの遊園地から客が離《はな》れていったんです。楽しみを求めて、ほかの場所にいくようになったのでしょう」フランクが答える。

「どうして？」グレイシーがたずねた。サーカスの団長、ジョージ卿《きょう》の問いと同じくらい答えに詰《つ》まる悲しい質問だった。

だれもいない空き地のむこうで、ネオンが不安げに点滅《てんめつ》している。

「映画館もなくなったのか？」マイキーがいう。魚のしっぽのようなミリタリーパーカーの裾《すそ》が風で脚《あし》の間にはさまっている。まるでしょげている子犬みたいだ。

「あっ、開いてる。映画館はいまもあるわ。みんなでいこう！」グレイシーがいう。

映画館は劇場に似ていて、居心地《いごこち》のいい親しみのわく場所だ。グレイシーは驚《おどろ》くほど簡単に忍《しの》びこむことができた――もしかしたら、一緒《いっしょ》にいる幽霊《ゆうれい》たちのおかげで、自分もみえなくなっているのかも、とグレイシーは思った。

最近の映画館には、スクリーンがひとつではなく、六つあった。恋愛《れんあい》コメディーを選ぶこともできたが、グレイシーは嫌《きら》いだった。戦争映画でもよかったが、モーリスはいやというほど戦争をみてきた。字幕付きのポーランド映画にしようかと思ったが、外国語がわかるのはユージニアスだけだったし、ユージニアスがわかるのはポーランド語ではなかった。それなら、字幕なしの映画のほうがいい。ホラーも選択肢《せんたくし》にあったが、グレイシーは幽霊《ゆうれい》たちを怖《こわ》がらせることだけはしたくなかった。残ったのは成人向けの映画だったが、それをみるにはグレイシーは年齢《ねんれい》が足りないし、ヴィクトリア朝《ちょう》の幽霊たちは年をとりすぎていた。それで、一番混んでいたが、アニメをみることにした。幽霊たちは、K列の椅子《いす》の背もたれに腰《こし》かけてくつろぎ、映画館独特の不思議なにおいをかいでいる。

「ポマードのにおいか？」ローランド・オリヴァーが目の前にすわる男の人の髪《かみ》の毛をかぎながらいう。

「シラミを取る粉のにおいかな？」近くの子どものにおいをかぎながらモーリスがいう。

「ポップコーンだよ」小さな声でグレイシーが答える。「ロイヤルシアターでも売ったほうがいいかな？」

「とんでもない！　こんなにおいの中で演技なんてできない！　このにおいにむせそうだ！」

なぜうまくいかなかったのか、あとになって考えたとき、アニメを全年齢《ねんれい》対象に指定した人のせいだとグレイシーは思った。「全年齢」には、ヴィクトリア朝《ちょう》やエドワード朝の幽霊《ゆうれい》はもちろん、生《なま》の演技をみられる場所を愛していた人たちは含《ふく》まれていなかったのだ。

予告が流れている間、ちらりと視線を向けると、幽霊《ゆうれい》たちが音に圧倒《あっとう》され、驚《おどろ》いているのがみえた。幽霊たちは目に飛びこんでくる巨大《きょだい》な顔におびえ、チカチカ光りながらものすごい勢いで変わっていく映像をみているうちに、乗り物酔《よ》いに襲《おそ》われた。アニメが始まると、マイキーは喜んだが、ほかの劇場の住人たちはますます落ち着かなくなった。

「スライド映写機だよ。ただのスライド映写機だ」ローランドがなだめるように妻のリリーにささやいているのがきこえたが、少しも効果はなかった。生身の人間の演技は消えてしまったのだろうか。俳優と女優はいつ出てくるんだ？　楽団はどこで演奏しているんだろう？　フットライトの燃料を補給したり、セットを替えたりしてくれる舞台係《ぶたい》は？　フランク・スチュアートのような職人がつくった天才的な舞台装置は？

「この人たちは、わたしたち役者に何を求めているのかしら……？」リリーが夫の腕《うで》をにぎりしめてきく。「役者は、いらない存在になってしまったのね！」

スクリーンには、現実にはありえない風景が広がり、奇妙《きみょう》な生き物がぶつかりあいながら、木をなぎ倒《たお》して突進《とっしん》していく。大音響《だいおんきょう》の効果音が痛みを大げさに伝える。（生きている）観客はアニメに夢中で、楽しそうにポップコーンを次々に口に運ぶが、K列の背もたれにすわった観客はいら立ちをつのらせていく。せわしなく変わる映像に気持ちが悪くなり、発作《ほっさ》を起こしそうなほど激しく点滅《てんめつ》する画面に頭が痛くなり、幅《はば》の広いスクリーンに白目をむく。幽霊《ゆうれい》たちは椅子《いす》の背もたれに腰《こし》かけ、文句をいいたくていらいらした。美しい表現はどこに消えた？　詩は？　役者たちは？

そのうち、幽霊《ゆうれい》たちはブーイングを始めた。

グレイシーはおとなしくさせようとしたが、できなかった。マイキーも一緒《いっしょ》になってやじをとばす。騒《さわ》ぎを起こす楽しさを思い出したのだ。ニクソン巡査《じゅんさ》がそばにいる子どもたちを怒鳴《どな》りつける。子どもたちが、前にすわっている人にむかって細長いビニールに入った粉キャンディーを吹《ふ》きかけていたのだ。ニクソン巡査の怒《いか》りは、ブーイングと同じ効果を発揮した。

客席が北極のように冷たい空気に包まれた。寒さで日に焼けた腕《うで》に鳥肌《とりはだ》がたつ。母親たちは歩き始めたばかりの子どもにロンパースを、大きな子どもには上着を着せる。スクリーンに大きなバラの花が咲《さ》くように氷が広がると、映像はぼやけて、そのうちみえなくなった。観客たちは大声で文句をいったが、完全に自動で上映されているので、声をききつけてやってくる映写技師や案内係はいない。とうとう、七十個の客席からひとり残らず客が去り、三番スクリーンは空っぽになった。巨大《きょだい》なスクリーンに氷が葉っぱのようにあちこちに広がって繋《つな》がり、アニメの映像をすっかり覆《おお》い隠《かく》してしまった。

メンテナンスにきた技師は、なぜ騒《さわ》ぎが起きたのかまったくわからなかった。到着《とうちゃく》したときには、三番スクリーンの氷はすべてとけていたのだ。気づいたことといえば、変なにおいだけ。においをたどっていくと、J列が黒い足跡《あしあと》で汚《よご》れていた。

K列にも大量のロバのフンが落ちていた。

遠出から帰還《きかん》中の幽霊《ゆうれい》たちは電気屋の外で立ち止まり、ショーウィンドウにずらりと並ぶ、音を消したテレビの画面をみつめていた。

「この人たち、役者なのよ」グレイシーがいう。七個並んだ音の出ないテレビには『イーストエンダーズ』というドラマが映っていて、役者たちが涙《なみだ》を流しながらけんかをしている。「最近は、こういう箱《ボックス》で役者の演技がみられるようになったんだ」

「ロイヤルシアターにもボックス席はある」ローランド・オリヴァーが冷ややかにいった。

「だが、そこに入るのは観客であって役者ではない」

マイキーだけがアニメの結末をしきりに知りたがった。

「あの映画、みたことないんだよな」マイキーはいった。

第十五章　危険な教え

日曜日、シャドラクとモーリスは砦《とりで》までブラスバンドの演奏をききに出かけた。グレイシーはオーケストラピットに入り、壊《こわ》れたピアノの前にすわって、どうにかして一音だけでも鳴らせないか試してみた。だめだ。鍵盤《けんばん》をたたいても音は出なかった。

オーケストラピットの壁《かべ》にはたくさんの絵が立てかけてある──夕焼け、海戦、走る列車、崖《がけ》、荒地《あれち》。おかしなことに、いままでグレイシーは、オーケストラピットに絵があることに気づかなかった。隅《すみ》でふさぎこんでいる画家の幽霊《ゆうれい》──ウィリアムさん──にきいてみたが背をむけられてしまった。グレイシーは、ウィリアムさんの帽子《ぼうし》の縁《ふち》に、さびついた古いピンではつれた布切れがとめてあるのに気づいた。

「どうして部屋の中なのに帽子《ぼうし》をかぶってるの？」グレイシーがたずねる。わからないことがあると、質問をすることにしている。画家はグレイシーの質問を完全に無視した。

「学校の絵のクラスはきらい。頭の中で考えたとおりの絵は絶対に描《か》けないんだもん」グレイシーがいった。

「そりゃそうだ」年老いた画家がしかたなさそうに返事をする。

「でも、あなたは思いどおりに描《か》けるんでしょ。だって画家だし、絵のことはなんでもわかってるんだから。まあ、画用紙はとっても描きにくいんだよね。あなただって、学校の画用紙には上手に描けないと思う」

画家は今回もグレイシーに負けて返事をした。

「そんな紙を選ばなければ……」

男の黒い大きな体がいら立ちで震《ふる》える。「いや、そんなことはいい！　おまえはわたしの心の掛《か》け金《がね》をがたがた揺《ゆ》らすが、わたしは扉《とびら》を開けるつもりはない。自分のことを話したらどうだ、ミス・グレイス？」

「グレイシーよ、グレイスじゃないわ——知ってると思うけど」グレイシーは肩《かた》をすくめていう。「えっと、わたしはたくさん転校して、いろんな劇場にいった。シーショーには毎年、夏になると遊びにきてた。昔、犬を飼ってたことがあるんだ。本当はとなりの家の犬だったけど。わたしは散歩させてただけ。ちょっと前に、うちの車がめちゃくちゃに壊《こわ》れたんだ。すごかった。大事なことはこれで全部かな」グレイシーはそういって肩をすくめる。

「だが、大切にしている立派な夢があるんだろう？」画家は、ばかにした気持ちを隠《かく》そうともせずいった。

「もちろん、わたしたちの劇場を開くことよ。それから、ずっとずっと永遠にここに住むの」

「なら、将来は女優になるのか？」

「まさか」グレイシーは少し驚《おどろ》いて返事をする。「わたしは、照明をやりたいんだ。ライティングディレクターになって、照明器具を扱《あつか》って仕事をしたい。照明があれば、どんなシーンもできるんだよ。火明かり、月の光、朝日がのぼる前や夕日が沈《しず》んだ後の薄明《うすあ》かり、太陽の光、稲妻《いなずま》の光。舞台《ぶたい》の背景や大道具なんかなくても劇を上演することはできるけど、照明なしでは無理」そのとき、ウィリアムさんが振《ふ》り返り、グレイシーをみた――ちゃんとグレイシーに目をむけた――初めてだ。帽子《ぼうし》のまわりにたれた布で顔に濃《こ》い影《かげ》ができているが、その影の中に年のせいで白く濁《にご》った目がみえた。

「おまえの生意気な質問に答えてやろう。わたしがこの町にきたのは少年のころだった。学校に通うためだ。ロンドンを離《はな》れるのはつらかった――絵を描《か》いて稼《かせ》いだ金を置いていくのはもっとつらかった。金が必要だったので、この劇場、ロイヤルシアターで働けないか問い合わせ、当時リハーサル中だった芝居《しばい》の背景幕を描かせてもらうことになった。確か、嵐《あらし》の海だったと思う。嵐のシーンがある芝居だ――しかし、その芝居をみることはなかった。わたしの指導教員が劇場に興味がなかったんだ。劇場のほうも大して背景幕を重視していなかった。わたしの記憶《きおく》では、その背景幕はのちに屋根の修理に使われたと思う。

わたしは背景幕が下手《へた》だった――どうしようもなかったんだ――ここには明かりがないし、わたしはまだ十三歳《さい》でほとんど技術はない。しかし、この劇場は十三歳の少年が夢中になるおもしろいものであふれていた――貝殻《かいがら》、ビール、アナグマの毛でつくった絵筆。ロンドンが恋《こい》しかったし、父に会いたかった。しかし、シーショーの町の素晴《すば》らしさもわかってきた。この場所――この海岸――からみえる空は地球のどんな場所からみる空よりも美しい。知ってたか？　いままでこんなふうに考えたことはあるか？　空を描《か》きたい――四角いカンバスの中に空を閉じこめたいとどんなに思ったか。ふん！　海をみたら、ビールのジョッキにすくって家に持って帰りたくなるだろう。光！　光なんだ！　世界は光に包まれている。わたしはその光を絵の中に閉じこめると決めたんだ！　そのあとも、わたしはここにもどってきた——何度も何度も。入《い》り江《え》の宿に泊《と》まり、光のとりこになった。毎年、夏になるとイーゼルと油絵具を持ってここにやってきた。それでも空は素晴らしい奇跡《きせき》を次々にみせてくれた。わたしは世界じゅうを旅してまわった。山や大聖堂や森を描いた。しかし、シーショーの町や、あの入り江以上に空が美しくみえる場所はどこにもなかった！

フェンシングの剣《けん》のように、陽光が突《つ》き刺《さ》さる。暖炉《だんろ》の中の火かき棒のようにわたしの頭をかきまわし、こういってくる。わたしを描《か》いて！　わたしを描いて！　体力が落ちて自分のまわりに目をむけると、描きたいものがまだまだあった！　美しいものがそこらじゅうから攻《せ》め立ててくる。わたしを描いて！　わたしを描いて！　うんざりするほどに！　わたしには、その声に応《こた》える時間も力もなかった——カンバスも足りなかった。いろんな場所で絵を描いた。太陽が川に沈《しず》む様子、息で白く曇《くも》った窓ガラス、職人が使う火鉢《ひばち》からもれる光。家じゅうの窓を金色に照らす夜明けの光。陽光を浴びる野外ステージの金管楽器。雨の夜、ランプに火を灯《とも》して走る二人乗りの二輪馬車。まわりに薄《うす》い雲の輪ができた月。芝生《しばふ》についた雫《しずく》。そんな風景が、描いて描いてとせがんでくる。わたしのいっていることが少しでもおまえにわかるか、礼《れい》儀《ぎ》知らずの小娘《こむすめ》。

……一番悩《なや》まされたのは空だ。うぬぼれ屋の空は、一日に五十回は服を着替《きが》える——雲でできた羽根飾《はねかざ》りつきの帽子《ぼうし》、虹《にじ》のフィシュー［薄《うす》い布やレースの肩かけ］――雪のおしろいをつけた浮気《うわき》な女のような姿！　こんなに魅力《みりょく》的な美しい女に心を奪《うば》われた男はどうすればいいんだ？　わたしを描《か》いて！　わたしを描いて！　わたしを描いて！」

　年老いた画家は苦しそうに体を震《ふる》わせた。帽子《ぼうし》が床《ゆか》に落ち、くすんだ灰色の乱れた髪《かみ》の毛があらわになった。その上には、ほかの幽霊《ゆうれい》たちがオーケストラピットのふちに集まり、池の中の金魚をのぞきこむように――目をこらし――金魚がびっくりして隠《かく》れてしまわないようにといわんばかりに、こちらをみつめている。グレイシーは画家の帽子を拾ったが、何もいわなかった。グレイシーは考えた。そして、質問をしないほうが、自分のことをたくさん話してくれる人がいることに気づいた。

「わたしの崇拝者《すうはいしゃ》はどの絵をみても喜びの声をあげたが、神々《かみがみ》は完成した作品があまりにも少ないことをあざ笑った。『遅《おそ》いぞ！　この、のろま！　長い人生をかけてカンバス二百枚しか描《か》けないのか。世界には美しいものが、飛びまわるチョウのようにたくさんある。それをおまえが絵の中に捕《つか》まえるには百万年あっても足りない！　おまえには失望した！　毎日、百万もの美しいものが生まれているというのに！』神々はそういってわたしをののしった。

　とうとう、目がわたしの意思に逆らって、いうことをきかなくなったときも、驚《おどろ》かなかった。目は大量の光を取りこんだかと思えば、ほとんど光を入れないこともある。まぶしい光は痛みにかわり、薄暗《うすぐら》くなるとみえなくなった。とても耐《た》えられなかった。ある日、馬車馬がブリンカーをつけているのをみて、自分もブリンカーをつけ、次々に押《お》し寄せてくる美しいものを視界からさえぎることにした」

「光で目を痛めたの？」グレイシーはそうたずねると、帽子《ぼうし》をかぶってみた。しわくちゃのクレープ生地がカーテンのように頭をかこみ、顔の部分にすきまができている。

画家が激しい身振《みぶ》りでいら立ちをむきだしにすると、赤の油絵具がオーケストラピットの壁《かべ》に飛び散り、音符《おんぷ》のようなしみができた。「光が痛めつけたのはわたしの心だ、ばか者！」画家は怒《いか》りで声を荒《あら》らげる。「光はわたしの魂《たましい》を苦しめ続けたんだ。帽子《ぼうし》を返せ」

ふたりは一分間ずっと、黙《だま》ってすわっていた。グレイシーはききたいことが次々にわいてきて、口からあふれだしそうになったが、ふと気づくと一言もしゃべれない。帽子《ぼうし》のピンを何本も口にくわえていたのだ。

「なぜ、死んでからこの劇場にきたのかって？」画家は怒《いか》りを抑《おさ》えながら話す。「暗闇《くらやみ》がほしかったからだ。少年時代の記憶《きおく》から、この場所が静かで暗いということはわかっていた。そして、気づいた――早くここにくればよかったと思った――ゴーストライト［舞台《ぶたい》が使われていないときに灯《とも》される事故防止のための裸《はだか》電球《でんきゅう》］のかすかな光のほうが、はるかにいい絵が描《か》けるんだ」そういうと、ステージの上でぼんやりと光っている裸電球《はだかでんきゅう》を見上げてうなずいた。

「それに、暗い所はふさぎこむのにもぴったりじゃない？」グレイシーは晴れやかにいうと、帽子《ぼうし》のピンをピアノのふたに並べていく。

年老いた画家はグレイシーをにらみつけた。子どもというものは、なんと残酷《ざんこく》で浅はかなんだろう。父親にならなかった自分は、なんと賢《かしこ》かったのだろう。画家は、目の前にいる子どもの生きる気力を打ち砕《くだ》いてやりたいと思った。一番新しいカンバスをグレイシーに突《つ》きつけ、両手の付け根に真っ赤な絵具をこすりつけた。「何がみえる？」

「ウィリアム！」頭上からじゃまが入った。警告するような鋭《するど》い声が響《ひび》く。

カンバスに描《えが》かれていたのは、夕日に照らされた砂浜《すなはま》だった。崖《がけ》の間には大きなボートが波に逆らって進んでいる。「ええっと……」グレイシーが答えようとする。

「ほら、ほら、どうした。この場所はよく知っているだろう。この景色に秘められた物語をみつけだせ。ほら！」

「ターナーさん！」ユージニアス・バーチのよく磨《みが》かれた靴《くつ》のつま先が、オーケストラピットのふちにみえた。ユージニアスの目が画家を鋭《するど》くみつめる。そのまなざしは桟橋《さんばし》の杭《くい》を海底に沈《しず》めそうなくらい強かった。「一度いってしまったことは、いわなかったことにはできませんよ。それに、あなたは、そんなことをいうような人ではないはずだ」ウィリアムはカンバスをイーゼルにもどし、グレイシーから帽子《ぼうし》をひったくり、頭に押《お》しつけるようにしてかぶった。

帽子は、ふてくされるときに便利だ。「あなたは自分を見失っているんです、ターナーさん。忘れられることを恐《おそ》れているんです」ユージニアスは怒《おこ》っていた。それは、だれがみても明らかだった。そのとき、グレイシーが興奮した様子で勢いよく立ち上がり、画家を指さした。

「そうだ！　あなただったの――？　絶対そうよ！　わたし、知ってる！　もやと霧《きり》を描《か》く人だ！　学校で習ったんだ」

画家は怒《おこ》った顔がみえるように帽子《ぼうし》の縁《ふち》を押《お》しあげた。「わたしの？　学校でわたしのことを教えてほしいとは思わないが、いったいどんなことを学んだ？」

「みんな、あなたのことを教わるの！」グレイシーが大ざっぱな返事をする。「もやと霧《きり》を描《か》く人でしょ！　手についてる絵具を洗ってきて。これから劇場の外にいくんだから。ちゃんとした格好をしないと」グレイシーは、ウィリアムの帽子《ぼうし》からすり切れた汚《きたな》い布を外して丸めると、壊《こわ》れたピアノの中に突《つ》っこんだ。「ここ以外の場所をみなきゃ。ほかのみんなもそうよ！」

幽霊《ゆうれい》たちは全員で反対した。外出できない理由を口々にいった――ウィリアムはだれよりも多くあげた。しかし、心の中ではだれもが気になっていた。なぜ、パッチワークのオーバーオールを着た女の子が、オーケストラピットにいる無口な画家のことを知っているのだろう。グレイシーはそのわけを話そうとしない――「すぐにわかるから！　ついてきて！」幽霊たちはしかたなく、おびえながら、遠出をする新たなグループが狭《せま》い路地に集まった。

数頭のロバだけが喜んで幽霊《ゆうれい》たちの列に並んだ。

第十六章　ロバの日

「それで、ロバたちはいつから劇場にいるの？」

劇場の幽霊《ゆうれい》は互《たが》いに顔を見合わせ、指を折って数えたが、答えは全員ちがっていた。二世紀前、シーショーの海岸にはすでにロバがいたが、ロイヤルシアターでロバをみるようになったのは数十年前からだ。

「確か、ヴィクトリア朝《ちょう》の時代に生きていたロバだったと思う」ダグラスがいった。「本人にきいてみればいいじゃないか。まあ、答えないだろうが。なにしろ、ロバだからな」

「どうしてヴィクトリア朝のロバだと思うんだ？」そうたずねるボドキンズは、馬のことならなんでも知っていたが、ロバのことはまったく知らなかった。

「ヴィクトリア朝のロバにみえないか？」

「おれには、どれもヴィクトリア朝のロバにみえる。その時代の人間だからな」

「わたしが子どものころ、海岸のロバは夜になるとアシナリウムに入れられてたわ」リリーがいう。

「なんだって？」

「アシナリウム――水槽《すいそう》みたいなもので、そこにロバが入ってるの」（グレイシーは巨大《きょだい》なガラスの水槽でロバが浮《う》いたり沈《しず》んだりしながら泳いでいる様子をちらっと思い浮かべたが、きっと馬小屋みたいな場所なんだろう、と考えた）「その場所が取り壊《こわ》されて、家を失ったかわいそうな動物たちがロイヤルシアターにやってきたんじゃないかしら」

幽霊《ゆうれい》たちのワニのように長い列はマリン・パレード通りを進み、港の奥《おく》の大きな白い建物にむかった。画家のウィリアムは両手を顔の左右にあてて、日差しから目を守っている。あるいは、まわりの景色が目に入ってこないようにしているのかもしれない。ほとんど全員がカビくさい劇場から太陽の光の下に出た。メルーシュさんは、ここで双子《ふたご》をみてるわといって劇場に残ったが、だれも何もいわなかった。メルーシュさんは外に出るのが怖《こわ》いんだろう、とほかの幽霊たちがささやくのをユージニアスが許さなかったのだ。

しかし、後ろからロバたちがついてきたのには、だれもが驚《おどろ》いた。グレイシーがみんなを連れて町にくりだすと、いつのまにかロバたちが列の後ろに加わっていたのだった。

「こいつら、砂浜《すなはま》ですごしたいんじゃないかな」マイキーがいう。

「このロバに地雷《じらい》をみつける能力があったら安心なんだが」ダグラスが暗い顔になる。

「地雷《じらい》はとっくになくなったよ、ダグ。砂浜《すなはま》の地雷は六十年前に撤去《てっきょ》されたんだ」フランク・スチュアートがいう。

ところが、幽霊《ゆうれい》のロバは列のあとを追うだけで、歩き慣れた懐《なつ》かしい砂浜《すなはま》におりていこうとはしなかった。ひづめのついた足には歩きづらい歩道を速歩《はやあし》で進み、通りすぎる車にびくびくしながらも、頑固《がんこ》にグレイシーたちについてくる。

「どうやら、犯罪現場に近づきたくないようだな」ニクソン巡査《じゅんさ》がいう。抑《おさ》えた怒《いか》りと少しの情けなさで頬《ほお》が赤くなっている。「このロバたちがあの大混乱の夜にいたような気がするのは、わたしだけじゃないはずだ」

ボドキンズがびっくりした顔で友人を振《ふ》り返った。「はじめからわかっていたのか！　意外とやるじゃないか、アーファ、ァー・ニクソン！」

「パッチワークの子に教えてやったらどうだ。どうせまたきいてくるんだから」ローランド・オリヴァーが苦々《にがにが》しく顔をゆがませていった。

最初はリンゴあめだった。リンゴあめにハチが寄ってきて、ロバはそのハチにうんざりしていた。リンゴあめの数が少なかったら、リンゴあめを食べる子どもたちがたくさんいたら、何も起こらなかったかもしれない。

ジョーゼフィン、ペニー、バターカップ、その他のロバは、いつもほど楽しくはなかったが、それなりの一日をすごしていた。退屈《たいくつ》しのぎに仕事をする。砂浜《すなはま》の同じ場所を五十メートルほど歩き、また五十メートルほど歩いてもどってくるのだ。学校はまだ休みではなく、背中に乗せるのは幼い子どもか、歩き始めたばかりの子どもだけだった。どの子も支えがないと乗れないし、たいてい泣いていた。ハチの羽音と子どもの泣き声が、風の強い日の砂のようにロバのやわらかな耳に入りこんできた。ロバはみんな、動きが鈍《にぶ》く不機嫌《ふきげん》だった。世話係の少年たちも同じようにむっつりしていた。

「この仕事、カメのほうがむいてると思う」ジャックがいう。「えさ代も安いし。ロバじゃなくてカメを使えばいいのに」

「おまえのロバと並んで歩くと、ぼくのジョーゼフィンがグレーハウンドにみえる」そう話すのはネッドだ。

「公園にある馬の像のほうが、おまえのバーバラよりも元気そうだよな」パッチがいう。

世話係の少年たちはいつも、急に口げんかを始める。くる日もくる日も、どんな天気でも砂《すな》浜《はま》に立つ少年たちは、ほかにすることがないのだ。客をめぐる争いも起きていた。通りかかった家族連れに、自分のロバのいいところをアピールする。

「猫《ねこ》みたいにおとなしいですよ」

「女王様が飲むココアみたいにぜいたくな乗り心地《ごこち》で、でこぼこしたところはほとんどありません！」

「ほら、この子があなたにウインクしてる！　もう気に入ったみたいですよ」

しかし、新しくできたリンゴあめの屋台にハチが寄ってくるので、少年もロバもいらいらしていた。そのうえ、ハチのせいで客がよりつかない。

「おまえのマリーゴールドより、家にある乳しぼり用の低い椅子《いす》のほうが脚《あし》が長いぞ」

「なんのためにバターカップの世話をしてるんだ？　ノミの養殖《ようしょく》でもやってるのか？」

ジョーゼフィン、マリーゴールド、プリムローズ、その他のロバは顔を見合わせ、頭を振《ふ》り、リンゴあめの屋台から少しずつ遠ざかった。

　そのとき、プリムローズがハチに刺《さ》され、急に駆《か》けだして子どもを突《つ》き飛ばした。子どもの母親が、プリムローズは危険だから処分するべきだと話している最中に、ほかのロバに跳《は》ね飛ばされた。ロバたちは、プリムローズが安全な場所に案内してくれると思ったのだ。子どもの母親は意見を変えて、ロバは人を襲《おそ》う危険な動物だから処分するべきだといいだした。

　少年たちは互《たが》いのロバをばかにしていたが、よそ者が同じことをするとロバが黙《だま》っていない。ジョーゼフィンは相手の目を蹴飛《けと》ばし、バターカップは鍛冶屋《かじや》がつけるより早く蹄鉄《ていてつ》を蹴り飛ばし、プリムローズは（ときどき）噛《か》みつき、マリーゴールドは相手の膝《ひざ》を蹴って骨折させるかもしれない。だが、ロバに文句をつける日帰り旅行客や、砂を投げつける子どもには、少年たちが仕返しをした。

「バーバラをダービー競馬に出したらどうだ？」パッチがいう。

「いや、出すならグランドナショナル［毎年、リバプール郊外《こうがい》の競馬場で開催《かいさい》される障害レース］だな。バーバラは普通《ふつう》のレースより、障害レースのほうが好きなんだ」ジムがいう。少年たちは声をあげて笑い、砂浜《すなはま》のむこう側に移動した。

　夜になって、ようやく世話係の少年たちがリンゴあめの屋台にもどってきた。そのころには、ジャックの頭にある考えが浮《う》かんでいた。そしてほかの三人と一緒《いっしょ》に屋台を押《お》し倒《たお》し、砂浜《すなはま》に深い穴をほって埋《う》めながら、また、ロバを競馬に出す話を始めた。「全力を出せば、ロバだって全速力の馬と同じ速さで走れる、そう思わないか？」ジャックがいう。

「そうかなあ？」

「ああ、レースは気の持ちようでどうにでもなる」ジャックはある日、バスで哲学者《てつがくしゃ》のとなりにすわり、「哲学《philosophy》」のつづりがPから始まるという驚《おどろ》くべき事実を知ったとき、哲学者になろうと決めた。

「どうやってそれを証明するんだ？」

「そうだな、毎朝、ロバは起きてこう考える。わたし、きのうは何をしてたっけ？　歩いてたわ。それゆえに《エルゴ》、ロバは歩く。それゆえに《エルゴ》、わたしは今日も歩く」

「その、『それゆえに《エルゴ》』ってなんだよ」

「それゆえに《エルゴ》。だから。昔の言葉で『だから』って意味だ」

「『だから』のほうが短いよ。同じ意味なら短いほうを使えばいいだろ？」

「いいんだよ。それより、ロバは馬と競走できると思う……」ジャックは話を続ける。「ロバがこんなふうに考えたら走れると思うんだ。そう――馬になりたい。全速力で走る馬に。それゆえに《エルゴ》、明日、わたしは馬みたいにものすごい速さで走るの、ってね」

「『だから』の何がだめなのか、わかんないや」

「それはもういいよ、ビル。いまはレースの話をしてるんだ」

それをきいて、ほかの少年はびっくりした。みんな、ジャックはPで始まる哲学《てつがく》の話をしていると思ったので、話をちゃんときいていなかったのだ。

「ぼくたちもレースを開催《かいさい》しよう。ロバも俊足《しゅんそく》だってことを知らしめるんだ」

「しゅん――？」

「いいから。早く。大急ぎでやろう。ロバのレースだ。それで、参加するのはぼくたちのロバだけじゃない――砂浜《すなはま》にいるロバ全部。みんなで走るんだ。胴元《どうもと》を決めて、賞金を出そう」

「賞金⁉」

「老いぼれニクソンに止められるよ」ダンがいう。

「老いぼれニクソンは気づかないさ。砂浜《すなはま》にだれもいない夜にやればいい。それから、老いぼれニクソンが休みの夜を狙《ねら》おう」

「優勝カップもある？」サミーがたずねる。まだ幼いので、人生で何よりも大切なものはお金だということを知らないのだ。

「ちゃんと用意しておくよ」サミーの兄、ジャックはそう答える。

ジャックは優勝カップを用意した。グランド・ホテルの外にとめてあったアメリカ車のヘッドライトをねじって外した。電球は、飛び出した目玉のように車からぶらさがったままにしておいて、銀色に輝《かがや》くボウルの部分だけを持って帰った。世話係の少年たちが、このぴかぴかのクロムめっきの大きなカップをひと目みれば、だれだってシーショー・シルバー・カップで絶対に優勝したいと思うはずだ。それゆえに、賞金が目的で始めたレースだが、そのうち、立派な大会になっていた。

胴元《どうもと》のタッキー・ティックは、ジャックの話をきいて首を振《ふ》った。「ロバを六頭集めてもダービー競馬はできない。そのくらい知ってるだろ？」

「アシナリウムから四頭。バンクビルから一頭、シープスゲートのロバもくることになっていて、イースターバーンからも数頭出ることになってる」ジャックがいう。

世話係の少年たちはまじまじとジャックをみた。ほんの数頭のロバでレースをすると思っていたのだ。しかし、ジャックがグランド・ホテルの外でアメリカ車の前の溝《みぞ》にしゃがみこみ、ヘッドライトに映った十六人の自分をみたとき、レースの計画も大きくなった。ケント州のあちこちの町からやってきたロバが、シーショー・シルバー・カップで優勝を争うのだ。そのほかにも、荷車を引くヤギのレース、犬の穴掘《あなほ》り競争、競歩《きょうほ》、移動更衣室《こういしつ》レースがあって、最後にいろんな町から集まったロバが出場する障害レースを行う。

「いつ？」タッキー・ティックがいう。

「次に老いぼれニクソンが非番の日」ジャックはすぐに返事をした。

準備には一ヶ月かかった。こっそり連絡《れんらく》を回さないといけないし、競技のルールもまとめなければならない。走路の計画も必要だし、潮《しお》の満《み》ち干《ひ》も調べておかなければならなかった（レースの最中に思いがけず潮が満ちてくるようではレース大会など開けない）。さらに開催《かいさい》が遅《おく》れたのは、何度も警察署に呼ばれたせいだ。リンゴあめの屋台が消えた件で取り調べを受けたのだ。ニクソン巡査《じゅんさ》部長は少年たちをしょっぴくことはできなかったが、諦《あきら》めるつもりはなかった。

シーショーの町はもちろん、うわさでもちきりだった。シーショーの警官はシルバー・カップの話を耳にしていたが、砂浜《すなはま》を閉鎖《へいさ》することはなかった。おそらく、警官のほとんどが練習熱心な競歩《きょうほ》の選手だったことが関係しているのだろう。警官たちは、毎年、ひとりのこらず教会対抗《たいこう》競歩大会に出場していて、だれもがこっそり、妻に何もきかずに短パンとランニングシャツを洗っておいてくれと頼《たの》んでいたのだ。

レース当日、町は異様な雰囲気《ふんいき》に包まれていた。町には犬が増えた。飼い主が犬を連れて海岸沿いのシー・テラス通りをいったりきたりして、レースで有利になる手がかりが何かみえないかとさがしていたのだ。

そして、何も知らない間抜《まぬ》けな休日の旅行客がバケツやシャベルを片付け、子どもを連れて宿にもどり、デッキチェアがきれいに積み重ねられ、魚屋が店を閉め、野外ステージから楽団がいなくなったころ、ようやく、ジャックと少年たちはシーショーの砂浜《すなはま》に魔法《まほう》をかけた。

ヤギの荷車レース用のジグザグのコースができ、犬の穴掘《あなほ》り競争で使う骨が砂浜《すなはま》に埋《う》められた。それから、競歩《きょうほ》のゴールテープ、ロバのレーストラックには四種類の障害物が準備された。夕方までに、いろんな町のロバが次々にシーショーに到着《とうちゃく》した。十五、六キロの道のりを歩いて疲《つか》れ切っているロバがいれば、荷馬車で運ばれ、ふらふらしているロバもいた。バンクビルのロバは列車でやってきた。あっけにとられた車掌《しゃしょう》が、ようやくロバを追い出したときには、シーショーは目の前だった。

その日は半月で、静かな美しい夜だった。胴元《どうもと》のタッキー・ティックは、ドーヴァーで行われる見習い騎手《きしゅ》レースよりたくさんの観客が集まっているのをみて大喜びした。これまでタッキー・ティックの商売といえば、農場の納屋《なや》で行われる違法《いほう》の闘犬賭博《とうけんとばく》くらいで、ストームランタンの弱い明かりの下《もと》、投票券を売るのがほとんどだった。今夜はいつもとちがって、足取りも軽く野外ステージに上がって準備をした。最初のレースが始まる前に、大きなスーツケースにいっぱいの金を用意した。

タッキー・ティックは犬の穴掘《あなほ》り競争で大儲《おおもう》けした。ダルメシアンが十分で十七本も骨を掘り出すなんてだれが考えるだろう？　ラブラドールは六本しかみつけられず、テリアはコースを外れてカニを捕《つか》まえにいった。残りの選手はけんかや交尾《こうび》をはじめて、海からくんできた海水をかけなければならなかった。

ヤギの荷車レースは、波の近くのぬれてかたくなった砂浜《すなはま》の隅《すみ》で行われたが、ヤギたちは軽々《かるがる》とあっというまに走り抜《ぬ》けていった。競歩《きょうほ》はとても軽々とはいえなかった。選手たちは、波から遠い乾《かわ》いた柔《やわ》らかい砂に足をとられ、ふらつきながら必死に前に進む。脚《あし》はつるし、スニーカーは脱《ぬ》げるが、なんとか砂をかきわけて歩く。妻や子ども、町の人たちが、勝者を予想して買った投票券をにぎりしめて応援《おうえん》している。

その声はロイヤルシアターまで届いた。その夜は、素晴《すば》らしい女優エレン・テリーが、アーサー王の王妃《おうひ》グィネヴィア役を演じていたが、静かな場面になると砂浜《すなはま》の声援《せいえん》と喚声《かんせい》がかすかにきこえてきた。客席にすわっていたニクソン巡査《じゅんさ》部長は、もぞもぞ体を動かして懐中時計《かいちゅうどけい》を取り出し、また首をかしげた。なぜ、友人のボドキンズは約束した時間に現れなかったのだろう。悪事や暴力騒《さわ》ぎが頭をよぎった。しかし、生きているうちにあと何回、エレン・テリーの演技をみるチャンスがあるだろうか。ニクソン巡査部長は自分の直感を無視した。

ちょうどそのとき、ボドキンズは移動更衣室《こういしつ》レースで二十八番を追い越《こ》し、二位にあがったところだった。「いい子だ、ロージー！　ごほうびに桶《おけ》いっぱいのニンジンを食わしてやるぞ、ロージー！」

九時になると、ロバたちがスタートラインについた。ピンクに縁取《ふちど》られた耳がすきまなく並ぶ様子は、突撃《とつげき》を待つ騎兵隊《きへいたい》の槍《やり》のようにみえる。四十頭のロバの青みがかった茶色い目に半月が映っている。ロバはそれまで身につけていたものをほとんど取っていた――鞍《くら》も、馬勒《ばろく》も外し、自由に動けるようになった裸《はだか》のロバは、紙のゼッケンがついた額革《ひたいがわ》［馬勒《ばろく》の一部で耳の前と目の後ろにわたす革ひも］だけの格好だ。名前は役に立たない。砂浜《すなはま》にいるロバはみんな同じような名前なのだ。それで、一番から四十番までの番号がふられた。

ほかの町からやってきたロバの世話係は、自分のロバはこの砂浜《すなはま》のことを知らないから、先にスタートさせるべきだ、と文句をいった。すると、シーショーの世話係が言い返す。「それは残念だったな！」

「位置について！」

月明かりの下で様々な不正がちらつく。ハチの入ったガラスびん、乗馬鞭《むち》、スズめっきの釘《くぎ》、黄燐《おうりん》マッチ……。観客たちは不満を訴《うった》えるが、暗くて自分の賭《か》けたロバを見分けられない。胴《どう》元《もと》のタッキー・ティックは、タバコの火で金を数えた。

ニクソン巡査《じゅんさ》部長が席を立ち、同じ列にすわる客の膝《ひざ》の上をはうようにしてロイヤルシアターを飛び出したのは、スタートを告げる騒々《そうぞう》しい音がきこえたからではない。それは本能だった。その日は朝からずっと無意識のうちに、頭の中で手がかりやかすかな町の変化をつなぎあわせていた。そしてふいに確信した。エレン・テリーを隠《かく》れみのに、重大な事件が起きている――この町で、自分の目の届かないところで。

数頭のロバは五歩走って止まってしまった。最初から歩いていたロバもいる。スズめっきの釘《くぎ》を踏《ふ》みつけ、火のついた黄燐《おうりん》マッチでやけどした怒《いか》りを主人にぶつけようと、逆走し始めるロバもいれば、いつも砂浜《すなはま》でひまつぶしに考えていることを考え続けているロバもいた。しかし、元気よく速歩《はやあし》で駆《か》け出し、ためらわずにひとつ目の障害物である溝《みぞ》にむかうロバもいた。世話係の少年たちは急いで砂浜の反対側の端《はし》にまわり、バケツをたたき、自分のロバを大声で励《はげ》ました。浜辺《はまべ》に集まった人々は、暗くてぼんやりとした形のロバに大きな声でよびかけた。怖《こわ》がらせたり、おだてたり、しわがれ声で怒りをぶつけたりしている。

「そんなとこに立ってんじゃない！　動け！」

「走れ！　走れ！　こら、そっちじゃない、この――」

シーショーの砂浜《すなはま》で働く世話係は、自分たちのロバを訓練してきた。ジョーゼフィン、ジャニス、バーバラ、プリムローズの四頭は溝《みぞ》をこえて、小さな砂の丘《おか》をのぼり、デッキチェアのバリケードを目指して駆《か》けていく。これまでに何度か（練習のときに）、意地悪な木製の「障害物」に体当たりし、折りたたみ式のデッキチェアに耳をはさまれたり、足を取られたりしたことがある。ロバたちはこの障害物が嫌《きら》いだった。しかし、ゴールにはニンジンがあることも忘れてはいない。賢《かしこ》いロバたちが右にむきを変え、観客はあっと驚《おどろ》いた。ロバは障害物をよけて打ち寄せる波の中を走っていく。

「あれはいいのか？　どうなんだ？」

「失格にしろ！」

「ずるじゃないか！　……ちょっと待て、何番のロバだ？」

後ろでは、さらに多くのロバが最初の障害物を突破《とっぱ》した。遠い町からきたロバはホームシックになり、ゆっくりとした足取りでバンクビルやシープスゲートのある方向に歩いていく（ロバは驚《おどろ》くほど素晴《すば》らしい方向感覚をもっている）。砂浜《すなはま》のあちこちにロバが散らばり、それぞれにロバらしく頑固《がんこ》な行動をしている。観客は子どもを砂浜にやって、ロバの額革《ひたいがわ》についた番号をみにいかせた。

「十八番がいたら、尻《しり》を蹴《け》ってこい！」

やがて、月が西の空に沈《しず》んだ。

ロバは方向感覚が優《すぐ》れているだけでなく、その目は暗いところもよくみえた――闇《やみ》が液体になって目の中に入っているようだ――一方人間は、砂も石も階段もすべて闇に包まれるとほとんどみえない。砂浜《すなはま》は突然《とつぜん》、真っ暗になった。

シーショーの警察がいれば助けてくれたかもしれないが、警官は短パンや肌着《はだぎ》の中に入った砂を落としに、みんな家に帰っていた。観客が助けてくれたかもしれないが、胴元《どうもと》のタッキー・ティックが金を持って逃《に》げ出したとわかったとたん、追いかけていった。ジャックがいうには、マリーゴールド、プリムローズ、バーバラ、その他のロバは始めからずっと、そのつもりで――機会をうかがっていたのだ……。

ロバたちは夜の闇《やみ》に姿を消してしまったのだ。

シープスゲートやバンクビルからやってきたロバがやっと階段をのぼりきって、干し草を求めて狭《せま》い路地や宿屋の庭を歩きまわっているころ、シーショーのロバたちは岩をのぼり、新しい砂浜《すなはま》や洞穴《ほらあな》、子どももハチもいない入《い》り江《え》をみつけた。海賊《かいぞく》の洞窟《どうくつ》は通路につながっていて、秘密の地下室や曲がりくねった階段が次々に現れ……。

もしかしたら、満《み》ち潮《しお》にじゃまされ、溺《おぼ》れ死んでしまったのかもしれない。というのも、ロバは跡形《あとかた》もなく消えてしまったからだ。

弟を泣きやませるために、ジャックはこういってきかせた。「バターカップもモリーもジョーゼフィンもみんな夜行性になったんだ。キツネみたいにね。そして、穴の中でくらしてるんだ」

ニクソン巡《じゅん》査《さ》部長が現場に着くと、疲《つか》れた子どもたちが泣き、母親たちが夫をひっぱたき、男たちは武器を手に、数人ずつにわかれてタッキー・ティックをさがしていた。移動更衣室《こういしつ》は一台残らずいつもの場所から消え、デッキチェアは満《み》ち潮《しお》の波の上を漂《ただよ》っていた。巡査部長は、砂浜《すなはま》の秩序《ちつじょ》を回復させるべきだとわかっていた。もし、信頼《しんらい》できる警察馬のレグに乗っていたら、お気に入りのスーツではなく制服を着ていたら、ロイヤルシアターで最高の女優エレン・テリーがグィネヴィア役を演じていなかったら（音楽はもちろんアーサー・サリヴァン作曲だ）、もっとがんばっていたかもしれない……。

ところが実際は、くるりとむきをかえ、第三幕に間に合いますようにと祈《いの》りながら、全速力でひき返した。劇場にもどる途中《とちゅう》、数頭のロバに出くわした。それは奇妙《きみょう》で、びっくりする光景だし、おそらく法律違反《いはん》だ。だが、最高の女優の演技をみる機会があと何回あるだろう？しかも、いままでにもう何度もその機会を逃《のが》している！　音楽はすさまじい力でニクソン巡査《じゅんさ》部長を引き寄せた。巡査部長は、はうようにして劇場の客席にもどった。

ジョーゼフィン、マリーゴールド、バーバラ、その他のロバの幽霊《ゆうれい》は、駐車場《ちゅうしゃじょう》に置いていかれるのを嫌《いや》がった。モーリスとシャドラクが、砦《とりで》に一緒《いっしょ》にいってブラスバンドの演奏をきこう、と提案した。ところが、このロバたちは音楽をきくより絵をみたいと思っていた。しかも、ロバがいったん決心すると、それはだれも変えることができない。そういうわけで、バターカップ、プリムローズ、モリー、その他のロバは、美術館でウィリアム・ターナーの作品をみたが、感想はいわなかった。ロバは色を見分けられないのだ。だから、嵐《あらし》の雲に覆《おお》われた真っ赤に燃える夕日や、シーショーの砂浜《すなはま》が火事になったように赤く染まった夜明けの絵をみたとき、ほかの幽霊《ゆうれい》にくらべて、ほめるべきものがみえていなかったのかもしれない。

ロバが小さな足で白い大理石の床《ゆか》を歩いても、ひづめの音はきこえなかった。今日はフンをしても床は汚《よご》れなかった――子どものころ砂浜《すなはま》でかいだことのあるにおいがかすかに漂《ただよ》ってくるだけだ。やってきた人たちはそのかすかなにおいに気づくと、絵の雰囲気《ふんいき》を引き立たせるために美術館が特別に、このにおいを漂わせているのだろうかと思った。

幽霊《ゆうれい》たちは夢中になって絵をみていた。どの幽霊も、柔《やわ》らかく触《さわ》り心地《ごこち》のいい毛に覆《おお》われたロバの肩《かた》に、なんとなく手を置いていた――ロバはとても便利な動物で、よりかかるのにちょうど良いダイニングテーブルくらいの高さなのだ。そこにいた六頭のロバは心から満足しているようにみえるのだった。

第十七章　みる芸術とみられる芸術

「美術館のこと、いろんな新聞にのってたよ」グレイシーがいう。

しかし、ロイヤルシアターの幽霊《ゆうれい》たちが〈シーショー・スター〉紙を読む機会は少ない。そういうわけで、シーショーの新しい美術館についてたくさんの記事が書かれていたが、ウィリアム・ターナーはそれを読んでいなかった。シーショーの町は数百万ポンドをかけて——崇拝《すうはい》する神にささげる神殿《しんでん》のように——美術館を建て、そこにウィリアム・ターナーの名前をつけたのだった。海沿いの古い港のそばの美術館は、巨大《きょだい》な冷蔵庫のように白く飾《かざ》り気《け》のない建物だったが、冷蔵庫と同じで、中には古いものや、わくわくする素敵《すてき》なものがたくさんつまっていた。

そのなかには、ウィリアムの作品もあった。

ウィリアムは帽子《ぼうし》を目深《まぶか》にかぶり、美術館にむかって歩く。目の横に両手をあて、百年間、ずっとみないようにしていた世界が視界に入らないようにした。杖《つえ》によりかかるようにして美術館の中に入っても半信半疑だった。こんな危険な思いをして劇場の外に出る必要はあったのだろうか。さらに、グレイシーに帽子の布をはぎ取られたことで、まだ文句をいっていた。部屋をふたつみて回るころには、杖は必要なくなっていた。背中はまっすぐに伸《の》び、姿勢がよくなり、髪《かみ》の毛は白から鉄のような灰色になった。簡素な白い壁《かべ》に作られたすきまから、平行に光のすじが何本ものびている。その光に照らされて、四方の壁に並んでいるのはほかでもない、ウィリアムの作品だ。まるで、キリストやマリアの遺品のように、大切な価値のあるものとして飾《かざ》られていた。

ウィリアムにとっては、どの壁《かべ》もアルバムの一ページだった。彼《かれ》の青春、旅、絵具を混ぜている父親の姿、かつての輝《かがや》かしい日々を思い出す。いつのまにか、うなじの髪《かみ》が黒く、巻き毛になっている。じっくり絵をみたあとは、後ろを振《ふ》り返り人々の表情をみた。だれもが、美術館の絵をほれぼれとみながら歩いている。その姿はまるで、教会で礼拝をしているようだ。

「みんなわたしの作品が好きなのか。わたしの作品を知っているのか！　わたしが有名だったのは……はるか昔のことだ！　まさか……」ウィリアムの頬《ほお》が——次第に若返り——幸せで赤く染まっている。「シーショーの町がこの建物にわたしの名前をつけた？　なぜ？　わたしがこの町に住んでいたころは気にかけてもいなかったのに。そのころ、わたしは十二歳《さい》だった——年端《としは》もいかない男の子を好きなやつなんているか？　六十歳のころは……」ウィリアムは横目でグレイシーをみる。「この町はわたしのことを陰《かげ》で笑っていたのだろう」

「でも、あなたはシーショーが好きだったんでしょ。だから、町もあなたのことが好きになったんだよ」グレイシーがいう。

「この町のことなんかどうでもいい！」ウィリアムが強い口調でいう。「気になるのはただ……」突然《とつぜん》、驚《おどろ》いて話すのをやめると、走って階段にむかい、二階の踊《おど》り場《ば》に駆《か》け上がった。

　グレイシーが追いつくと、ウィリアムは厚いガラス窓に両手をつき、じっと外をみていた。太陽の光に顔をしかめている。「よかった」そうつぶやくと、ウィリアムはさっきの自分を思い出し、声をあげて笑った。踊《おど》り場《ば》からは海が見渡《みわた》せた。「わたしはずっと恐《おそ》れていた。世界の大きな変化とともに、海や空も変わってしまうかもしれないと、怖《こわ》くてたまらなかったのだ。しかし、昔のままだった。シーショーではヨーロッパじゅうで最も美しい空をみることができるといっただろ？　ヨーロッパを旅してまわったが、この考えは変わらなかった。シーショーの空には空のすべてがつまっている。壮大《そうだい》で、その美しさはつきることがない！」ウィリアムはいつのまにか帽子《ぼうし》を取り、顔をほころばせていた。いまは、四十歳《さい》くらいの姿だ。「絵におさめる必要なんてなかったのか！　消える前に絵に残そうとカンバスを汚《よご》していたが、そんなことしなくてもよかったんだ！　いまでもここに、われわれの目の前にあるじゃないか！」そういって、隅々《すみずみ》まであたりを見回した――円を描《えが》いて飛ぶカモメ、少しずつ形を変えていく雲、風の指示に従って踊る海――そして、グレイシーの肩《かた》に手を乗せた。その仕草はまるで、グレイシーのことをロバだと思っていて、自分を乗せて、長く石の多い道を歩いたロバをねぎらっているようだった。「いままで、どんな死にも喜びはないと思っていた。だが、いまは認めなくてはいけない……」

「ターナーさん？」ユージニアス・バーチの険しい声が階段の下から飛んできた。くすんだ色の空や、陽光のさす砂浜《すなはま》、緑豊かな景色をみても、ユージニアスの怒《いか》りはおさまっていないようだ。「お話し中すみませんが、大変なことになりました」

説明は必要なかった。シャドラクが部屋から部屋へ駆《か》けまわり、みつけた人に片《かた》っ端《ぱし》から恐《おそ》ろしい知らせを伝えている。そして踊《おど》り場《ば》の上にやってくると、階段の手すりから身をのりだし、下にむかって叫《さけ》んだ。「モーリスが！　モーリスがいってしまった！」

幽霊《ゆうれい》たちが流れるように外に飛び出し、そのあとにロバが一列になって続くと、館内の温度がすこし上がった。学芸員が温度計を確認する。美術館では温度を一定に保つことがとても大切なのだ。

「素敵《すてき》な取り組みですね」観光客がいう。

「なんのことですか？」学芸員がたずねる。

「階段にいるターナー氏のそっくりさんですよ。まるで生き写しだ。素晴《すば》らしい」

「なんですって？」

幽霊《ゆうれい》たちのなかで最後まで館内に残っていたフランク・スチュアートは、取り出したメモ帳に書きこんだ。フランクは二階の踊《おど》り場《ば》にもどり、窓ガラスについた赤い手形をふたつみつけた。

シャドラクとモーリスはブラスバンドの演奏会からの帰り道、テニスでラリーをするように喜びを語り合っていた。

「素晴《すば》らしい！」

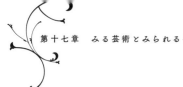

「最高だった！」

「あの音色！」

「マウスピースが改良されていた」

「バンジョー奏者がいなかった」

「バンジョーは管楽器ではないと思う」

バンクビル通りの信号が赤に変わると、屋根をあけた大きなスポーツカーがふたりのそばにとまった。エンジンの低い音とともに、ラジオからマイルス・デイヴィスの「カインド・オブ・ブルー」が流れている。モーリスはスポーツカーのドアをまたいで、助手席に滑《すべ》りこんだ。マイルス・デイヴィスの曲をきいて、モーリスは幸せに包まれた。

運転席の男は——きざみタバコのような髪《かみ》で、金の太いネックレスをつけている——急に寒《さむ》気《け》がして、車の屋根を閉めるボタンを押《お》した。シャドラクは車の屋根がしまっていくことに、そして信号の色が変わりそうなことに気づいた。「車を降りろ、モーリス。はやく！」

しかし、運転席の男は信号が黄色から青に変わるのを待つタイプではなかった。スポーツカーはタイヤをきしらせ、ものすごい速さで走り去った。音楽と一緒《いっしょ》にモーリスは消えてしまった。

「きっと劇場にもどってくるわ。ボー・ピープ［マザー・グースに登場する羊飼いの女の子］の羊みたいにね」リリー・オリヴァーがなだめる。

「シーショーの町は昔とはちがう！」シャドラクは、百二十年ぶりにロイヤルシアターの外に出て目《ま》のあたりにした数々の変化におびえていた。「どこもかしこも変わってしまっているのに、モーリスはどうやって劇場まで帰るんだ！」

「海は昔のままです」ユージニアス・バーチがいう。「モーリスはただ、海岸をたどって時計台にもどってくればいい。あそこならきっと、劇場がみえるはずです」

そうはいっても、幽霊《ゆうれい》たちは動揺《どうよう》していた。モーリスはさらわれてしまった。夜に駅のホームから郵便列車が郵便物を取っていくように。もし、車がドーヴァーに――またはロンドンに――または、モーリスが絶対に帰れないような遠い場所にむかっていたら？

「帰りたいという強い思いが、モーリスをフランスからシーショーに連れもどした」穏《おだ》やかな口調でフランク・スチュアートがいう。「ぼくは心配していません。強い思いは、とても強い方位磁石ですから」

ウィリアム・ターナーはモーリスがいなくなったことを悲しもうとしてみたが、だめだった。あの青年がもどらなければ、あの黒くぬった顔をみなくてすむと思うと、ほっとした。黒いドーランをぬると、その人の顔の特徴《とくちょう》がなくなる。ウィリアムは海のある風景や煙《けむり》や霧《きり》と同じくらい、人の顔が好きだった。そのうえ、うれしい気持ちを抑《おさ》えられなかった。後ろを振《ふ》り返るたびに喜びで満たされる。美術館には（自分の作品はもちろん）、芸術とその可能性についてのあらゆる考えを揺《ゆ》さぶる絵がいくつもあった。通りに出ると、建物に醜《みにく》い落書きが描《か》かれている。まるで芸術が殺され、その血が壁《かべ》に飛び散ったかのようだ。ウィリアムは目に映るものすべてに不安になり、鼓動《こどう》が速くなった。目から、耳から、開いた口から……イメージが頭の中に流れこんでくる。色の味を感じられるほどだった。奔放《ほんぽう》な幸福感が体の中を駆《か》けめぐっている。ショーウィンドウの前を通ったとき、ウィリアムは立ち止まり、ガラスに映った自分の姿をみて、思わず微笑《ほほえ》んだ。

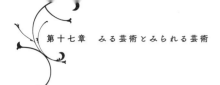

第十八章　そのころモーリスは

モーリスは車に乗ったことがなかったので、運転の上手下手《へた》は気にならなかった。素晴《すば》らしい音楽がモーリスをシートベルトのように座席にしばりつけている。モーリスは初めて体験する時速百四十キロという速さに、ただただ夢中になっていた。怖《こわ》いという感覚を失ったわけではなかったが、何も知らないモーリスは、二十一世紀の乗り物はどれも、エベレストから転がり落ちるサッカーボールの中にいるような乗り心地《ごこち》なんだろう、と思った。

運転席の男はスピード違反《いはん》を取り締《し》まるカメラに三回写真を撮《と》られ、とまっている二台の車に車体をこすって、くず鉄置き場の外にスリップしながら停車した。まわりには何もない。男は、ドッグレースで囲いから飛びだすグレーハウンド犬のように車の外に飛び出て、事務所に駆《か》けこんだ。男の不安がアルミサッシの窓からかすかにきこえてくる。

「……だれかが車の中にいる！　……鏡に映ってた……警察に電話してくれ！」

モーリスは次第に心配になってきた。どのくらい遠くまできたんだろう、どうすれば劇場にもどれるだろう。近くに海はみえないし、車はかなりの距離《きょり》を走ったはずだ。そういうことを考えるのは楽しくはなかった。元気づけてくれる音楽も消えてしまった。

事務所から、肌着《はだぎ》にカーゴパンツの男が大きな足音を響《ひび》かせて近づいてくると、車の窓をのぞいた。モーリスは愛想よく微笑《ほほえ》むと、トランペット奏者、ウィントン・マルサリスの魅力《みりょく》を説明し始めた。「だれもいないじゃないか」肌着の男がいう。「車の中にはだれもいない。ほら、よくみろよ！」

車を運転していた男が事務所から出てくると、勇気を振《ふ》り絞《しぼ》り、一歩、二歩車に近づいた。中にだれもいないことがわかると、車の後ろに飛んでいってトランクを開けた。空っぽだ。おれはばかじゃない、と強い口調で男はいった。後ろの席に人がいればわかる。「黒人で、目のまわりが白かった」

「目のまわりが？」

「あと口のまわりも」

「なんだって？　昔、テレビでやってた『ザ・ブラック・アンド・ホワイト・ミンストレルショー』にでてきたようなやつか？」肌着の男が笑いをこらえながらきく。

「変装だ！　変装してるんだ！」

「じゃあ、そいつは歌をうたっていたんだろうな？」

「ああ、うたってた。はっきり声もきこえた。笑うな、ばか！　なんで笑うんだ？」

ふたりの男は事務所にもどっていった。モーリスは、目にとまったクレーン車のてっぺんにのぼることにした。クレーン車は、くず鉄置き場に体を丸めるようにしてとめてある。あそこなら、すこしくらいは海がみえるはずだし、そうすれば自分のいる場所がわかる。クレーン車にのぼりながら、男に自分の姿がみえた理由を考えた。幽霊《ゆうれい》がみえるのは劇場の関係者だけではないらしい。自分のしたことの何が原因で姿が一瞬《いっしゅん》みえたんだろう。なぜ、またみえなくなったんだ？

平地が広がり、道路がどこまでものびている。クレーン車からながめてみたが、どの方向にも団地が広がっている。本当にたくさんの道路があり、わずかに生《い》け垣《がき》がみえる。しかし、海はない。どんなに目をこらしても、劇場に導いてくれる幸運の海は少しもみえなかった。飛行機の低い音が空気を震《ふる》わせている。どの飛行機もウィンザー街《がい》に爆弾《ばくだん》を落としていったゴータ爆撃機《ばくげきき》よりもずっと高いところを飛んでいる。モーリスはクレーンからおりて事務所に入った。車を運転していた男はコーヒーにウォッカをいれている。ウォッカを注《つ》ぐ手が震《ふる》えている。だが、ドアの前に立っているモーリスはみえていないようだ。髪《かみ》の毛一本みえていない。モーリスは困ってしまった。

モーリスにできるのはひとつだけ。あの車の持ち主から離《はな》れないことだ。もしかしたら、仕事の打ち合わせの後、またシーショーにいくかもしれない。モーリスはＢＭＷの中にもどった。車の持ち主が事務所から出てくる。男は、車にだれか隠《かく》れていないかくまなく調べ、何度もバックミラーを確認したが、だれもいないのでエンジンをかけた。暖房《だんぼう》を強くして、上着のボタンを全部とめるくらい寒かったが、酒の勢いで、さっきみた顔の黒いミンストレル芸人は妄想《もうそう》だと自分にいいきかせた。ラジオからふたたび音楽が流れてくると、モーリスは両手で耳をふさいだ。うっかりうたいだして、男が事故をおこさないように、と考えたのだ。

悲しいことに、男はシーショーにはもどらず、自分の家に帰った。そこは小さな放牧場のなかにある一軒《けん》の農家だった。巨大《きょだい》な置物がいくつも私道に並んでいる――キリン、後ろ足で立つ馬、暴君と呼ばれたジョージ三世、エッフェル塔《とう》の縮尺模型、玄関《げんかん》前の階段の両脇《りょうわき》には漆細工《うるしざいく》の獅子《しし》が置いてある――よく中華《ちゅうか》料理店の入り口の両脇に飾《かざ》られているやつだ。幸運を招き、いたずらをする小さな子どもを追い払《はら》うお守りだ。

居間も派手で、ガラスの天板《てんばん》がトラの置物の上に乗っているコーヒーテーブル、鏡張りのバーカウンター、色鮮《あざ》やかな光を放つ水槽《すいそう》。モーリスが水槽を軽くたたくと、魚がパニックになった。男は、魚がみたこともない勢いで水槽の中を泳ぎ回るのをみて不安になった。

男はまず、大きなジョギングシューズを脱《ぬ》いで靴下《くつした》姿になり、こわばった脚《あし》でぎこちなく部屋の中を歩いた。その間に、いっそう不機嫌《ふきげん》になる。五十インチのテレビをつけると、メールと留守番電話のメッセージを確認し、さらに何杯《ばい》かウォッカを飲みながら夕食を温める。モーリスはずっと男のあとをついてまわり、扉《とびら》に鏡のついた衣装《いしょう》ダンスや、バーカウンターの上に逆さまに吊《つ》られたボトルや、電子レンジの優《すぐ》れた機能に感心していた。

男は体温を測り、急いで入浴をすませ、ふくらんだ腕時計《うでどけい》のようなものを片方の腕に巻いて血圧を確認する。その間も、やっぱりモーリスは男のあとをついてまわり、おもしろそうな道具のひとつひとつに目をとめた。額で測る体温計、テレビのリモコン、手を動かすと水を流してくれるトイレの動作感知器。それから、スイッチを押《お》さなくても勝手に明かりがつくランプにも感激した。

「ユージニアス・バーチさんにもみせたかったたな！」

寒くて震《ふる》えながら、男は寝室《しんしつ》のＣＤプレイヤーとバスルームのラジオをつけ、台所のｉＰｏｄを起動した。大きな家にひとりで住むこの独身男は、絶対に自分のまわりが静かにならないようにした。一方、モーリスは、年代物のきわどい絵のポストカードをみつけた。額に入れて何枚も飾《かざ》ってある。同じようなカードを日用雑貨食料品店の外でみていると、母親にたたかれたことを思い出す。男が郵便物をクリスタルガラスのペーパーナイフで開けている。モーリスは男の肩《かた》ごしにのぞきこんだ。

そして、はっとした。ここはグレイシーが話していたサッパーさんの家だ。ロイヤルシアターの財政を救おうとしてくれている人物だ。

劇場やグレイシーの両親の名前があちこちに、法律用語の茂《しげ》みに絡《から》まるようにして書きこんである。銀行や弁護士に出す書類や保険の契約書《けいやくしょ》。モーリスは法律に詳《くわ》しいわけではなかったが、ロイヤルシアターに関係する情報を持って帰りたいと思ったので、紙に並んだ小さな文字に顔を近づけた。

サッパーさんはパジャマの襟《えり》のボタンをとめ、ガウンを体に巻きつけた。「体調が悪いんだ」電話の相手にいう。

ＣＤ、テレビ、パソコン、留守番電話。家の中はいろんな音であふれているのに、サッパーさんは人間の話し相手が必要らしい。夕食を食べる間、トイレで、バーカウンターで、ベッドの中でさえ、仕事仲間に次から次に電話をして、仕事の進み具合を確認したり、打ち合わせの時間を調整したり、確認するように頼《たの》んだり、秘書に指示をしたりしていた。「体調が悪いんだ」みじめな声で秘書にいう。しかし、秘書は病院の予約を取るように勧《すす》めただけだった。サッパーさんの上司も、ちょっと寄っていこうとはいってくれなかった。

モーリスは何かできることはないかと考えた。サッパーさんは落ち着きがなく、汚《きたな》い言葉を使い、酒飲みで、下品なポストカードが好きらしいが、ロイヤルシアターにはこの男が必要なのだ。

サッパーさんは手当たり次第に電話をかけている。「水槽《すいそう》の魚がおかしくなった！　暖房《だんぼう》が壊《こわ》れた！　体調が悪いんだよ」何年も電話をしていなかったおばにぐちをこぼす。「それから、だれかが家の中にいる。間違いない」ところが、スコットランドに住んでいるおばからは、こんなふうに返事がかえってきた。魚がおかしくなったからって夜通し車を走らせて、そこまでいくつもりはありませんよ。

サッパーさんは急に後ろをむいた。だれか窓からのぞいていないか、カウチの下に強盗《ごうとう》がひそんでいるのではないかと期待した、いや、怖《こわ》くなったのだ。「だれかが家の中にいる！　気配がする！」会計士に話すと、警察に電話するようにいわれた。しかし、会計士はそう助言する以外にできることはなかった。サッパーさんは、カーテンの後ろにだれかが隠《かく》れているような気がして、クッションを投げた。そして、また別の番号に電話をかけた。

「仕事のことで話をしたいんだ――いや、電話じゃだめなんだ。うちにきてくれ。金になる話だ」サッパーさんはうまい話を持ちかけて家に呼ぼうとしたが、電話の相手には、明日の朝食の時間ならシーショーで会えると思う、といわれてしまった。

それで、サッパーさんは、きちんとした服に着替《きが》えると、車を走らせてホテルをさがした。安全であたたかくて今夜泊《と》まれる場所だ。当然、助手席にはモーリスがすわっている。モーリスは、サッパーさんにはだれかが一緒《いっしょ》にいてあげるべきだと思ったし、運転できる状態ではなさそうなのも気になった。寝室《しんしつ》用スリッパでは、なおさら心配だ。プレミアインというホテルに着き、エレベーターでかかっている音楽をきいたモーリスは、ここにきた目的を忘れて、しばらくそのまま上がったり下りたりしながらメロディーを覚えた。だが、劇場の救済者を見守るという任務を思い出し、ホテルの中をさがした。そうしているうちにみつかった。サッパーさんはベッドでテレビをみながら、部屋のミニバーに入っていたピーナッツを食べている。モーリスはとなりに滑《すべ》りこんだ。ベッドは広かった。こんな大きなベッドをみたのは初めてだ――ケント州［イングランド南東部の州］くらいはありそうだ――それに、正確にいうと、幽霊《ゆうれい》のモーリスが横になったところで、ベッドは少しも狭《せま》くならない。

モーリスは時折、サッパーさんの額に手をのせてみたが、熱はなさそうでほっとした。サッパーさんが死にかけているわけではないこと、朝になればふたたびシーショーにいくことがわかって、また幸せな気持ちになった。

「シャドラクも一緒《いっしょ》だったらよかったのに！」そうつぶやくと、うれしそうに染みひとつないシーツのにおいをかいだ。

「だれだ？」サッパーさんは眠《ねむ》そうな声でいうと、次の瞬間《しゅんかん》、ものすごい勢いで起き上がり、ライフコーチに携帯《けいたい》からメールを送った。ベッドの中にだれかがいて、そいつに両耳を切り取られるかもしれない。ライフコーチは信じてくれなかった。次は、秘書に電話をした。昔のテレビ番組に出ていたミンストレル芸人がベッドにいる、と訴《うった》えたが、危ない薬でもやってるんですか、といって電話を切られた。

少しして、ミニバーにあった酒を全部飲んだおかげで、サッパーさんはようやく眠《ねむ》りについた。しかし、さらにひどいことが待っていた。最悪だ。夢の中で、有刺鉄線《ゆうしてっせん》のせいで前にも後ろにも進めず、ふとももまで泥《どろ》につかり、まわりでは破裂弾《はれつだん》が爆発《ばくはつ》している。男の叫《さけ》び声がきこえ、馬は腹帯《はらおび》がちぎれるまで暴れまわり、ナトリウム照明弾《しょうめいだん》の光で夜空が昼のように明るい。機関銃《きかんじゅう》の銃弾が泥のむこうから、次々に飛んでくる。

隠《かく》れる場所はどこにもない。

第十九章　行方不明

　モーリスが帰ってこないので、ロイヤルシアターの幽霊《ゆうれい》たちは劇場の外にさがしにいったが、みつからなかった。遊歩道を往復するミニ列車に乗り、砂浜《すなはま》をさがし、脇道《わきみち》をのぞき、ゲームセンターの出入り口から店内をみた。しかし、シーショーは大きな町だ。海を背にしてかなりの距離《きょり》を進まないとシープスゲートには着かないし、イースターバーンは海岸線のずっと先だ。幽霊《ゆうれい》たちは、環状《かんじょう》交差点のまんなかにある花壇《かだん》でアリッサムを食べている二頭のロバの近くを通った。防波堤《ぼうはてい》の先にも三頭いる。しかし、モーリスの姿はない。

　スーパーの駐車場《ちゅうしゃじょう》には、突撃《とつげき》の合図を待つ二輪戦車の御者《ぎょしゃ》のように整列してショッピングカートを構えている人たちがいた。

「あの人たちは環境《かんきょう》戦士なの」グレイシーが説明する。

「ドッグレースでスタートの合図を待つグレーハウンド犬のようだな」ローランドがいう。

「彼《かれ》らは何と戦っているんだ？」

「販売《はんばい》期限のすぎた商品が出てくるのを待ってるのよ」

　いろんな人がスーパーのごみ箱をあさりにきていた――学生、年金で暮らすお年寄り、主婦――環境《かんきょう》戦士たちは仲良くなり、このスーパーにくるのが一日の社交行事になっていた。今日はいつもより会話がはずんでいる。

「本当？　あのディスカウントスーパーで？」

「ええ、そうらしいわよ」

「キャッスル・アームの近くの芝生《しばふ》に横になってたよ」

「たぶん同じのだと思うけど、歩きまわってるのをみた」

「いや、ちがう！　それとは別にあと二頭いて、教会の庭で草を食べてた。そいつらの毛は、茶色じゃなくて灰色だった」

「変ね」

「鞍《くら》のこと？　みつけた場所のこと？」

営業が終わると、販売《はんばい》期限のすぎた食品が車輪つきの大きな緑色のごみ箱に処分される。包装されたまま、まだ食べられそうなものが捨てられている。品出《しなだ》し担当の店員が販売期限のすぎた商品をごみ箱にいれると、環境《かんきょう》戦士がそれを取り出す――地球を救うため、家計をやりくりするため、おなかをすかせた家族に食べさせるため……。この活動は違法《いほう》なので、ときどきだれかがスーパーに訴《うった》えられ、環境戦士はいなくなる。しかし、ブーディカの指揮の下《もと》、いつも再結集する。ブーディカは、捨てられる運命にあるパンやラム・チョップを救い、世界じゅうに食べ物が行き渡《わた》るようにするという神聖な誓《ちか》いを立てていた。

「この人たちみんなが貧乏《びんぼう》なわけじゃないんだ。まだ食べられるものを捨てるのが嫌《いや》なだけの人もいる。わたしもママに何か持って帰ってあげよう。うちはいま、むだ使いはできないし」

グレイシーは環境戦士《かんきょう》の列にむかって歩きだす。何か持って帰ったらきっと、喜んでもらえるだろうな、と考えていた。

「やめなさい、グレイシー」シャドラクが厳しい口調でいう。

「だいじょうぶ！　あそこに入ってるのは、まだいたんでない食べ物だから、本当よ！　ちゃんと包装されてるし」

「だめよ、グレイシー」リリーがいう。

「じゃ、ブーディカにモーリスをみてないかきいてくる。友だちなんだ。演劇関係の仕事はしてないけど、すごくアートに詳《くわ》しいんだよ。自分の体にシルクスクリーン印刷をして、帯状疱疹《たいじょうほうしん》ができないように自己催眠《さいみん》をかけてるんだって」

「だめだ、グレイシー」ローランドがいう。

「本当にだいじょうぶだってば！　ちゃんとユダヤ教とか、いろんなきまりを守った食べ物だから。わたしが……」

「グレイシー、やめるんだ」最後にユージニアス・バーチが怖《こわ》い声でいうと、グレイシーは、納得《なっとく》できないまま多数決で押《お》し切られたような気がした。知らない人に自分たち幽霊《ゆうれい》の話をされたくなかったのかな、とグレイシーは思った。

「みんなのことは絶対にいわないって約束するし……」

「やめなさい、グレイシー」幽霊《ゆうれい》たちが口をそろえていう。みんながグレイシーをみつめ、両手を大きく広げて、大きな車輪つきごみ箱にむかう道を塞《ふさ》いでいる。どういうわけか髪《かみ》が逆立《さかだ》ち、グレイシーは息が苦しくなった。グレイシーは幽霊たちと黙《だま》りこんで劇場に歩いて帰った。

その夜、幽霊《ゆうれい》たちは劇場のあちこちに散《ち》り散《ぢ》りに消えていった。フランク・スチュアートの舞台《ぶたい》装置でいっぱいの屋根裏部屋に。衣装戸棚《いしょうとだな》や奈落《ならく》、劇場の外の路地にいく人もいた。ユージニアス・バーチがグレイシーをドレスサークルに呼んですわらせたとき、双子《ふたご》も姿を消していた。グレイシーは心臓が縮みあがった。モーリスの悪い知らせをきかされるのかと思ったのだ。

「どうか、まんなかの席にはいかないで、端《はし》に近いところにいてください。端の席はどの列も安定しています。ばかなことをいっているのはわかっています。いま、わたしの体重は……ほとんどないのですが、それでも、不安定な作りの場所を歩くときには恐怖《きょうふ》を感じてしまうのです」

不安定な場所？　そんなこと？　一日じゅう、ユージニアスの言葉や態度に見え隠《かく》れしていた、悪い知らせがあるんですといわんばかりの雰囲気《ふんいき》はそんなことだったの？　スーパーの駐《ちゅう》車場《しゃじょう》からずっと――いや、そのまえから――ユージニアスは、医療《いりょう》ドラマ『カジュアルティ』で、重い病状を示すレントゲン写真を受け取った医者のような表情で、グレイシーをみていた。

「なんの話？　ドレスサークルが落ちるとか？」

「ああ」ユージニアスが口ごもる（うっかり忘れていた。グレイシーはまだ、ドレスサークルが危険な状態だということを知らないのだ）。「ええ、そうですね。少なくとも、たわんでいますから。下からみるとひびが広がってきています。素晴《すば》らしいご両親の悩《なや》みが増えますね」

確かにそのとおりだ。グレイシーは胃がむかむかしてきた。「パパとママにいっておくね。サッパーさんが修理代を払《はら》ってくれると思うから」しかし、まだ吐《は》き気《け》はおさまらない。何か食べなくちゃ。最後にすわってまともな食事をしたのはいつだったか、思い出せなかった。ユージニアスの様子は気に入らなかった――いまのユージニアスをみていると、マイキーを一階席の後ろに連れていって真実を話したフランク・スチュアートを思い出す。

「もうひとつ問題があるのですが……」ユージニアスが口をひらく。ふたりはドレスサークルのA2とA3の席に腰《こし》かけている。舞台《ぶたい》の上ではゴーストライトがかすかに光り、だれもいない舞台をぼんやりと照らしている。歌姫《うたひめ》も、ローランド・オリヴァーも、ジョージ卿《きょう》もいない。それでも、ユージニアス・バーチは「もうひとつの問題」を話そうとしない。

グレイシーがいう。「『屋根の上のバイオリン弾《ひ》き』はバーチさんの……、バーチさんは昔……。オリヴァーさんは『屋根の上のバイオリン弾き』を知ってるかな？　どのくらい古いミュージカルかわからないんだけど。オリヴァーさんはきっと好きだと思う。素敵《すてき》な作品なんだよ。歌も、何もかも……。今日の公演はある？」

「もう夜の二時をすぎています」

「だから？」

「公演はありません。もしかすると、始まるかもしれない。いつもは……」ユージニアスは混乱して、こういった。「答えてください、ミス・グレイス――」

「グレイシーよ。グレイスじゃないわ。グレイシーはあだ名じゃなくて本当の名前なの」

「ミス・グレイシー……なぜ学校にいかないのですか？」

これはすぐに答えられる。「いまの学期はもうすぐ終わるから。次の学期からいくわ」

「それでは、なぜ毎日われわれとすごしているのです……」

この質問は、もっと簡単だった。「だって、こんな経験、めったにできないもん。一緒《いっしょ》にすごす相手が……」

「……なぜ、ご両親と一緒《いっしょ》にいないのです……」

ばかみたい！　なんでこんな簡単なことをきくんだろう？「そんなの、ママとパパが忙《いそが》しいからに決まってるでしょ、仕事が……」

「……ご両親は、あなたがどんな時間に外出しても、帰ってきても、何もいいませんよね。それに、行き先もきかず、いないことに気づかなければ、叱《しか》ることもない」

グレイシーは唇《くちびる》をきつく結んだ。

「あなたの服の洗濯《せんたく》もしなければ、ベッドを整えることもない」

急にグレイシーの頭にメルーシュさんの姿が浮《う》かんだ。次々に質問され、思い出したくもないことを話すようにしつこく迫《せま》られている姿だ。

「わたしが汚《きたな》いっていうの？　くさい？　そういいたいの？」

「いいえ、ちがいます。あなたは、わたしたちが初めて会った日と同じです。何ひとつ変わっていません。おそらく、目以外は。最後に両親に話しかけたのはいつですか？　おやつを作ってもらったのは？　お店で使うおこづかいをもらったのは？」

「うるさい。黙《だま》ってよ！　あなたには関係ない！」

ふたりの下で、観客席の扉《とびら》が開く音がして、ロビーからだれかが入ってきた。グレイシーがびくっとすると、ユージニアスも同じような顔をして、おびえたように目をそらした。

入ってきたのは、グレイシーのママだった。

どうしよう。もうベッドに入っている時間だ。みつかったら叱《しか》られる。グレイシーはしゃがんでドレスサークルの壁《かべ》に隠《かく》れ、膝《ひざ》立《だ》ちになると、一階席が見渡《みわた》せるくらい顔を出した。ママはダンスシューズをはき、パパのシャツを着ている。シャツは華奢《きゃしゃ》な体には大きすぎるようだ。バケツも、カビをかき落とすナイフも持っていない。計測した数字や、壊《こわ》れている客席の番号を書き留めるクリップボードもない。そのかわり、まっすぐ舞台《ぶたい》にいって――踊《おど》り始めた。

最初は、ためらいがちでぎこちなく、心がこもっていなかった。まるで、ほかにするべきことがある、こんなことをしている時間はない、と思っているようだった。ところが、少しずつわれを忘れ、いまいる場所も、重力の法則も、舞台《ぶたい》の広さも、人間の体の弱さも忘れて、銀色に光るゴーストライトの下で激しく踊《おど》りだした。その姿はまるで、本能のままに明かりに飛びこむ蛾《が》だ。グレイシーは口をぽかんと開けてみつめた。いままでにも、ママが踊るのをみたことがある――もちろん！――数えきれないくらい――ときには、グレイシーのために踊ってくれることもあった。しかし、こんなふうに踊る姿は初めてみた。

ママは転んでもすぐに起き上がり、頭の中で流れている音楽だけに応《こた》えるように踊《おど》り続けた。

大きな洞窟《どうくつ》のような劇場で、きこえるのはダンスシューズのささやき声と床《ゆか》に着地する鈍《にぶ》い音、すすり泣く息づかいだけ。茨《いばら》の茂《しげ》みを進むように、疲《つか》れや痛みと戦いながら踊り続ける。扉《とびら》が開く音はきこえていなかった。入ってきたパパが大声でやめるように呼びかけたが、六回目でようやくきこえたようだった。いまは目を閉じて踊っている。パパは舞台《ぶたい》にのぼり、踊るママの前に立ちふさがり、体当たりするようにして止めなくてはならなかった。そのまま踊っていたら、オーケストラピットの使われていないピアノの上に落ちるところだった。

パパがママを抱《だ》きしめる。ドレスサークルからみているグレイシーは、目をつむらなくてはならなかった。女の子は両親が泣いているのをみてはいけない。これは世界が始まったときに書き記され、だれもが知っているきまりなのだ。

「サッパーさんに、手助けするのをやめるっていわれたのかも」グレイシーは小声でいった。ユージニアスが説明してほしいと思っているかもしれないからだ。桟橋《さんばし》を作った建築家は返事をしなかった。

グレイシーのママが話している。「ずっと考えているの。いま振《ふ》り返ったら、あの子がいるかもしれない」劇場は音響《おんきょう》効果が高く、ママの言葉はドレスサークルまではっきり届く。「いつも考えてしまう。いまにも、あの子が扉《とびら》を開けて入ってきて、あれこれ質問したり、おしゃべりを始めたりするんじゃないかって――バスで会った人のこと、あの子の話につきあってくれたお店の人のこと、ハ、ハングマンのゲームで打ち負かした相手のこと。ああ、あなた！　いつもさがしてる――ずっと考えているの。通りにあの子がいるんじゃないか、何もかも間違《まちが》いだったんじゃないか、あの子はただ、どこにいるのかわからないだけ――ただ、少しの間……」

「行方不明になってるだけ」グレイシーがいう。だが、劇場では客席からの声は響《ひび》かないようになっている。

「わたしたち、ここで何をしているの？　どうしてこの劇場にきたの？　どうしてうまくいくと思ったの？　臭《くさ》くてカビだらけのこの場所で。こんなところで何をしているの？　こんなことをしてなんになる？　大切なことなんてある？　わたしたちの娘《むすめ》はいなくなってしまったのに」

パパの腕《うで》がママを包みこむ。まるで、閉じこめるように――暗闇《くらやみ》から守るように。「ここは、あの子の劇場なんだ、エリー。あの子が一番好きな場所だ。だから、ぼくたちはここにきた、そうだろ？　覚えてるかい？　グレイシーがいつもいってたじゃないか。『シーショーに引《ひ》っ越《こ》したら……、パパとママがロイヤルシアターを再開させたら……』って。覚えてるかい？」

グレイシーのパパは、ロイヤルシアターをよみがえらせたい理由をママに話す。都市設計家にも、歴史的な建物を保護するブリティッシュ・ヘリテッジにも、芸術協会にも、町の議会や清《せい》掃局《そうきょく》にもまったく同じことをいって説得した。いまは、クマの檻《おり》に鉄格子《てつごうし》のすきまからケーキを差し出すようにいう――あまりなぐさめにはならないが、ほかにかける言葉がなかった。

「ぼくたちがこの町にきたのは、グレイシーの思いを実現させるためだ。グレイシーの願いを叶《かな》えるためだ。すべて失敗に終わったらどうするかって？　何もないところから始めればいい。

あの子を生き返らせることはできない。だけど、この場所を生き返らせることはできる――グレイシーが大好きだった場所を」

シャツを着てダンスシューズをはいたグレイシーのママは、闇《やみ》に包まれた広い観客席をみつめたが、なぐさめてくれるものは少しもみえなかった。「仕事よ。仕事のせいだわ。起きてる間、ずっと仕事ばかりしているからよ」

「じゃあ、寝《ね》よう。夜には踊《おど》らないこと。暗くてあぶないから」

「グレイシーはわたしが踊るのをみるのが好きだった」

「そうだね、エリー」

「さっきは、あの子のために踊ってたの」

「わかってるよ、エリー……でも、あの子もママがオーケストラピットに落ちるのは嫌《いや》だと思うよ」

グレイシーのパパはママをそっと舞台《ぶたい》から下ろし、楽屋にもどった。ふたりは楽屋に自分たちの物をいくつか持ちこんで、巣穴のリスのように暮らしていた。

グレイシーがどんなに叫《さけ》んでも、大きく手を振《ふ》っても、壁《かべ》を蹴《け》っても、名前を呼んでも、両親が顔を上げることはなかった。ドレスサークルの手すりから身を乗り出し、こっちをみてと訴《うった》えるグレイシーに目をむけることはなかった。

第二十章　煙《けむり》と鏡

劇場のあらゆる場所に散らばっていた幽霊《ゆうれい》が、合図をきいて観客席にもどってきた。

「ちがう！　そんなのおかしい！　まちがってる！　やめて！　やめてよ！　こっちをみてないで、どこかにいって！　絶対ちがう！　みないでよ！　わたしをみないで！」グレイシーが幼いころ——いまよりもっと幼いころ——熱を出すと、ベッドで眠《ねむ》る自分をのぞきこむ、たくさんの顔がみえた——形のはっきりしない顔、いろんな人の目鼻立ちがごちゃまぜになった顔。厳しい目の怒《おこ》った顔、裏返しになったわけのわからない顔。いま、グレイシーのまわりに集まったロイヤルシアターの住人たちは、青白い顔に哀《あわ》れむような表情を浮《う》かべて、こっちを見つめている。どの顔も、こういっている。きみは死んだんだ、わたしたちの仲間なんだ。

「ありえない！」グレイシーが幽霊《ゆうれい》にむかって大声でいう。「それなら、タンバレインはどうなるのよ。イエス・ウィ・缶《カン》のボブは？　はしごにのぼって仕事をしてた電気技師の男の人は？　ねえ、どうなの？」グレイシーが勝ち誇《ほこ》った顔で大声をあげると、幽霊《ゆうれい》たちはどうしたらいいかわからなくなって、ひどく青白い顔もそこに表れている感情も、くしゃくしゃになった。

フランク・スチュアートはメモ帳をとりだし、数回、開いたり閉じたりしてポケットにしまった。グレイシーに説明する言葉を慎重《しんちょう》に選んでいたのだ。メルーシュさんはハンカチで目《め》頭《がしら》をおさえ、リリーとローランドはC列にすわって、グレイシー・ウォルターの魂《たましい》のために、ユダヤ教の祈《いの》りを唱え続けていた。マイキーは客席を蹴《け》りながら歩きまわっている。それでも、フランク・スチュアートの声はラジオからきこえてくる海上気象予報と同じくらい落ち着いていた。「まえに車の事故の話をしてくれたことがあったよね。車がめちゃくちゃになったって。ついこの間だったかな。いまのきみは、音楽プレイヤーを再生できないし、電話もかけられない。映画館にも美術館にも、だれにもみつかることなく、料金を払《はら》わずに入ることができる」

「やめて。黙《だま》ってよ」

「両親とは話をしないし、一緒《いっしょ》に砂浜《すなはま》に出かけることもない。食事はふたり分しか用意されていない」ユージニアスがいう。

「うるさい！　うるさい！　うるさい！」

「ぼくたちが触《さわ》ると気づくし、ウィリアムの絵もみえていた。寝《ね》る時間もなければ、眠《ねむ》ることさえない。客席にすわるとき座面を倒《たお》さない」フランクが続ける。

グレイシーは客席の背もたれに目を落とした。その上に、墓石で羽を休めるコマドリのように腰《こし》かけている。

「タンバレインは？　イエス・ウィ・缶《カン》のボブは？　ふたりにきいてみてよ」グレイシーは、ばかにしたように言い返した。

幽霊《ゆうれい》たちは少し姿勢を正す。なかには、パッチワークの女の子の味方だといいたげに、うなずいている幽霊もいる。タンバレインのことを考えなければならなかった。イエス・ウィ・缶《カン》のボブや、はしごにのぼって作業をしていた電気技師についても。三人ともグレイシーがみえていた。

「だが、きみの両親にはみえていない。きみの死について話す両親の頭の中にあるのは真実だけで、だまされているようにはみえないけど」フランクがいう。

ユージニアス・バーチは発明家の意見に同意する。「スチュアートさんとわたしで、この件について話し合いを重ねてきました。あなたがこの劇場にきたとき、われわれは大いに困惑《こんわく》しました。少なくとも初めの一週間は、生きている人間だと思っていました。しかし、スチュアートさんが素晴《すば》らしい知性を発揮し――わたしの意見も一致《いっち》しました――え――……幸せの……運動エネルギーは……、幽霊《ゆうれい》の成分であるエーテル体《たい》の分子構造を十分に刺激《しげき》し……」

「エネルギーとかなんとか……意味わかんない！」グレイシーがいう。

サーカスの団長ジョージ卿《きょう》がグレイシーの近くにきた。昔、妻が世話をしていたライオンに近づく方法を思い出し、足音をたてずに、注意深く、急な動きをしないように気をつけた。ジョージ卿はグレイシーの顔を両手ではさんだ――グレイシーはジョージ卿の乾《かわ》いた手のひらや、ポマードのにおいを感じた。

「本当に生きているみたいだった。幸せいっぱいだったきみは、生きていたときと同じように、体は透《す》けていなかった」

「ああ、本当に生きているみたいだったわ」リリーが立ち上がる。

「あまりにも幸せだったから、死を受け入れられなかったんだろ」マイキーがいう。

「幸せにあふれてた」メルーシュさんがいう。

「幸せが燃えあがる炎《ほのお》のようにまぶしかった」オーケストラピットからシャドラクの声がする。

グレイシーは幽霊《ゆうれい》たちにむかって怒鳴《どな》り声をあげた。いま燃えあがっているのは怒《いか》りと恐怖《きょうふ》だ。

「こう考えてみてください」ユージニアス・バーチがいう。「水の表面には表面張力《ちょうりょく》の層がありますす。皮膚《ひふ》みたいなものです。その層があるから昆虫《こんちゅう》は、沈《しず》むことなく水の表面に立つことができるのです」

「イエス・キリストの使徒《しと》のひとり、マタイのようにね」メルーシュさんがよくわからない例を出した。「マタイも自分はできると信じて水の上を歩いたのよ」そういうと、グレイシーの手を取り、ほかの幽霊《ゆうれい》から離《はな》れてロイヤルボックスに連れていき、先にいた双子《ふたご》を追い払《はら》った。そしてグレイシーをすわらせ、両手をにぎり、自分の膝《ひざ》にのせた。「わたしたちは水の中にいるのよ、グレイシー。死んだ原因が――火事でも、大嵐《おおあらし》でも、銃弾《じゅうだん》でも、なんでも――どういうわけか、わたしたちを暗いこの場所に引き寄せた。ここにきた理由は、まだはっきりわからないのだけど、ここでわたしたちは待っていたの。そこへある日、一匹《ぴき》のカゲロウが飛んできた！　カゲロウがわたしたちの静かな池に飛びこんできた。銀色のマントをまとって、その女の子はこの場所に――池の中に――下りてきて、生き生きとした大きな目であたりを見回した。わたしたちにとって、その子はよくわからない存在で、日のあたる所からやってきた邪魔者《じゃまもの》だった。こんなところにいるのは場違《ばちが》いだと思っていた。女の子はとても勇敢《ゆうかん》だった。なぜかというと、ここでの生活を手放せば、水の上の世界にもどれると思っていたから。なのに……それなのに……女の子の銀色のマントは、ただの幸せな太陽の光だった。池の中に落ちてくるときに、太陽の光が体に巻きついていただけだった。あっというまにマントはとけて消えてしまった。グレイシー、あなたがわたしたちのところにきたときは、幸せに包まれていて、生きている子だと見間違《みまちが》うほどだった。でも、いまはちがう」

そういうとメルーシュさんは涙《なみだ》を流し、双子《ふたご》も（話の内容を少しも理解していなかったが）一緒《いっしょ》に涙を流した。一階席ではウィリアムが黒い煙《けむり》の絵を描《か》き、シャドラクがオペラ『オルフェオとエウリディーチェ』の短調の曲を、音の出ないピアノで奏《かな》でていた。

しかし、グレイシーは認めなかった。メルーシュさんににぎられた両手を引っこめ、ロイヤルボックスを飛び出すと、乱暴に扉《とびら》を閉めた。観客席の外に出て、古びたバーを通りすぎ、一階席の古びたトイレをみつけた。みつけるまでしばらく時間がかかった。そういえば、ロイヤルシアターに引《ひ》っ越《こ》してきてから、一度もトイレにいきたいと思ったことがなかった——いまも用を足したいわけではない。鏡をさがしていただけだ。

洗面台の端《はし》に両手をついて、グレイシーはちいさな斑点《はんてん》のついた鏡をのぞきこむ。何度も、何度も、何度も、何度も、何度も鏡をみた。こっちをみつめかえす目は映っていない。パッチワークのオーバーオールも。顔も。そこに映っていないものをみて、恐怖《きょうふ》と悲しみが涙《なみだ》になってあふれてきた。黒カビが蔓《つる》のように鏡全体に広がり、そこに映っているはずの、だれもいない女子トイレをすっかりぬりつぶしていた。

グレイシーが一階席にもどると、客席をおおっていた後悔《こうかい》と哀《あわ》れみが、驚《おどろ》きに変わっていた。幽霊《ゆうれい》たちがそわそわしている。突然《とつぜん》の出来事に慣れていないのだ。何十年もの間、グレイシー以外に思いがけないことは何も起きなかった。幽霊たちの静かな日々は、喜びと悲劇と惨事《さんじ》に乱され、一日で変わってしまった。そしていま、突然《とつぜん》の出来事が音もなく爆発《ばくはつ》した。モーリスがもどってきていたのだ。

床《ゆか》に膝《ひざ》をついたモーリスがみんなにかこまれている。その様子はまるで、フルマラソンを走り切った人のようだ――そして、ゴータ爆撃機《ばくげきき》がウィンザー街《がい》に落としたものより、さらに大きな爆弾《ばくだん》を落とそうとしているようにみえた。グレイシーが観客席にもどってくるのをみると、モーリスはこっちにむかって人差し指を振《ふ》った。

「サッパー！　きみがいってたあの男、サッパーだっけ？」グレイシーは黙《だま》ったままうなずく。

「シーショーの議会はあいつなんか相手にしない――あいつは犯罪のにおいがする――古くなった魚の燻製《くんせい》くらいにおってくる。あいつは有名だ。サッパーの言葉には裏がある。詐欺師《さぎし》なんだ。議会はあいつとは契約《けいやく》をしない。だから、グレイシーのパパとママが必要だったんだ。いま、やつは書類に自分の名前を書かずに、ほしかったものを手に入れた」

「ちょっと待って！　なんで？　あの男がほしいものって？」幽霊《ゆうれい》たちが悲鳴のような声でたずねる。

「土地がほしいんだ。建物じゃない！」モーリスは、みんなにこの恐《おそ》ろしい状況《じょうきょう》をわかってほしくて、両手を広げて訴《うった》える。「今朝、あの男が仲間と会うところにいたんだ！」

建築家のユージニアス、あちこち渡《わた》り歩いて暮らしていたボドキンズ、サーカス団長のジョージ卿《きょう》、ニクソン巡査《じゅんさ》は仕事柄《がら》、血も涙《なみだ》もない卑劣《ひれつ》な取引を数え切れないほどみてきた。四人にはモーリスのいいたいことがすぐにわかった。空想家のメルーシュさん、何も知らないマイキー、信心深いリリーとローランド、十一歳《さい》のグレイシーには、もっとはっきり説明しなければならなかった。

モーリスがムギワラ帽子《ぼうし》を投げ捨てると、それを踏《ふ》みつけ、怒《いか》りと失望をむき出しにした。

「ぼくのいってることが、わからない？　サッパーはロイヤルシアターを焼き払《はら》うつもりなんだよ！」

第二十一章　放火

もし、ロイヤルシアターが燃えてしまったら、ロンドンの芝居好《しばいず》きがこの町にくる理由がなくなる。芝居をみる劇場がないからだ。あとに残るのは、町の一等地、ホーリー・スクエアの角にある半エーカー［一エーカーは約四千平方メートル］の土地だけだ。しかも、再開発の準備は整っている。そして、町の議会は驚《おどろ》き、うんざりする。なぜなら、その土地がグレイシーの両親の「共同経営者」、ハーバート・サッパーのものだと明らかになるからだ。そしてサッパーはその土地にショッピングセンターやオフィスを建てる。劇場よりも価値があり、有益で、未来のある建物を。

グレイシーの怒《いか》りの炎《ほのお》はまだついていなかった。ユージニアス・バーチに何度もくりかえし説明してもらった――がれきの山のほうが、八百席の美しい劇場よりも価値がある理由を。しかもこの劇場は、白と金の装飾《そうしょく》が施《ほどこ》され、天井《てんじょう》にはシャンデリア、二階より上には小さなランプがついていて、背景幕は手描《てが》きだし、舞台《ぶたい》の下には衣装《いしょう》がたくさんあるのに。ユージニアスは辛抱強《しんぼうづよ》く説明した。グレイシーも辛抱強く耳をかたむけ、説明が終わるともう一回教えて、といった。

「ちゃんとわかっておかなくちゃ。パパに説明するんだから」グレイシーは集中して眉間《みけん》にしわを寄せている。

幽霊《ゆうれい》たちは顔を見合わせた。

「それは、やめたほうがいいですよ」ユージニアスがいう。

「無理にきまっている」ウィリアムがいう。

「あっ、みんなからきいたとはいわないから。わたしだってそのくらいわかってる。コインランドリーでだれかがうわさしてるのをきいたっていう。それか、ブーディカが教えてくれた、とか。それか、タンバレインやその兄弟とか……」

「まったく、ばかな子だ」ウィリアムがそっけない口調でいう。グレイシーは少しも気にしていなかったので、ユージニアスがウィリアムを思いきり突《つ》き飛ばしたことに気づかなかった。ウィリアムはイーゼルにぶつかってよろめき、フロックコートがさらに絵具で汚《よご》れた。

「劇場を見張りましょう。そして、われわれの家が燃やされないように、悪魔《あくま》のような男から守りましょう」ジョージ卿《きょう》が力強い声でいった。

マイキーは乗り気のようだ。「あいつを捕《つか》まえて殺してやる!」

グレイシーは、(いまいましいほど)インクが乾《かわ》いてしまっているゲルインクのボールペンを集め、iPod(まだ曲を再生しようとしない)の充電《じゅうでん》ケーブルを片付け、壊《こわ》れて座面が下りたままの椅子《いす》から立ち上がった。もう夜も遅《おそ》い。ママとパパが寝《ね》る前にサッパーのことを話してくる、とグレイシーがいった。幽霊《ゆうれい》たちは互《たが》いに目配せをしたが、グレイシーはまったく気づいていないふりをした。

「サッパーは夜にくると思います。劇場のまわりを見張っておいたほうがいい」フランク・スチュアートが小声でいう。

ダグラス・ダグラスが賛成する。「戦争のとき、火事に備えてこの場所から見張りをしたことがある」

「ぼくが経験した戦争ですか？」モーリスがたずねる。

「いや、その後に起きた、ふたつ目の大戦だ。おまえのときは、この町に落ちた爆弾《ばくだん》はひとつだっただろ。おれたちのときは、ものすごい数の焼夷弾《しょういだん》が落とされ──町じゅうが燃えた。それで、志願者が屋根にのぼって夜通し、町に火が出ないか見張っていた。空襲《くうしゅう》と放火はちがうが、本質は同じだ。見張りはふたりでするのが一番だ。交代で眠《ねむ》れるからな。グレイシー、おれとペアを組もう、いいか？」ダグラスがそういったとき、グレイシーは観客席を出るところだった。グレイシーは幽霊《ゆうれい》たちのほうに振《ふ》り向き、なんとなく不意打ちにあったような気分になった。

「ダグのいうとおりだ。今夜、やつが火をつけにくるかもしれない」フランク・スチュアートがいう。

「いまにもやってくるかもしれません」ユージニアス・バーチが続ける。

「だから、ママとパパに知らせにいかないと」グレイシーは小声でいうと、観客席を出ていく。なぐさめようとする手をかわし、ロバを押《お》しのけ、らせん階段のそばにある小さな扉《とびら》を通って楽屋にむかった。

グレイシーの両親は抱《だ》き合って眠《ねむ》っていた。ママはアイメイクを落とさずに、泣きながら眠りに落ちたのだろう。パパの胸のあたりに染みができている。グレイシーはぎこちなく両親に触《ふ》れ、服をひっぱった。大声で呼びかけ、ひっぱたいた。シーツを力いっぱいひっぱって、両親の髪《かみ》をかきむしった。しかし、夢の中にいるふたりはまぶたを震《ふる》わせ、新しい涙《なみだ》をにじませている。何をしても起きようとしない。こんなのまるで……

「死んでるみたい」グレイシーはつぶやいた。両親はまるで死んでしまったようだった。「死んでるみたい」観客席にもどりながらくりかえす。不安でめまいがして足に力が入らない。幽《ゆう》霊《れい》たちに話そう。みんなおもしろがるだろうな……、「ママとパパを起こそうとしたけど、ふたりはまるで……」ドレスサークルに続く階段を上りながら、ふと思った。ここから大声でいったほうがいいかもしれない。「ママとパパがまるで……」

……ところが、幽霊《ゆうれい》たちは一階席にも、舞台《ぶたい》の端《はし》にも、オーケストラピットの手すりにもいなかった。壁《かべ》に追いやられ、驚《おどろ》き、なすすべもなく、やり場のない怒《いか》りで青ざめている。片手に懐中《かいちゅう》電灯、反対の手に金属の缶《かん》を持った男が、観客席の通路を歩いて舞台のほうにいったかと思うと、次の通路を後ろにむかってくる。その建設作業員の格好をした男――サッパーの手下の放火魔《ほうかま》で解体屋のデス――は客席を歩きまわり、火をつける場所をさがしていた。

「法の名において逮捕《たいほ》する！」ニクソン巡査《じゅんさ》は放火犯に飛びかかり、襟首《えりくび》をつかんだ。男は気づく気配もなく、巡査の体を通り抜《ぬ》けた。

「わたしのライオンたちがそばにいれば……、けしかけていただろう！」ジョージ卿《きょう》の大きな声が響《ひび》く。しかし、男はまったく動じることなく、電気ケーブルをたどって舞台《ぶたい》の下にあるケーブルの接続ボックスにもどった。そして舞台を歩いているうちに階段をみつけ、満足そうにため息をつくと舞台下の楽屋に下りていった。巻いた電気ケーブルが動物園の動物のようにあちこちに置いてある。男はそれを、もつれたひとつの山にまとめた。フランス料理のシェフのようにていねいに、オリーブオイルの缶《かん》に入ったガソリンを、ケーブルやジョイントやプラグでできたスパゲティに少しずつかけていく。火のつきやすいものをさがして、衣装戸棚《いしょうとだな》をみつけ、中にあったドレスをケーブルの山に投げていく――慎重《しんちょう》に作ったとは思えないほど雑な導火線だが、これなら、劇場の備品がぞんざいに出しっぱなしになっていただけのようにみえる。

「いっておきますけどね、そのドレスが最後に使われたのは『ロスメルスホルム』を上演したときなのよ」リリーが男にいう。古典演劇をこんなに侮辱《ぶじょく》するなんて、もう破滅《はめつ》にむかう道を引き返すことは不可能ね、といっているようだ。「我慢《がまん》の限界よ、この野蛮《やばん》な解体屋！」

幽霊《ゆうれい》たちは両手を振《ふ》り上げ、解体屋のデスに怒《いか》りの言葉をぶつけた。後先を考えず男の前に飛び出し、つかみかかった。男に、男の先祖に、子孫にののしりの言葉を浴びせた。そこまでしても、ある事実が証明されただけだった。幽霊は無力で、何もできないつまらない存在で、生きている人間のような体はない。どんなに頑張《がんば》っても、男の腕《うで》の細い毛を逆立《さかだ》て、うなじをひやっとさせるくらいしかできない。

解体屋のデスは木の階段の下にもどり、満足げに地下室をみまわした。放火犯はみんな火をつけるとき興奮してぞくぞくする。解体屋のデスは、これまでもサッパーの命令でシーショーの歴史的建造物に火を放ってきた——保険金が目当てだったり、重要文化財として守られている建物を処分したりするためだ——しかし、今回の獲物《えもの》は一番大きく、素晴《すば》らしかった。きっと、シーショーの町のニュース番組で取りあげられるだろう——煙《けむり》が残る廃墟《はいきょ》の前に記者が立ち、建物を襲《おそ》った悲劇や胸が張り裂《さ》けるような思いや、火事の犠牲《ぎせい》になったものを語る。原因は電気系統の不具合……燃えやすい衣装《いしょう》や何世紀も掃除《そうじ》されていないクモの巣。木製の舞台《ぶたい》、油絵具で描《か》かれた背景幕、塗料缶《とりょうかん》……。

解体屋のデスは子どものころ、ロイヤルシアターにむりやり連れてこられて、シェイクスピアなどの作品をみせられた。ものすごく退屈《たいくつ》だった。いまでも思い出せるおもしろかった場面は、ジュリアス・シーザーの亡霊《ぼうれい》が地面から現れるところくらいだ。ある意味、デスは、あとの世代の子どもたちを救おうとしていた。この劇場を燃やせば、これからの子どもたちは、古くてつまらないシェイクスピアの芝居《しばい》をみせられずにすむ。

男は木の階段を半分のぼったところで、衣装戸棚《いしょうとだな》でみつけたぼろぼろのかつらにライターで火をつけ、用意したばかりの導火線に放り投げた。(男はまったく気づかなかったが）火のついたかつらが投げられた先には、恐怖《きょうふ》におびえるたくさんの幽霊《ゆうれい》もいた。ボッと音がしてケーブルの山に火がついたが、男は平然と階段をのぼっていった。

焼け死ぬ恐怖《きょうふ》は人の心の奥深《おくぶか》くまで染みこんでいて、死者ですら怖《こわ》いと感じる。女の幽霊《ゆうれい》はスカートを引き寄せて悲鳴をあげ、男の幽霊は後ずさった。火が大きくなると、火ぶくれのできた皮膚《ひふ》や、火のついた髪《かみ》、激しい痛みが頭をよぎる。結局、幽霊なんてクモの巣や古い衣装《いしょう》と同じくらい簡単に消し去ることができるのかもしれない。

焼きつくしてしまえばいい。

双子《ふたご》の幽霊《ゆうれい》は（すでに自分たちが死んでいることにまったく気づいていない）、何も知らずにわくわくしながら、ぽかんと口をあけて燃え上がる火をみていた……しかし、黒い煙《けむり》があがるとおびえ始めた。煙が病気で弱った肺に入りこむと、咳《せき》がとまらなくなるからだ。メルーシュさんが双子を抱《だ》き寄せた。

まだ自分は生きていると信じて疑わないグレイシーは、できるだけ早く安全な場所をさがした。煙《けむり》をあげるねじれたケーブルの山を飛び越《こ》えよう。グレイシーは軽々《かるがる》と飛んだ……ところが、着地したのは放火犯が捨てていったガソリンの缶《かん》の上だった。その瞬間《しゅんかん》、缶の中の気化したガソリンが、火のついたケーブルにむかって流れ、缶とケーブルの間に炎《ほのお》のアーチができた。まるで卵がかえるときのように、缶はひび割れたかと思うと、砕《くだ》け散り、炎が勢いよく翼《つばさ》を広げた。

突然《とつぜん》、グレイシーは火の膜《まく》に包まれ、ろうそくの芯《しん》のように立ちすくんだ。火で髪《かみ》はオレンジ色に染まり、恐怖《きょうふ》で声が出ない。

真実が明らかになった。

炎《ほのお》の外に出たグレイシーの頭に残った思いは、ひとつだけだった。ほかのことは全部燃えてなくなった。

「ママ！　パパ！　劇場が燃えてる！　**起きて！　火事よ！**」

みんなを落ち着かせたのはシャドラクだった――シャドラクは、石造りのアセンブリー・ルームが崩《くず》れていく中、火にかこまれて死んだのだ。「みなさん、われわれは死の支配下にはありません。劇場だって同じです。ロイヤルシアターを守らなければ」冷静にいった。

「ロイヤルシアターのことはもういい！　わたしのママとパパが上の階で寝《ね》てるの！」

写真家が肩《かた》にかけていた黒い布で火をたたき始めた。ボドキンズが燃えあがる電気ケーブルを踏《ふ》みつける。ジョージ卿《きょう》がサーカス用のむちで、火のついたケーブルの山を遠くにやろうとする。もちろん、何も変わらない。しかし、だれもが試さずにはいられなかった。

何十年もの間、劇場の住人たちは、無理だとわかっていることを試すという屈辱《くつじょく》を避《さ》けてすごしてきた。今日はちがう。マイキーは階段を駆《か》け上がり、火災報知器のボタンを押《お》そうと格闘《かくとう》した。火災報知器に肘《ひじ》を、親指の付け根を打ちつける――先のとがったスエードの靴《くつ》を片方脱《ぬ》ぎ、割れやすそうなガラスをたたく。「割れろ！　割れろよ！　くそ！」マイキーは怒鳴《どな》る。おれは五十年の間、粉々《こなごな》になったガラスや、物を壊《こわ》す連中や、理由もなく壊されていく物の記《き》憶《おく》とともにすごしてきた。おれのスクーターのサイドミラーは、あんなに簡単に折れたじゃないか。なのに、いま目の前にある小さな丸くて薄《うす》いガラスはびくともしない。赤い箱の中にある丸い目は――

生意気にこっちをにらみ返している。

「防火幕をおろせ！　だれか、防火幕をおろしてランタン「屋根より一段高く作られ、光を取り入れ煙《けむり》を逃《のが》すためのドーム屋根」を開けてくれ！」ローランドが叫《さけ》び、舞台袖《ぶたいそで》でフランク・スチュアートが、防火幕を動かすはずのレバーに体当たりする。何度も何度も、レバーはフランクの透明《とうめい》な体を通り抜《ぬ》ける……だけで、少しも動かなかった。

モーリスとシャドラクは張り出し棚《だな》から消防斧《おの》を取り出そうとしていた。斧があれば、ロープを切って屋根のランタンを開けることができる。もし、防火幕でくい止め、煙《けむり》を屋根から逃《のが》すことができれば、ランタンから煙や熱が空に流れていけば、舞台《ぶたい》下の楽屋で発生した火が劇

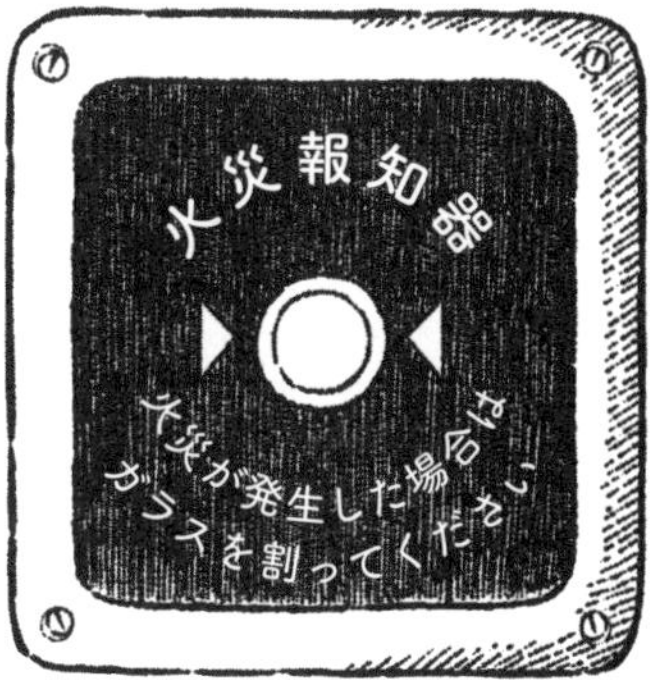
火災報知器
火災が発生した場合は
ガラスを割ってください

場を焼きつくすことはないはずだ。モーリスとシャドラクは必死に消防斧を出そうとした。ロープを手に取ろうとした。しかし、流れる水をつかむようなもので、斧もロープもつかむことはできなかった。

床下《ゆかした》からの階段をのぼり、舞台《ぶたい》に現れた解体屋のデスはジュリアス・シーザーのように、この劇場を征服《せいふく》した喜びに満ちあふれていた。火にみとれて（放火魔《ほうかま》はみんなそうだ）、階段の一番上で立ち止まると、広い舞台を見渡《みわた》した。舞台の板のすきまにオレンジ色の光がみえる――金色に揺《ゆ》らめく美しいモザイク画だ。ずっと昔にジュリアス・シーザーが登場したせり〔舞台《ぶたい》の床の一部を切り抜《ぬ》き、俳優や大道具を下からせり上げたり、せり下げたりする機構〕の四角い輪郭《りんかく》を火が赤く彩《いろど》っている。

火が息を吸うと、舞台《ぶたい》の両端《りょうたん》にかかっている細長いカーテンがデスにむかってはためく。火が呼吸する姿はなんと美しいんだろう。ドラゴンのようだ。このカーテンはやがて、らせん状の火柱になる。木のようにそびえ立ち、観客席に火の葉を散らす。赤いベルベットの客席に次々と炎《ほのお》の葉が舞《ま》い落ちる。最高だ。

デスは詩人になった気分で、残りの階段をあがろうとした。そのとき、目の前にロバの尻《しり》が現れ、デスはあっけにとられた。

「なんだ、これは――」

ジェニファーのひづめがデスの頭を直撃《ちょくげき》した。デスは腹で木の階段を滑《すべ》り落ち、一段落ちるたびに鼻をすりむいた。

舞台《ぶたい》の床下《ゆかした》にいた幽霊《ゆうれい》たちには、放火犯が階段を踏《ふ》み外して自分がつけた火の中に落ちてきたようにみえた。当然の報いだと歓声《かんせい》をあげる男の幽霊さえいた。

「だめよ、やめて！」メルーシュさんが叱《しか》りつける。「この人の死を願ったりしちゃだめ！」

「ごみ同然の悪党がいなくなれば、せいせいするじゃないか」ダグラス・ダグラスが声を荒《あら》げる。

「だめよ、ダグラスさん！　わたしがいいたいのはそういうことじゃないの！　もし、このおぞましい悪人が死んだら、わたしたちは永遠にこの人と一緒《いっしょ》にすごすという苦しみを背負うことになるのよ！　想像してみて！　放火犯と一緒に、この劇場に住むことを。この人をみるたびに、わたしたちの心には憎《にく》しみの火が広がるでしょう！」

火は大きくなり、今では不死鳥《ふしちょう》のように衣装《いしょう》の上に翼《つばさ》を広げている。燃える羽が頭上にある舞台《ぶたい》の床板《ゆかいた》をなめるようにかすめる。

「ママ！　パパ！　**火事よ！**」グレイシーが叫《さけ》ぶ。

「ブー！」マイキーがいうと、ダグラス・ダグラスがレインハットでひっぱたき、ふざけている場合か、と怒鳴《どな》った。「いや、本気でいってるんだ！　ブーイングだよ！　映画館でやったみたいにさ！」マイキーはそういうと放火犯のほうをむいた。そして、クリスマスに上演される家族むけのおとぎ芝居《しばい》で悪役が舞台《ぶたい》の上手《かみて》に登場したときのように、ブーイングをする。リリー・オリヴァーは、マイキーの考えていることをダグラスより先に理解した。リリーも一緒《いっしょ》になってブーイングをする。

「即興《そっきょう》劇をするのか……？」ローランドが嫌《いや》そうにつぶやく。理由は少しもわからなかったが一緒《いっしょ》になってブーイングを始めた。ユージニアスは、燃えさかる火の外に仲間を連れ出そうと、地下に続く階段を下りるところだったが、すぐに階段の手すりから身を乗り出し、顔を真っ赤にして放火犯にブーイングをした。

いや、ちがう！ 幽霊《ゆうれい》たちの視線の先にあるのは、解体屋のデスではない。デスが放った火だ。帽子《ぼうし》の入ったかごをなめるように燃やし、色あせた芝居《しばい》のちらしを黒く焦《こ》がしていく火にむかってブーイングをしているのだ。舞台《ぶたい》の床下《ゆかした》に空気はもうない。すべて火が吸いこんでしまった。

階段の下で放火犯が咳《せ》きこみ、もぞもぞと体を動かした。ぼんやりした意識の中、はうようにして起き上がると、鼻から血がたれてきた。幽霊《ゆうれい》たちは放火犯にもブーイングをした。軍の払《はら》い下げ品を売る店で買ったスモーキングジャケットに、ローライズのジーンズに、つま先に金属の入ったブーツに、指なしの手袋《てぶくろ》にむかってブーイングを続けた。解体屋のデスは自分がつけた火の中に落ちたことに気がついた。焼け死ぬ自分の姿が頭に浮《う》かび、悲鳴をあげてよろよろと立ち上がった。しかし、階段の手すりをにぎることができない。手が冷たくて動かないのだ。

すさまじい熱が弱まっていく。炎《ほのお》のうなり声が静まり、燃えさかる火も縮んでいった。舞台《ぶたい》下の天井《てんじょう》にできた霜《しも》の結晶《けっしょう》は解けて水になった。放火犯の髪《かみ》の毛にも服にも煙《けむり》がまとわりついているのに、体は寒さでこわばっている。舞台を支えるオーク材の柱は、黒焦《くろこ》げだが燃えてはいない。火の中で不規則に揺《ゆ》れていた衣装《いしょう》の袖《そで》は動かなくなり、電気ケーブルは溶《と》けて床《ゆか》のマットにくっついていたが、もう火花は出ていない。それでも幽霊《ゆうれい》たちはブーイングを続けた。思い切って目をあけてみると、地下は氷の洞窟《どうくつ》に変わっていた。つららが下がり、霜《しも》に覆《おお》われ、サンタクロースの住む洞窟のようだ。火は消えている。

すすだらけの舞台《ぶたい》の天井《てんじょう》には、燃えやすい背景幕が巻いてある。まるでカーペットの店に並んでいる巻かれたカーペットのようだ。舞台《ぶたい》の天井《てんじょう》からフランク・スチュアートは、一頭の元気なロバをみつめていた。ロバは一階席のバーに続く通路を駆《か》けていく。フランクは発明ノートにいくつかメモした。

煙《けむり》のにおいで目を覚ましたウィル・ウォルターが観客席の扉《とびら》をあけると、ゴムや木材やナイロンが燃える息のつまりそうなひどいにおいが充満《じゅうまん》していて、ロバの足跡《あしあと》があった。本当なら、消防車を呼んだほうがいいのだが、ウィルはひとりで出火場所をさがし、舞台《ぶたい》の床下《ゆかした》にたどりついた。妻のエリーが床下にいくと、ウィルは灰の山になった衣装《いしょう》やもつれた電気ケーブルの中にしゃがみこみ、膝《ひざ》の上にオリーブオイルの缶《かん》をのせていた。エリーは携帯《けいたい》を取り出して、電話をかけようとした。

「通報はしない」ウィルがいう。

ある考えが頭をよぎり、ウィルはぞっとした（昨夜、グレイシーを襲《おそ》った恐怖《きょうふ》に似ている）。

「だれかが火をつけたんだ」ウィルはいった。

「だから何？　まだ火がくすぶってるわ！　通報しないと……」

「ぼくたちはこの劇場に保険をかけたばかりだ」エリーのにぎりしめた携帯《けいたい》から、警察ですか、火事ですか、救急ですか、とたずねる声がきこえてくる。「ぼくたちが火をつけたといわれるだろう。保険金を手に入れるためにね」

エリーは携帯《けいたい》の電源を切った。「でも本当は、サッパーの仕業《しわざ》なのね？」

「本当は、ぼくたちの素晴《すば》らしい後援者《こうえんしゃ》、ゆかいなサッパーさんの仕業だ」

第二十二章　力学《りきがく》的な幸せ

「そしたら、ロバに頭を蹴《け》られたんだ」解体屋のデスがいう。「もうだめだと思った」デスは、雇《やと》い主《ぬし》が同情する様子をまったくみせないことに驚《おどろ》いた。なにしろ、サッパーに雇われたせいで死ぬところだったのだ。

「それで肺炎《はいえん》になったのか？」不動産開発業者のサッパーが、小さな声で非難する。もし、ここがシーショー総合病院の大部屋の病室でなかったら、サッパーは怒《いか》りを爆発《ばくはつ》させていただろう。

デスは肩《かた》をすくめた。そのせいで胸に痛みが走る。「意識がもどると、冷凍庫《れいとうこ》の中にいるみたいだった。そうだ、あれはドライアイスだったんだ。あの劇場には、飛行機についているような消火装置が取りつけてあったにちがいない。ドライアイスだ」

「それじゃあ何か？　あの夫婦は番犬のかわりにロバを飼っているのか？」

デスは、ロバのことをいわなければもっとうまく説明できたのに、と思った。しかし、まだ酸素マスクを使って息をしている状態では、ありのままを話すのがやっとだった。そもそも、ロイヤルシアターの舞台《ぶたい》でロバが何をしていたかなんて、説明できるはずがない。そうはいっても、あのロバは作り物ではなかった。だから、サッパーに話を疑われたことがショックだった。「すごくいい火がついたんだけど」デスはぼやいた。その口調はまるで、雨でバーベキューがだめになったのをぼやいているかのようだった。

そのとき急に、記憶《きおく》が――自分がつけた火にもてあそばれ、無力に横たわる自分の姿が――鮮明《せんめい》によみがえってきた。全身が恐怖《きょうふ》に震《ふる》え、心臓モニターの警告音が響《ひび》いた。デスは、あれが最後の放火だったと悟《さと》り、その瞬間《しゅんかん》、建物に火を放つ喜びを心の奥《おく》に封印《ふういん》した。

ロイヤルシアターの幽霊《ゆうれい》は、悪に勝利したことに喜んでいた。五十年の間、モッズのマイキーはただの厄介者《やっかいもの》だったが、自分が立派な仲間の一員になれた気がした。ほかの幽霊たちからとっさの判断をほめられ、ブーイングすることをみんなに促《うなが》した賢《かしこ》さを認められた。

ロバのジェニファーに感謝の言葉を伝える者はいなかった。ロイヤルシアターにいるロバは、好きなときに劇場に出入りしているし、どっちみちロバはロバでしかない、とフランクが説明した。

しかし、楽しい時間はそう長くは続かない。グレイシーは確信していた。顔をしかめ、口を小さくすぼめている。最後にもう一度、真実を否定しようと、立ち上がった。「まだ助成金《じょせいきん》がある。だいじょうぶよ。わたしが、ママとパパにサッパーさんを信用しちゃだめっていえばいいだけ」

幽霊《ゆうれい》たちは、また最初から説明してグレイシーを止めようとしたが、ユージニアス・バーチが片手をあげてそれを制した。「蛾《が》に、ランプにぶつかるのをやめなさいと教えられますか？

蛾には経験によって学ばせるしかありません」ユージニアスの声が静かに響《ひび》いた。

グレイシーは扉《とびら》の前で立ち止まり、幽霊《ゆうれい》たちのほうは振《ふ》り返らずにいった。「いっておくけど、もうここにはもどってこないから。ごめんね。だって、みんな役に立たないし、嘘《うそ》つきなんだもん」

ユージニアスは、グレイシーが謝《あやま》るのを待った。グレイシーがこれ以上、何もいうつもりはないことがわかると、ユージニアスはこういった。「それでは、さようなら。ただし、ご両親に悪どいサッパーのことを警告するときに、ドレスサークルの底がひび割れて危ないことも伝えてください」

そういわれて、デニム生地のパッチワークのオーバーオールを着た女の子は、とうとう幽霊《ゆうれい》たちのところに引き返し、ユージニアスをみた。

「サッパーはロイヤルシアターをなくすのには失敗しました。しかし、これまでの年月がサッパーの仕事をかわりに進めてきたのです。ドレスサークルはそのうち崩《くず》れ落ちるでしょう。そして、この劇場も崩壊《ほうかい》するんじゃないかと、わたしは思っています」

ユージニアスの言葉がグレイシーにどんな効果を与《あた》えたかわからないが、それをきいていたほかの幽霊《ゆうれい》たちは大騒《おおさわ》ぎを始めた。ユージニアスのまわりに集まり、それは本当なのかと大声でたずねる。何をすればいい？　どうしたら崩壊《ほうかい》を止められるのでしょう。もし、何層にも重なったウェディングケーキがつぶれるように、ロイヤルシアターがすっかり崩《くず》れてしまったら、どこにいけばいいの？　桟橋《さんばし》を作った建築家は、百年間ずっと動いていない懐中時計《かいちゅうどけい》のねじを巻くことに、すべての意識を集中させていた。ジョージ卿《きょう》がユージニアスのそばに腰《こし》かける。

「さあ、バーチさん。あなたのような職業の人は、建物が崩《くず》れないようにする方法を知っているでしょう。海の上にしっかりした道を作ることのできる人なら、劇場ひとつくらい、守ることができるはずです！」

「そうよ、そのとおりだわ、バーチさん！　あなたは本当にとても頭がいいんですから！」メルーシュさんが甲高《かんだか》い声でいう。

ユージニアスは時計をみつめたまま、顔をしかめた。じつは、ジョージ卿《きょう》のいうとおり、ドレスサークルの底を下から支える方法について、長い間、真剣《しんけん》に考えてきた。しかし、様々な問題が浮《う》かび、複雑な状況《じょうきょう》を突《つ》きつけられるだけだった――そのほとんどは、自分たちがすでに死んでいることに関係していた。

シャドラクが楽譜《がくふ》を一枚取り出し、裏返してユージニアスの前に置いた。「とにかくやってみましょう、バーチさん」

ようやく、ユージニアスはためらいながら鉛筆《えんぴつ》を動かし始めた。アーチの略図が完成した。まわりでみていた幽霊《ゆうれい》たちは、鉛筆で描《か》いた図の美しさや、定規を使わずにまっすぐ線を引く技術を声高《こわだか》にほめた。

だが、フランク・スチュアートはみんなを舞台《ぶたい》から追い払《はら》い、オーケストラピットにいた画家のウィリアムを呼んで、できるだけたくさん絵具缶《かん》を集めてくるようにいった。「ＲＳＪ

［建築用の梁《はり》や柱として使われる鋼材］なら簡単に手に入る。あなたは天才だ。描《か》いてください」フランクはウィリアムの手に背景幕用の絵筆を押《お》しつけた。「この図を大きな絵に描いて、わたしたちにみせてください」

ウィリアム・ターナーはちらりと略図に視線を落とすと、できる限り高いところまで手をのばし、舞台《ぶたい》の端《はし》から端まで使って、大きなアーチを手早く描《か》いていく。

幽霊《ゆうれい》たちはそれぞれに、ＲＳＪがなんの略なのか考えていた。

「ローマ風の仕切り《スタイル・ジョイナリー》？」ダグラスがいう。

「ロイヤル・シェイクスピア・ジョイント《関節》よ」リリーがいう。

「とってもべたべた《リアリー・スティッキー》するジャムだよ」双子《ふたご》がいう。

「頑丈で重なった装飾用植木鉢《リジッド・スタックト・ジャルディニエール》よ」メルーシュさんがいう。「ハランやフクシア・プロクンベンスを植えると、すごく素敵《すてき》なの」

ユージニアスは、だめだ、というように片手を振《ふ》って、首を振った。「ですが亀裂《きれつ》の原因は、建物の壁《かべ》が崩《くず》れかけていることにあります。劇場のむかいにある広場の木が根をのばして、この建物をむしばんでいるのです。劇場の壁はこれからさらに沈《しず》むかもしれません。もし、外からかかる力が変わったとしても、古くてもろい建物は崩れてしまいます」

すると、フランクがいった。「アクローだ！　長さを調節できる。ここにねじがあって……」フランクはユージニアスのとなりに膝《ひざ》をついて、鉛筆《えんぴつ》を借りた。「この鉄骨の柱は、見た目はよくないが装飾《そうしょく》を施《ほどこ》して——手のこんだ飾《かざ》りのついたコリント式の柱にしてしまえばいい。鉄骨を入れた柱だな。そして、壁《かべ》がもっと沈《しず》んできたら、それぞれの鉄骨の高さを調節すればいい……」フランクは余白にきれいな字で注意書きを加えた。昔、この美しい手書きの文字をみて、フランクの妻はこの人と結婚《けっこん》してもいいかも、と考え始めたのだった。「それに、壁はセメントを流しこめば、いつでも補強できる」

「柱の半径とフィニアル［柱上部の飾《かざ》り］を描《か》き足さないと」ユージニアスがフランクの持っていた鉛《えん》筆《ぴつ》をひったくるようにして取った。

ほかの幽霊《ゆうれい》たちは一階最前列の背もたれに腰《こし》かけ、アクローとフィニアルがどんなものなのか、想像していた。双子《ふたご》は（全部、グレイシーの話をきいて覚えた言葉だが）こういった。アクローもフィニアルも助成金《じょせいきん》の仲間だよ。だって、いろんな種類の助成金があるんだから。

一方、ウィリアム・ターナーはユージニアスとフランクの肩《かた》のすきまから、設計図をこっそりのぞき、自分なりに解釈《かいしゃく》して背景幕に描《か》いていった。背伸《せの》びをして高いところを描くと、ベストが汚《よご》れた。いまカンバスになっている背景幕が最後に使われたのは、三年前の『オリヴァー！』というミュージカルだった。背景幕の絵が直線や曲線、長さを示す数字で消されていく。その数字は、ジョージ卿《きょう》が一階席の後ろから大声で指示したものだ。ジョージ卿はドレスサークルの下の空間を杖《つえ》で測り、高さや幅《はば》を杖《つえ》何本分というふうに大声で伝える。

「柱を作るとなると、席を四つ壊《こわ》すことになりますね」ジョージ卿《きょう》の大きな声が響《ひび》く。「だが、タキシードを着た男性客や、毛皮のストールをつけた女性客が一階席に落ちるのを防げると思えば、大したことではありませんな！」男の幽霊《ゆうれい》は男同士で力を合わせて問題を解決するのを心から楽しんでいた。

　グレイシーは心のどこかでほんの少し危険を感じていたが、反対する気にはなれなかった。古い背景幕に絵を描《か》いてどうなるっていうの？　ロイヤルシアターが建っていても、崩《くず》れても、どっちでもいい。わたしはもう、この世にはいないんだ。正確にいうと、この世にはいるけど幽霊《ゆうれい》になっている。

　建築家が設計図を描《か》く。その後ろで画家が青、緑、黄褐色《おうかっしょく》、赤の絵具を使って、実際にドレスサークルの下に建てることになるアーチの予想図を描いていく。葉が巻きついたような装《そう》飾《しょく》が施《ほどこ》されたアーチは、ジャングルに飲みこまれそうな異国の神殿《しんでん》のようだ。二十世紀と十九世紀が協力してドレスサークルのひびを修復する。

　ただひとつ問題なのは、この絵がだれにもみえないことだ。

　ユージニアス・バーチは、壊《こわ》れて座面が下りたままの席に倒《たお》れこみ、頭をかきむしった。

「むだだ！　まったく意味がない！　みえない設計図を描《か》いたところでなんの役に立つというのです？　これをみることのできるわれわれに、本物のアーチを作る力はないのに！」そういって、設計図を床《ゆか》に投げ捨てた。幽霊《ゆうれい》たちはうっとりと、そしてあきらめきれない表情で床《ゆか》に落ちた設計図をみた。もちろん、ユージニアスのいうとおりだ。このアーチが客席に建つことはない。幽霊たちはみんな、本当に実現するとは思っていなかった。

　だが、メルーシュさんが慌《あわ》てて設計図を拾い上げ、しわをのばすと、こうたずねた。この設計図はとっても美しいわ、わたしがいただいていいかしら。そして、小さくたたんで詩集の表紙の裏にはさんだ。

「あの人、あんたのことが好きなんだ」マイキーは小さな声でいうと、ユージニアスを肘《ひじ》でつついた。

「きみはがさつですね」栈橋《さんばし》を作った建築家が言い返す。

「パッチワークの子はどこにいくつもりだ？」ローランド・オリヴァーがいう。

「ブリキ店長のところにいって、これを作ってもらえるようにお願いしてくる」グレイシーが答える。

「あのね、グレイシー……」リリーはグレイシーの腕《うで》に手を置いたが、振《ふ》り払《はら》われた。

「ほかの人にわたしがみえたのは、わたしが幸せな気持ちだったからっていったよね？　そうなの？　じゃ、これから幸せになる。幸せになってみせる」グレイシーはかみつくようにいうと、ロビーの扉《とびら》を力まかせに閉めて出ていった。

ロビーの扉は音をたてることはなく、開いたままだった。メルーシュさんは、こんなに悲しい幸せをみたのは初めて、とつぶやいた。

グレイシーはまず、缶詰《かんづめ》専門店イエス・ウィ・缶《カン》にむかった。ブリキ店長にドレスサークルに入っているひびのことを話し、ＲＳＪやアクローや鉄柱、それから工事をしてくれる人が必要だと伝えるのだ。

ブリキ店長は、アメリカの西部開拓《かいたく》時代を舞台《ぶたい》にした小説を読んでいた。グレイシーが店に入った瞬間《しゅんかん》、店長は顔を上げた――が、扉《とびら》を閉めに立っただけだった。店長のボブは夏の間、たいてい扉を開けたままにしているが、冷たい風が吹《ふ》きこんでいるのに気がついたのだ。ボブは肌寒《はだざむ》くなってコーヒーをいれにいった。

ボブがいないうちに、グレイシーは図書館の本にゲルインクのボールペンで書き殴《なぐ》る。たすけて！　劇場がくずれちゃう！　ボブはコーヒーを手にもどってくると、開いていたところを読み終え、ページをめくった。几帳面《きちょうめん》な性格のボブを怒《おこ》らせる、蛍光色《けいこうしょく》の殴《なぐ》り書きの文字はなかった。

グレイシーは積み上げられたベイクドビーンズ缶《かん》の一番下を抜《ぬ》き取って、缶詰《かんづめ》のピラミッドを崩《くず》そうとした――ドレスサークルもいつか、こんなふうに崩れて一階席にすわる客の上に落ちてくるかもしれない――ところが、何度やっても、つるつるした金属をつかむ感覚は手に伝わってこなかった。アルミニウムは細菌《さいきん》と腐敗《ふはい》、それから幽霊《ゆうれい》も防ぐようだ。

それからもちろん、ボブにむかって叫《さけ》んだ。いばり屋できさわけのない十一歳《さい》に出せる限りの金切り声でわめいた。「みえてるんでしょ！　みえないふりはやめて！　きこえてるんでしょ！　きこえてる！　きこえてる！　きこえてる！」だが、イエス・ウィ・缶《カン》の店長ボブは、いいようのない悲しみに突然襲《とつぜんおそ》われ、一日じゅう振《ふ》り払《はら》うことができなかった。しかしそのとき店に客がいたことも、自分がどんなに必要とされていたかも、まるで気づかなかった。

グレイシーはモンゴル人の戦士のように、ボング・ショップに押《お》しかけて暴れまわった。そばには、見た目だけ高価そうな品物や、ガーゴイルや、けばけばしい色のみやげ物がある。お香《こう》のにおいや煙《けむり》が渦《うず》を巻き、ラバライトの中では丸い塊《かたまり》が形を変えて揺《ゆ》れている。温度計のケースで作ったウィンドチャイムが悲しげに鳴った。水槽《すいそう》の中のクモガニが触覚《しょっかく》を動かした。しかし、トレローニーが〈きょうだいのタンバレインの代わりに店番をしている〉、〈スポーティング・タイムズ〉紙から顔を上げることはなかった。

そしてもちろん、グレイシーはトレローニーにむかって叫《さけ》び、蝶《ちょう》ネクタイをつかもうとした。その姿はまるで、事故が起きた電車の中で、緊急《きんきゅう》停止用のチェーンを引っぱろうとしているようだった。しかし、グレイシーはトレローニーの注意を引くことも、時間を止めることもできなかった。

グレイシーは新聞販売店《はんばいてん》の出入り口でしゃがみ、ラッシーに腕《うで》をまわした。ラッシーは盲導《もうどう》犬《けん》の像で、頭に英国王立盲人《もうじん》協会への寄付金を入れるための細長い穴があいている。グレイシーはラッシー（休暇《きゅうか》で遊びにきていたころからの友だちだ）に、世界じゅうのみんなはひとり残らず目がみえなくなったみたい、と話した。ラッシーは一言もアドバイスはくれなかった……ただ、かすかに顔を傾《かたむ》けているだけだ。ラッシーの視線の先には、新聞の見出しの貼《は》ってあるボードがあった。

フランク・スチュアートはみんなの前で説明するのは嫌《いや》だった。そんなことが好きなら、舞《ぶ》台《たい》装置の設計者や、機械仕掛《じか》けのゾウを作る発明家ではなく、先生になっていただろう。「とにかく、ただの仮説なんだ。ぼくが気になったことを集めて考えてみただけだ」

グレイシーはロイヤルシアターにもどって、ピアノの上に立っていた。まるで、市場の広場で、民衆の不安をあおる演説をする政治家のように、両手を振《ふ》りながら訴《うった》えている。「もう一回教えて！　どうして生きている人に幽霊《ゆうれい》がみえるの？　ターナーさんについて話していたことをきかせて！　それから、モーリスがバックミラーに映った理由も！」

リリー・オリヴァーは心配していた。この子は生き返る方法をさがしているのかもしれない。

時折、ロイヤルシアターに新しくやってくる幽霊《ゆうれい》は、トンネルを掘《ほ》ったり、飛んだり、跳《は》ねたりして生き返ろうとするが、成功した者はいない。

「でもいったよね！　タンバレインにわたしがみえたのは、わたしがとても……元気いっぱいだったからなんでしょ」

フランク・スチュアートは口数の少ない男で（あれこれ話すのが好きではないのだ）、いまもためらっていた。舞台《ぶたい》から屋根裏部屋に続く階段を半分のぼったところにいて、すぐに安心できる場所に逃《に》げこんでしまいそうだ。「断言できるだけのデータがまだ集まってない……」

「データなんかどうでもいいよ。ロバは？　町でロバをみたって人がたくさんいるのよ！　新聞にのってるんだから。砂浜《すなはま》でも、服屋さんでも！　ディスカウントスーパーでも！　高層アパートの上の階でも！」

フランク・スチュアートは恥《は》ずかしそうにため息をもらした。ほかの幽霊《ゆうれい》は、何が何だかわからないといった様子で、互《たが》いに顔を見合わせては首をかしげた。グレイシーは、町じゅうでロバが目撃《もくげき》されたことを知ったからといって、どうしてこんなに興奮してもどってきたんだろう。ローランドは妻のリリーに、なんとかしてあのパッチワークの子をおとなしくさせてくれないか、と頼《たの》んだ。リリーは気乗りしない様子でこういった。少なくとも、あの子がそれほど落ちこまずにもどってきたのはいいことじゃない。

「わたしは、あの子が落ちこんでくれたほうがよかった。そのほうが静かだからな」ローランドがいう。

「いままでずっと考えてきました」フランクはそう打ち明けると、階段を二段のぼる。「ですが……」

「かわいそうな幸せのこと?」グレイシーがせきたてる。

「力学的《りきがく》な幸せだよ」そういうと、フランクは左右に体を揺《ゆ》らした。その姿はまるで、絶望したゾウだ。「動いている物が急に止まると、エネルギーが生まれて……」

幽霊《ゆうれい》たちは、ぽかんとした顔でフランクをみる。

「えっと、じゃあ、摩擦《まさつ》で静電気が発生するのはわかるよね——たとえば、風船をセーターにこすりつけると、天井《てんじょう》にくっつくみたいな……」

ここにいる幽霊《ゆうれい》の半分が風船を一度もみたことがなかった。天井《てんじょう》にくっついている風船などいうまでもない。

「なんていえばいいんだろう」フランクは、はやくもどりたくてたまらないという表情で、心安らぐ屋根裏部屋を見上げ、ほかの幽霊《ゆうれい》たちの困惑《こんわく》した顔から目をそらした。「えっと、そこにいるウィリアムをみて……」

幽霊《ゆうれい》がいっせいにそちらをむくと、画家はすわったまま少し背筋をのばした。「わたしか?」

「美術館に出かけた日。美術館で元気になったウィリアムの姿が、そこにいた旅行客のひとりにみえたんだ」

「わたしの姿が?」

フランクは、裁判所で証言する警察官のようにノートのメモを読みあげる。「『階段にいるターナー氏のそっくりさんですよ。まるで生き写しだ。素晴《すば》らしい』旅行客はそういったんだ。そのときのことを思い出して、ふと考えたんだ。あの日、ターナーさんの幸せな気持ちが、もしかすると……」

「それに、モーリスも。ほら！」グレイシーは、根拠《こんきょ》をあげて説明するフランクをさえぎって話しだす。「モーリス、そう、あなたよ。どうだった？　車に乗りこんだとき、サッパーさんがバックミラーに映ったモーリスをみたんだよね？」

「ああ、最高！　最高だったよ！　……そのあと、帰り道がわからないことに気づくまではね」

グレイシーはピアノの上で足を踏《ふ》み鳴らした。ピアノから響《ひび》くはずの金属が触《ふ》れ合うような耳障《みみざわ》りな音は、だれにもきこえなかった。「つまり、ロバたちもいますごく楽しいのよ！」

フランクは、いやいやといってさらに階段をのぼり、舞台《ぶたい》からは足しかみえなくなった。下にいる幽霊《ゆうれい》たちに大声でいう。「ロバはデータとして信頼《しんらい》できない。ロバの目撃《もくげき》情報は数に入らない」それをきいてジョージ卿《きょう》が、数といえば、数をかぞえられる馬がいたんだ、と声高《こわだか》に話し始めた。

「その馬は前足のひづめを打ち鳴らして数を教えるんだ」

「スチュアートさんがいっているのは……」栈橋《さんばし》を作った建築家は、科学のためにははっきりいっておかなければと声をあげた。「スチュアートさんがいいたいのは、ロバの幸せは測れないということです。そうなると、この問題を考えるときにロバのことは除外しなければなりません。ロバが幸せかどうかなんて、だれが判断できますか？」

マイキーが鼻を鳴らした。わかりきったことじゃないか、と思ったのだ。「放火犯の頭を蹴《け》ったら、あんただってうれしくなるだろ？」

「ちがう、放火犯を蹴《け》ったあとじゃだめなんだ！」フランクの声が天井《てんじょう》からふってきた。「ロバのジェニファーは放火犯を蹴《け》り飛ばすまえに、幸せな気持ちになってなくちゃいけない」

ところが、双子《ふたご》はそんなの簡単だよ、といいたげだ。「もちろん、ロバは幸せだったんだ」ジムがいう。「ジェニファーはそのとき、ちょうど出かけるところで、遠くにいこうとしてたんだから！　ジョーンとぼくが病院をぬけだしたみたいにね」

「そうよ！」グレイシーが大声をあげ、ピアノの上で飛び跳《は》ねた。「だから、だれでもいいのよ！　お願い、だれか幸せな気持ちになって！　お願いよ！　ママとパパに劇場が崩《くず》れそうなことを伝えられるくらい、だれかが幸せになればいいのよ！　一分でいい！　五秒でいい！　ママたちに『逃《に》げて。ここは危ない』っていう間だけでいいから。ドレスサークルはどうでもいい！　この劇場が崩《くず》れ落ちたっていい！　ただ、劇場が崩れるとき、ママとパパに安全なところにいてほしいだけなの！」グレイシーのやけどしそうなくらい熱い涙《なみだ》が、つややかな木製のピアノに落ちたが、涙が落ちたはずの場所は乾《かわ》いたままだった。「だれかが幸せにならなくちゃ。だって、わたしはなれないから。もう二度と」

第二十三章 幸せを求めて

だれでもいいから幸せな気持ちになってといわれた幽霊《ゆうれい》たちは、自然とウィリアムを思い浮《う》かべてあたりを見回し――劇場を隅々《すみずみ》までさがした。しかし、幸せな気持ちにも、力学的《りきがく》な幸せにも、生きている人間に見えているかどうかにも関係なく、ウィリアムは突然《とつぜん》、いなくなっていた。劇場にいる幽霊は、ウィリアムはもう一度美術館にいって仮説を試してみようとしたのだろう、と思った。だが、イーゼルと絵具がなくなっているのをみると、もしかするとロイヤルシアターを去って、とても幸せな気持ちにしてくれた絵にかこまれてすごすことにしたのかもしれない。

「ウィリアムさんに、いまわたしたちの必要としている力があるなら、連れもどさなくちゃ!」メルーシュさんがきっぱりというと、ほかの幽霊《ゆうれい》から笑い声があがった。幽霊たちが長い間一緒《いっしょ》にいたのは、気難しく、ぼろぼろの服を着て、くたびれた帽子《ぼうし》の陰《かげ》にかくれたウィリアムだった。そんな人物が、幸せから生まれるエネルギーの持ち主だとは思えなかったのだ。メルーシュさんは自分が笑われていると勘違《かんちが》いして、顔を真っ赤にした。しかし、今回はいつもとはちがって、恥《は》ずかしさではなく怒《いか》りで赤くなっていた。「それなら、わたしがウィリアムさんを連れ戻《もど》します!」不器用な手つきで乱れた髪《かみ》をおだんごに結《ゆ》い直し、メルーシュさんはひとりで出ていった。あまりにも思いがけないことに、残された幽霊はきこえるくらいの音をたてて息をのんだ。

幽霊《ゆうれい》たちは、メルーシュさんがウィリアムを説得してもどってくることを、ほとんど期待していなかった。それで、モーリスにたずねた。音楽に触《ふ》れたり、サッパーの家で熱帯魚をみたりしたときの幸せな気持ちは、グレイシーの両親に文字や声で忠告できるくらい残ってる？

この重大な任務に、モーリスはすっかりおじけづいてしまった。ウィンザー街《がい》にゴータ爆撃機《ばくげきき》から爆弾《ばくだん》が落ちてくる光景を急に思い出した。あのとき、どんなに願ったか――家庭菜園に、野原に、公園に、家以外の場所に爆弾が落ちますように……。しかし、どんなに願っても、爆弾をそらすことはできなかった。生きていたときでさえ、悲惨《ひさん》な出来事を防ぐことはできなかった。幽霊になったいま、どんな希望があるというのだろう。ぼくは結局、バンドの収入の一パーセントをもらって、自前のバンジョーで演奏していたミンストレル芸人の幽霊にすぎない。そういうと、モーリスの体は壊《こわ》れたブレーキランプの光のように揺《ゆ》れた。

ローランドならできるかもしれない、といったのはリリーだった。ユダヤ教徒になってからというもの、ローランドは以前よりもずっと幸せそうだった。しかし、オリヴァー夫妻以外は、あまり納得《なっとく》していないようだ。ローランドは腹を立てた。「なぜ、わたしが失敗すると思うんだ？」不機嫌《ふきげん》な声でいう。「俳優は自分の役になりきる。王様を演じると、王様になる！　だから、わたしが幸せという感情に精神を集中させたら、幸せになれるはずだ」

そして、みんなの目の前で実際にやってみせた。目をきらきらと輝《かがや》かせ、小鼻を広げ、本当にうれしそうだ。片方の眉《まゆ》が上がり、瞳《ひとみ》が大きくなっている。ローランドの心からの笑顔に幽《ゆう》霊《れい》たちは圧倒《あっとう》された。ローランドは胸を膨《ふく》らませ、首の後ろで手を組み、かかとを浮《う》かせて立つ。リリーの手をつかみH列まで引っぱっていくと、目を閉じてリリーを両腕《りょううで》で抱《だ》きあげた。ローランドは過去をもう一度体験しているようだった。リリーがアッパーサークルから一階席に落ちて死んだ瞬間《しゅんかん》を。ふたりがふたたび永遠に結ばれたときのことを。

「いまだ！　書いて！」天使のように微笑《ほほえ》む名俳優を、みんながせきたてる。「忠告のメッセージを書いて、ウォルター夫妻にわたすんだ！」

しかし、ローランドはリリーを支えながら床《ゆか》に立たせ、自分の髪《かみ》を耳の後ろになでつけると、ペンも紙も必要ないと断言した。ローランドは軽快な口調で伝える。この劇場は危険だ！　すぐに立ち去れ！　修理が終わるまでもどってくるな！　それがおまえたちの娘《むすめ》の願いだ！

……確かに、紙に書く時間はなかった。その瞬間《しゅんかん》、階段から足音がきこえると、弓から放たれた矢のようにローランドは素早《すばや》く移動した。もとにもどってしまう前に、エリー・ウォルターをつかまえるためだ。あまりにうれしそうなローランドをみて、仲間たちは声をあげて笑い、手をたたいた——その光景にローランドはさらに幸せな気持ちになった。

「こんなローランドをみたのは初めてよ！　もっと頻繁《ひんぱん》に喜劇に出演するべきだわ！」リリーが大声でいう。

それからすぐにローランドはみんなのところにもどり、文句をいった。フランク・スチュアートの仮説が間違《まちが》っていたんだ。心から幸せを感じたときに生まれる力なんて、でたらめだ。

そんなものには真実のかけらもない。

ローランドはいい演技をしていたが、そこまでうまくはなかった。幽霊《ゆうれい》たちはすぐに、ローランドが嘘《うそ》をついていると気づいた。

本当は、エリー・ウォルターはローランドの姿をみていたのだ。

エリーは階段の上を見上げると――ぎょっとして後ずさりする――そこにいるのはだれ――どうやって中に入ったの、とたずねた。しかし、その瞬間《しゅんかん》、エリーの目から耐《た》えられない悲しみが伝わり、ローランドの幸せの盾《たて》はあっというまに消えてしまった。いま、ローランドの手に残っているのは、時には本当に心が砕《くだ》けることがあるという不幸な真実だけだった。

ローランドはグレイシーのことを思ってエリー・ウォルターのことは一言も口にしなかった。妻のリリーには、まるで指ぬきをわたすように、ただその手に触《ふ》れて階段での出来事をすべて伝えた。

「どの劇場にもたくさん幽霊《ゆうれい》がいる、ってみんないってる」グレイシーが責めるようにいう。「でも、この劇場はちがう。あーあ。いままで、ロイヤルシアターに幽霊がいるなんて、だれもうわさしてなかった。それって、みんながものすごくみじめで、だれにもみえないからよ！」

幽霊《ゆうれい》は非難の目をグレイシーにむけた。これまで、渋々《しぶしぶ》グレイシーに自分のことを語ってきた。やっと避難所《ひなんじょ》をみつけ、同じことをくりかえす日々に心地《ここち》よさを感じていたのに、グレイシーのしつこい質問と、外にいこうという誘《さそ》いに、台無しにされてしまった。

「幸せな幽霊《ゆうれい》はどこにいくの？」グレイシーは強い口調でたずねる。またあの言葉だ。「幸せな幽霊」という不快な言葉は、どんな幽霊もひとまとめにしてしまう。「モッズ」、「演劇関係者」、「ヴィクトリア朝《ちょう》の人」、「ニガー」と同じだ。

ジョージ卿《きょう》は立派に怒《いか》りを抑《おさ》えていった。「グレイシーのいうとおりだ。われわれよりも陽気な性格の仲間をさがさなければ——われわれとちがって、人生の終わりが悲しみに満ちていたり、死が突然《とつぜん》おとずれたり、不幸な目にあったりしていない者を。そうすれば、自己中心的幸せのエネルギーを持った者をみつけられるかもしれない」

「力学的《りきがく》幸せ、だよ」フランク・スチュアートが訂正《ていせい》する。

「シーショーで?」一番長く劇場に住んでいる幽霊《ゆうれい》が鼻先を鳴らした。「冗談《じょうだん》だろう。ここはイギリスで最もみじめな町だ。町じゅうどこにいっても、ビールのないパブと同じくらいみじめだ」

「もう黙《だま》って」幽霊《ゆうれい》たちは口々にいった。

グレイシーたちはマナーハウス［中世イギリスの荘園領主の邸宅《マナー》《ていたく》］にむかうことにした。シーショーにある建物のなかで一番、格調高い住まいになりそうな場所だ。マナーハウスは明らかに、いろんな幽霊《ゆうれい》が(劇場に思い入れのない幽霊が)癒《いや》しや居場所やちょっとしたぜいたくを探し求めてむかいそうな場所に思えた。とても立派なこの建物が、そう簡単に現代の色に染まることはない。中に入るとあちこちに過去が残っている。すべての窓からみえるすべての景色に、肖像画《しょうぞうが》に、アンティークの家具に、床磨《ゆかみが》き材のにおいの中に。劇場の幽霊はみんなマナーハウスのことを覚えていた。ニクソン巡査《じゅんさ》は、恐《おそ》ろしい妻とそこで食事をしたことさえあった。そのころ、妻は紳士《しんし》的な振《ふ》る舞《ま》いをニクソン巡査に身につけさせようと必死だった。

グレイシーもこのマナーハウスを知っていたし、これ以上の場所は思いつかなかった。シーショーでの休暇《きゅうか》は、ピンカリー・シルク・マナーハウス博物館をおとずれ、あらゆるものを寄せ集めた展示品をみないと完璧《かんぺき》とはいえないくらいだ。

「いま、マナーハウスは博物館になっているのですか?」シャドラクが不安そうにきいた。

「えっと、博物館っていっても、退屈《たいくつ》な古いガラスのケースに、矢とか石器とかが入ってるだけじゃないんだよ」グレイシーはクオーク公園にむかうバスの中で自信たっぷりにいった。

「昔の探検家が探検にいくたびにみつけた物を持って帰ってきたの。探検帽《ぼう》をかぶった探検家はオオカミに銃《じゅう》で撃《う》たれて、陶芸家《とうげいか》の作ったつぼに入れられてるんだ!」グレイシーの知っている歴史はいいかげんだった。なぜかというと、グレイシーはパパがいったことを何もかも信じていて、パパはでたらめばかり話していたからだ。そういうわけで、グレイシーは剝製《はくせい》のシマウマ、トビカモシカ、ヌー、アメリカバイソンについている名前も知っていたし、アメリカバイソンの剝製はたたくとほこりが雪のように舞《ま》うことまで知っていた。「でも、そんなことしちゃいけないんだよ」グレイシーは幽霊《ゆうれい》たちにいう。

マナーハウス博物館には、でか鼻コンテストに出場したワニも展示してあった。「もちろん、一番大きいワニが優勝するべきなんだけど、審査員《しんさいん》は小さいほうを選んだの。なぜって、賞品がザクロだったから。じつは大きい子は入れ歯だったんだ。それだと、入れ歯と歯ぐきの間に種がはさまってこまるでしょ」

アフリカの部族が使う短槍《たんそう》やライオンの皮で作った盾《たて》もある。さらに、剝製《はくせい》のライオンも展示されていて、「このライオンに部族の人たちが食べられたんだよ。みんな、短槍と盾を投げ捨てて逃《に》げたんだけど、ライオンに追いつかれて食べられちゃった」らしい。立派な口ひげをたくわえたアラブの民族服を着た男たちが、丸太をくりぬいて作ったカヌーに乗った写真や、ラクダの鞍《くら》、イッカクやサイの角《つの》もあった。剝製《はくせい》のオウムでいっぱいの部屋もあった。そこでは、オウムが言葉を忘れたときに思い出せるように、録音テープがずっと流れている。「だけど、剝製のオウムはめったにしゃべらないんだ。剝製にされて怒《おこ》ってるんだって」

前輪が大きくて後輪が小さい十九世紀の自転車、クジラの歯で作ったネックレス、ミツバチの巣箱の標本（一九〇七年のもの）、三十七対の鹿《しか》の枝角《えだづの》。

しかし、ピンカリー・シルク・マナーハウス博物館に幸せなものが展示されていたとしても、ロイヤルシアターの幽霊《ゆうれい》にはみつけられなかったし、グレイシーはそれがどこに消えてしまったのかわからなかった。ママとパパの作り話をききながら、あとで外の庭園で食べるアイスのことを考えながら歩く博物館は、いつも楽園のように思えた。ところが今日は、幸せな幽霊も、幸せの幻《まぼろし》もみつけられなかった。

劇場の幽霊《ゆうれい》はグレイシーよりも、はるかにがっかりしていた。

「過ぎ去った時代に取り残された、虫食いだらけのがらくたですね」ユージニアス・バーチがいう。

「わたしのトラは油をぬった銅の大釜《おおがま》のように輝《かがや》いていた。ここにある剥製《はくせい》とはちがう」ジョージ卿《きょう》がいう。

ジョーンは剥製《はくせい》のクマをみて、ホール・バイザシーの『世界の獣《けもの》と爬虫類展《はちゅうるいてん》』にいた、逃《に》がしてやれなかったクマを思い出した。フランク・スチュアートはゾウの足でできたスツールをみて、壊《こわ》され、鉄くずになってしまったネリーのことを思った。

「ほこりまみれの過去の残骸《ざんがい》だ。おれたちと同じ」ボドキンズがいう。

人工の木には、枝から枝をわたるサルの幽霊《ゆうれい》はいない。丸太をくりぬいたカヌーのそばに、しなやかな体の元気なワニはいない。壁《かべ》のくぼみにひそむトラの幽霊もいない。そういう幽霊たちは歌声のあふれる森や、幼いころに遊んだ陽光のふりそそぐ丘《おか》の斜面《しゃめん》で暮らすほうがいいとわかっていた。

「カビくさくて、ほこりだらけの場所ね」そういうと、リリー・オリヴァーは頬《ほお》をさわった。まるで、自分の頬もたたけばほこりがでそうだと思っているようだ。

みんな落ちこんでいた。博物館への調査旅行は、グレイシーの期待とはまったく逆の結果になった。博物館にいけば、イルカのように楽しくなると誓《ちか》ったグレイシーは、気持ちが小石のように深く沈《しず》んでいくのを感じた。幽霊《ゆうれい》たちは、暗い顔でロイヤルシアターにもどるバスに乗った。マイキーはかすかに幸せをかぎつけて、とても短いスカートをはいた、とても長い髪《かみ》のかわいい女の子のとなりにすわった。しかし、話しかけることができないので、力学的《りきがく》な幸せの魔法《まほう》はかからなかった。マイキーが、生きている人間にはみえない手を女の子の膝《ひざ》に置くと、女の子はコートの前をかき合わせ、冷たい風が脚《あし》にあたらないようにした。

バスが海辺を通り過ぎていく。数頭のロバが砂の上で転がったり、ごみ箱の中身を食べたりしている。だが、ロバに幸せな気持ちになるこつをたずねたところで、なんの役にも立たない。このロバたちは、力学《りきがく》的な幸せのエネルギーに満ちあふれているのかもしれないが、結局ただのロバでしかない。劇場の幽霊《ゆうれい》たちは自分だけの空想の世界に没入《ぼつにゅう》し、幸せの逃げ足《にあし》の速さを思ってため息をついた。

「やめて！」グレイシーが大声を出したので、幽霊《ゆうれい》たちはみんな飛びあがった。「これから、絶対にため息をつかないで！　ため息をつくとこうなるのよ」そういうと、バスの窓を指さした。そこには黒いフンがまき散らされたような染みがあり、蔓《つる》のようにカビが広がっていた。

第二十四章　引《ひ》っ越《こ》し

　ロイヤルシアターのカビにおおわれた黒い壁《かべ》を見回して、リリー・オリヴァーがいった。

「わたしたちはいつも幸せだと思ってたのに！」そして、涙《なみだ》をこぼす。

「そうです、幸せな魂《たましい》の集まりです！　われわれは演劇と演奏会とショーができれば幸せなんです」シャドラクがいう。壁《かべ》にひびが入る鋭《するど》い音が響《ひび》いて、シャドラクは後ろに飛びのいた。

　ジョージ卿《きょう》は、前は持っていなかったサーカスの鞭《むち》を手に、舞台《ぶたい》の中央に立つと、寒さで丸くなったハトのように胸をふくらませた。

「いいですか、みなさん！　それでもなお、われわれがロイヤルシアターを避難所《ひなんじょ》にしたせいで、この年老いた劇場の魅力《みりょく》や美しさを台無しにしてしまったのはたしかです」

　幽霊《ゆうれい》たちは口々につぶやきながらうなずいた。元気の出るような結論ではなかったが、筋は通っていた。「われわれは、この『なめらかな体をひどく不快な、いまいましいかさぶたでおおったのだ』」ローランド・オリヴァーが『ハムレット』のせりふを引用した（女性の幽霊はそれをきいて、気分が悪くなり扇子《せんす》であおいでいたが、ローランドの言葉は本当だった）。

「デイム・エレン・テリーがこの劇場の舞台《ぶたい》に立ったときは、カビなんか生えていなかったぞ！」ニクソン巡査《じゅんさ》が断言する（ローランドは、ニクソン巡査の言葉をきいて自分の演技を非難されたと思った)。

マイキーは、おれはいままで一度もため息をついてない、と抗議《こうぎ》した。

「この熱狂《ねっきょう》的な幸せの問題は……」ジョージ卿《きょう》がいう。

「力学《りきがく》的な幸せ」舞台《ぶたい》の天井《てんじょう》から声がふってきた。

「幸せになろうと思えば幸せになれる者を連れてきてください! われわれは、役者、音楽家、画家、それから本やサーカスや楽しいことを提供する者として、この場所にやってきました! 不安という黒雲を吹《ふ》き払《はら》うために。しかしわれわれは失敗しました。失敗したのです。才能がなかったから? いいえ! ずっと胸の奥《おく》に悲しみを隠《かく》していたからです。わたしは、みなさんをそれぞれに抱《かか》えていた悲しみから解放することができず、自分が情けない。オリヴァーさん、われわれの愛する歌姫《うたひめ》、モーリスさん、それからピアノのシャドラクさんは、わずかな楽しいひとときで悲しみをいやしてくれました。礼儀《れいぎ》正しく振《ふ》る舞《ま》うことで、思いやりを持つことで、互《たが》いに詮索《せんさく》しないことによって、われわれは、ただ、みんなの悲しみ——自分の悲しみが存在しないふりをしていただけなのです。これまで、劇場の照明をつけて過去を締《し》め出してきました。われわれに天井《てんじょう》を補強する壁《かべ》を作ることができるでしょうか? いや、できません! 客席を修理したり、カーテンをつくろったり、生きている人間がチケット代を払《はら》う公演を行えるでしょうか? いや、できません! それでも、ホーリー・スクエアに建つ、この年老いた劇場のために最後にひとつだけできることがあります」

ジョージ卿《きょう》のスピーチは、進水式や即位《そくい》式や、オリンピックで聖火台に火をともすときにふさわしいくらい感動的だった。シャドラクは即興《そっきょう》で作った、とどろくような低音のメロディーを左手で演奏した。ローランドは『ヘンリー五世』で兵士の勇気を奮《ふる》い立たせる場面を思い浮《う》かべた。フランク・スチュアートでさえも、舞台《ぶたい》の天井《てんじょう》からイギリス国旗がおりてきて最後をおごそかに飾《かざ》ってくれるのではないかと思った。幽霊《ゆうれい》たちは、サーカスの団長が急いで計画を考え、みんなを励《はげ》まそうとしてくれているのだろうと思った。だから、団長の次の言葉に、だれもが同じくらい衝撃《しょうげき》を受けた。

「立ち上がり、ここから出ていくのです！　さがしにいきましょう！　われわれが黒いカビで覆《おお》ってもいい塗《ぬ》りたての壁《かべ》や、われわれがだめにしてもいい新しい家具を！　ロイヤルシアターを出て、この場所に安らぎをもたらしましょう！」

だれかがはっと息をのむ音が一階席に響《ひび》いた。双子《ふたご》は抱《だ》き合っている。

「わたしはどこにもいかないわ！　わたしの家はここよ！」リリーが怒《おこ》って声をあげ、ジョージ卿《きょう》にむかって走っていく。ジョージ卿は、とっさに椅子《いす》をつかんで身構え、ライオンの調教師がするようにリリーから距離《きょり》をとった。ロイヤルシアターの住人たちは、雷《かみなり》が鳴り響《ひび》く嵐《あらし》の中のバイソンのように気が立っていた。今にもジョージ卿めがけて突進《とっしん》しそうだ。

「どう思いますか、女性のみなさん？　男性のみなさん？　サーカスのテントではなく、空の下。スポットライトの代わりに星明かり。素晴《すば》らしいではありませんか。町から町へわたり歩き、ため息をついてカビを生やす。それのどこがだめなのでしょう？　われわれは、この古い立派な建物を十分に傷つけました。ここに留《とど》まって、さらに傷つける必要があるのでしょうか」ジョージ卿《きょう》は、次々に飛んでくる幽霊《ゆうれい》たちの持ち物を椅子《いす》でかわす。「もう一度いいます。ロイヤルシアターを出て、あちこち旅する気楽な生活を始めましょう！」

旅をする喜びに心を動かされた幽霊《ゆうれい》はいなかった。

「巡業《じゅんぎょう》の日々は、もう終わったと思っていたのに！」

「ここがわたしの巡回《じゅんかい》区域だ。ずっと見回りをするぞ」

「おれは一度もため息なんてついてない」

しかし、みんなジョージ卿《きょう》が正しいとわかっていた。もし、ロイヤルシアターがカビから解放され、新しい世代の客のために扉《とびら》を開けるようになるなら、自分たちは悲しみと一緒《いっしょ》に立ち去るほうが――いや、立ち去るべきだ。自分たちは、きれいな池を汚《よご》す汚染《おせん》物質だ。劇場が傷《いた》む原因だ。自分たちの愛のせいで、劇場は破滅《はめつ》にむかっている。

「しかし、出ていく前に――オリヴァー夫妻がこの劇場を発《た》つ前に――最後にもう一度、公演をしようではありませんか！」ジョージ卿《きょう》がふたりの役者に強い口調で呼びかける。「われわれが別々の道を進むとき、記憶《きおく》の中で生き続ける最後の出し物を。愛するこの劇場が歓声《かんせい》に包まれるようなものを。最後の公演をしましょう！　そして、劇場を観客でいっぱいにしましょう。王室御用達《ごようたし》の証明書を賜《たまわ》った日、ヴィクトリア女王がわたしにおっしゃいました。『とっておきの公演をみせてちょうだい、ジョージ卿。心から楽しめる出し物を。いいですね』」

グレイシーは取り残された気持ちになった。みんな、わたしの幽霊《ゆうれい》なのに。みんなを見つけて、引っぱり出したのはわたしだ。まるで、ヘキサフレクサゴン［六角形の折り紙パズル。折りたたんで広げると次々に新しい面が出てくる］を開くように、みんなの物語をききだし、ゴリラのなかでも珍《めずら》しいシルバーバックを研究するように、みんなのことを知っていった。幽霊たちの身なりを整え、手を取り、あちこち案内してまわり、いまの町のことを教え、なぐさめたのはわたしなのに。突然《とつぜん》、幽霊たちにわきあがった自立心がグレイシーは気に入らなかった。

グレイシーはみんなに出ていってほしくなかった。

だけど、どうやって観客を集めるんだろう？「ロイヤルシアターはまだ再開していないし、安全じゃないし、だれがくるの？」グレイシーは疑問と不安をフランク・スチュアートになげかけた。「ジョージ卿《きょう》はこの劇場をお客さんでいっぱいにするっていってたけど……」

フランクはグレイシーを屋根裏部屋に入れたくなかった。考え事をする自分だけの場所で、うるさく質問されたくなかったのだ。「あのサーカスの人は、ブルドーザーみたいに話す」

「でも、もしお芝居《しばい》をするとして、ジョージ卿《きょう》はだれがみにくると思ってるんだろう？」

フランク・スチュアートは最後のねじをリノリウム版画の枠《わく》に取りつけた。ラケットプレス［木製のテニスラケットを保管するとき、湿気《しっけ》やガットの引っ張る力で変形するのを防ぐために使われていた固定フレーム］と床《ゆか》のタイルを使えばうまくいきそうだと、ついさっき思いついたのだ。屋根裏部屋にじゃまが入ると、印刷機の完成が遅《おく》れてしまう。しかしグレイシーは、パッチワークで作ったメンフクロウのようにしつこく続ける。

「だれ《フー》？　だれ《フー》？　だれ《フー》？」

「ぼくたちの仲間さ。ほかの幽霊《ゆうれい》。そういう計画なんじゃないか」フランクはうんざりした顔で答えた。

さて、もちろん、シーショーにはロイヤルシアター以外にも「避難所《ひなんじょ》」がある。それは不思議なことではない。劇場の幽霊《ゆうれい》は町の人にはみえないが、別の場所に住みついている仲間の幽霊は、ロイヤルシアターでの公演を喜んでくれるかもしれない。それも最後の公演だ。

シャドラクは、昼寝《ひるね》からもどってきたロバたちの体に（ウィリアムが置いていった赤の油絵具で）ロイヤルシアターで公演開催《かいさい》と書いた。そして、ふたたび劇場の外に追い出して、宣伝してもらうことにした。

フランクは、写真家が持っていた昔の印画紙の残りをすべて使い、宣伝用のちらしを作った。公共の場所に掲示《けいじ》するのだ――シーショーにいるほかの……「かつて生きていた人たち」の目につきそうな場所に。劇場の幽霊《ゆうれい》たちはひとりで、またはふたり組になってちらしを貼《は》りにいった――図書館、「機械仕掛《じか》けのゾウ」という名前のパブ、ゲームセンター、海浜《かいひん》病院、市役所……。

ローランドは二枚ほど持って市営の墓地にいき、歩きまわってたまたま通りかかる人が一番多そうな場所をさがした。広い墓地は伝記の図書館だ。石でできた天使が司書《ししょ》として働き、いたるところにリスがいる。なかには、墓石に短い言葉で刻まれた伝記もある。そこに記されているのは、海に墜落《ついらく》した飛行機のこと、
海底で身動きが取れなくなった潜水艦《せんすいかん》のこと、

救助活動中にはぐれた救助艇《きゅうじょてい》のこと、数えきれない戦争で命を落とした、数えきれない青年のこと……。

しかし、ローランドは悲しく厳《おごそ》かな空気に満ちた、墓石だらけの墓地を一時間歩きまわり、ちらしを貼《は》らずに持って帰った。「あそこにはだれも住んでいない。ひとりもいなかった」ローランドはみんなに話す。

「だれもあんなところにいようとは思わないでしょうね」リリーはそういって、ローランドの袖《そで》についていたコケを優しく払《はら》った。ローランドは、そのとおりだとうなずいた。毎日、自分の墓碑《ぼひ》を眺《なが》め、墓碑にリスがおしっこをかけるのをみていたい人などいるはずがない。とても楽しいとは思えない。

「お墓は風が吹《ふ》きつけて寒いよ」双子《ふたご》がいった。

ボドキンズは美術館にちらしを貼《は》りにいったが、画家のウィリアムがいた形跡《けいせき》はなかった（もしかすると、メルーシュさんがロイヤルシアターにまだもどってこないのはそのせいかもしれない。きっと、いまもウィリアムをさがしているのだ）。

モーリスは音楽が流れている場所をさがし、そのほとんどにちらしを貼《は》った――レストラン、お店、ホテルのエレベーター……もしかしたら、モーリスのように音楽の大好きな幽霊《ゆうれい》が、ほかにもこの町にいるかもしれないと思ったからだ。シャドラクは同じ理由で野外ステージにいった。

ニクソン巡査《じゅんさ》は警察署に（昔の建物にも、新しい建物にも）ちらしを貼《は》った。

マイキーは映画館のスクリーンに一枚ずつ貼《は》った。今回はアニメを最後までみた。それから、外国の映画も。

それから、成人向け映画も。

それから、ホラー映画も。

(だが、恋愛《れんあい》コメディーは吐《は》きそうになって途中《とちゅう》でやめた。)

グレイシーはスーパーに二枚貼《は》った。スーパーにいった理由は、冷凍《れいとう》食品売り場がいつもすごく寒いので、そこに幽霊《ゆうれい》が住みついているかもしれないと思ったのだ。

ダグラス・ダグラスは救助艇《きゅうじょてい》の係留所に一枚貼《は》った。仲間の乗組員の幽霊《ゆうれい》がぴかぴかの新しい救助艇のそばに集まり、それ以上に光り輝《かがや》く過ぎ去った日々の思い出話をしているかもしれない、と考えたからだ。ダグラスは波止場《はとば》にも足をのばした。そこは、一九四〇年、船隊を組んだ小さな船に乗ってダンケルクの戦いからもどった兵士たちを、おろした場所だ。ダグラスは救助艇の乗組員として二十七回、フランスにいってもどってきた。傷だらけで血まみれの兵士たちを、傷だらけで血まみれの砂浜《すなはま》から退避《たいひ》させた。兵士たちがイギリスの土を踏《ふ》みしめたときの幸せそうな顔! 助かった! 故郷だ! つらい日々を乗り越《こ》え、生きている! 奇《き》妙《みょう》なことに、ダグラスはいままで、イギリスの波止場に立ったときの幸せをずっと忘れていた。覚えていたのは、フランスで感じた憎悪《ぞうお》と恐怖《きょうふ》と疲労《ひろう》だけだった。もし、二十八回目の出動で死んでいなければ、覚えていることが何もかもちがっていたかもしれない……。とにかく、波止場にも二枚ほどちらしを貼った。当時、ダグラスが助けた青年が、昔を懐《なつ》かしむためにときどきこの場所にきているかもしれない。いまでも幸せな日々をすごし、長く幸せな人生を送っているかもしれない。

劇場にもどると、幽霊《ゆうれい》たちは首をひねって、ちらしを貼《は》り忘れている場所がないか考えた。町を歩きまわっている間、自分たち以外の幽霊をちらりとみかけることさえなかった。それでも、ロイヤルシアター以外の場所にも幽霊は絶対にいるはずだ――劇場が嫌《いや》な者や、ほかにもっと気に入った場所をみつけた幽霊たちが。

「貝殻《かいがら》の洞窟《どうくつ》は？」グレイシーがいう。

「なるほど！」

「どうして思いつかなかったんだろう！」

「あなたの時代からあったんですか？」

「あの爆撃《ばくげき》でも崩《くず》れなかったんですか？」

「パッチワークの子が貝殻《かいがら》の洞窟《どうくつ》を知っているとは、驚《おどろ》きだ！　まだあの場所にあるにちがいない！」

知らないのはメルーシュさんだけだ。当時、この洞窟《どうくつ》はまだ発見されていなかったのだ。しかし、それはどこのことかしら、ときいてくるはずのメルーシュさんは、まだもどっていない。

「間違いなく、あの洞窟《どうくつ》にはわたしたちのような住人がいるでしょう！」ユージニアス・バーチが強い口調でいった。

そんなわけで、幽霊《ゆうれい》たちはいっせいに立ち上がり、洞窟《どうくつ》にむかった。

貝殻《かいがら》の洞窟《どうくつ》は、シーショーの町の謎《なぞ》として有名だった。偶然《ぐうぜん》、発見されてからというもの、珍《めずら》しい物好きの旅行客が訪れるようになった。考古学者や歴史学者も訪ねてきたが、この洞窟ができた年や、作った人については意見がばらばらだった。古代ローマ時代に作られたという人がいれば、ヴィクトリア朝《ちょう》だという人もいた。

ここは人工のトンネルで、大きな部屋がいくつか続いている。まるで、アナグマの巣穴か教会の地下室のようだった――ただし、壁《かべ》と天井《てんじょう》には見事な装飾《そうしょく》が施《ほどこ》されている。扇《おうぎ》のようなホタテの貝殻《かいがら》や、刃《やいば》のようなマテ貝、真珠《しんじゅ》のような色のニシキウズ貝、フデ貝、ザル貝、ムール貝が一センチごとに埋《う》めこまれ、真珠貝のようにうっすら輝《かがや》いているのだ。妖精《ようせい》が住んでいそうな美しい洞窟《どうくつ》で、古くて、奇妙《きみょう》で謎《なぞ》に包まれている。

そして、墓地やスーパー、映画館、美術館、救助艇《きゅうじょてい》の係留所をさがしてもみつけられなかった幽霊《ゆうれい》が、たくさんこの洞窟《どうくつ》にいた。

洞窟《どうくつ》は、どの部屋も幽霊《ゆうれい》でいっぱいだった。ローマ兵、海賊《かいぞく》、水着を着た女の人、作業着姿の農夫、種を売る商人、商船の船員、蹄鉄工《ていてつこう》、配達人、魚のはらわたを抜《ぬ》く仕事をしていた人、ゲートル職人、パン職人、自転車職人。それから、店員や聖職者や時計技師がいた。十八世紀のカトリック教会の司祭が十二人いたが、きっと迫害《はくがい》から逃《のが》れてここに身を隠《かく》していたにちがいない。考古学者は生きているうちに貝殻《かいがら》の洞窟の謎《なぞ》を解くことができず、いつかはすべて明らかになるだろうと考え、死んだあとに自然とこの場所にもどってきた。それから、この貝殻の洞窟を作った人物は（もちろん、死んでからここにもどってきていた）壁《かべ》のくぼみに腰《こし》かけている。羊の革を体に巻きつけ、目を閉じ、得意げな笑みを唇《くちびる》に浮《う》かべ、どんな質問にも絶対に答えるものかと心に誓《ちか》っていた。

ささやき声や歌声、しゃっくりやげっぷのひとつひとつが、貝殻《かいがら》がびっしり埋《う》めこまれた壁《かべ》に、床《ゆか》に、天井《てんじょう》に跳《は》ね返り、洞窟《どうくつ》全体に様々な音が反響《はんきょう》している。

しかし、見慣れない幽霊《ゆうれい》の一団がやってくると、少しずつ静かになり、せわしなく動いていた人々がゆっくり手を止める。洞窟《どうくつ》の幽霊はみんな、訪問客に顔をむけた。

「はじめまして！」グレイシーがいう。「みんな、ずっとここにいるの？　それとも外に出かけることもある？　わたしたちはロイヤルシアターからきたの。力学的《りきがく》な幸せって知ってる？　みんなに伝えにきたんだ。あのね……」

ユージニアス・バーチがグレイシーの肩《かた》に手を置き、こういった。「ゆっくり急げ《フェスティーナ・レンテー》、です。グレイシー」古代ローマの兵士がびっくりした顔でユージニアスをみる。「失礼ですよ。近所のお宅とはいえ、いきなり押《お》しかけたりするものではありません。まず、名刺《めいし》を残して帰るのです」

それからすぐに、ロイヤルシアターの幽霊《ゆうれい》は、ヴィクトリア朝《ちょう》の伝統とエドワード朝の礼儀《れいぎ》作法《さほう》に従い、残りのちらしをすべて配った。間近に迫《せま》った公演を告知するちらしだ。

そして一行は貝殻《かいがら》の洞窟《どうくつ》を出た。

一度きりの特別公演
ジョン・ギルピンの
愉《ゆ》快《かい》なお話
音楽付き喜劇
アントニーとクレオパトラ
スフィンクスのなかで
場所　ロイヤルシアター
日時　次の大潮《おおしお》で満潮《まんちょう》になったとき

第二十五章　開演

ひびの入ったれんがやしっくいやペンキで、二百人の体重を支えるのは不可能に思えたが、特別公演の夜になるとドレスサークルは観客でいっぱいになった。一階席とアッパーサークルも同じく満席で、ベルベットの椅子《いす》と小さなランプのあるボックス席まで埋《う》まった。遅《おく》れてきた人は通路や客席の後ろに立ち、金物修理職人の一家はオーケストラピットの中に腰《こし》をおろした。金物修理の職人たちは、生きていたころに席をゆずってもらったことが一度もなく、死んだいまでも期待していなかった。劇場内の気温は大幅《おおはば》に下がり、一階席のバーでは、ビールサーバーのポンプの中で残りかすになったビールが凍《こお》っていた。

客はまだまだやってくる。すごくたくさんの、すごく奇妙《きみょう》な観客に、主催者《しゅさいしゃ》の幽霊《ゆうれい》たちは上演前から不安に襲《おそ》われ、出演しない幽霊も緊張《きんちょう》していた。みんな、出演者を元気づけようと舞《ぶ》台裏《たいうら》に集まっていた。

カビで黒ずんだ幕の後ろは、ロバのにおいと同じくらい強烈《きょうれつ》なパニックのにおいが漂《ただよ》っていた。ローランド・オリヴァーが楽屋に閉じこもって、出てこなくなったのだ。そうはいっても、鍵《かぎ》のかかった扉《とびら》は幽霊《ゆうれい》にとってそれほど問題ではない。仲間たちは扉を通り抜《ぬ》け、楽屋の中と外をいったりきたりしてローランドを説得している。

「土曜日が満月になるなんて、わかるわけない！」ジョージ卿《きょう》が小さな声でいった。
貝殻《かいがら》の洞窟《どうくつ》には時計がなく、ローマ人にはカレンダーやイギリスのサマータイムの時間をいってても通じないので、ジョージ卿《きょう》はちらしの言い回しを考えるときに、ある提案をした。いつの時代も、シーショーの人ならよくわかっている言葉で「開幕」の時間を表した。潮《しお》の満ち引きだ。次の大潮《おおしお》の日、最も海面が高くなる時間は、土曜日の夕方五時だとわかった。みんなは最高の時間だといって賛成した。ところが、ローランドだけはちがった。いま、開幕の時間が迫《せま》っているのに俳優がいない――それから女優も。

ローランド・オリヴァーはいった。申し訳ない。残念だが、出演できないという事実は変わらない。

ジョージ卿《きょう》は自分の額をぴしゃりとたたき、役者なんて神経質な子犬だと毒づいた。これをきいてリリー・オリヴァーの心から、ジョージ卿を思いやる気持ちが消えた。リリーはこう言い返した。胸ポケットにフォークやナイフを一式入れて持ち歩き、チェーホフが嫌《きら》いな男の人に、ヴィクトリア女王が王室御用達《ごようたし》の証明書を授けたなんて、わたしはこれっぽっちも信じてないわ。「ローランドはひどく落ちこんでいるの――わたしもそうよ。ローランドは四日でせりふを覚え、今日の公演を一番楽しみにしていたんですから。ああ、どうしましょう。メルーシュさんが気付《きつ》け薬《ぐすり》を置いていってくれていたらよかったのに！」

不安がセメントのように流れこみ、ロイヤルシアターの幽霊《ゆうれい》たちはその場から動けなくなった。幕のすきまから客席をのぞくと、洗濯《せんたく》婦、ナポレオン時代の水兵、チューダー朝《ちょう》の時代に魚のはらわたを抜《ぬ》く仕事をしていた人たちのわくわくした顔が並び、だれもが楽しい公演を待っている。幽霊たちが不安でたまらず足を引きずるように歩いたせいで、はっきりとチョークで描《か》いていたしるしが消えてしまった。それは、ローランドが舞台《ぶたい》の上で立つ位置を示したものだった。

「オリヴァーさんは怖《こわ》がってるから出てこないの？」双子《ふたご》がたずねる。

双子《ふたご》の声に、ローランドは立ち上がった。首を回し、ぴんと背筋をのばし、大股《おおまた》で舞台《ぶたい》に歩いていく。体の横におろした半透明《はんとうめい》の手は震《ふる》えている。

「わたしの本能が全力で警告しているんだ。観客の期待を裏切ると思うとぞっとする。それに、ほとんどみんなのいうとおりだと思う。何があっても役者は最後まで芝居《しばい》をやめてはいけない。しかし、今回は、今回だけはだめな理由があるんだ、若者たちよ。今日は出演できない！　安《あん》息日《そくび》なんだ！」

幽霊《ゆうれい》たちは首をすくめて引き下がり、ローランドを楽屋にもどらせた。もちろん、一世紀ぶりに、ローランドの声が観客にきこえてしまったのではないかと心配したのだった。

「安息日って？」双子《ふたご》が小走りでローランドについていく。

「神聖な日よ」リリーが説明する。「厳格なユダヤ教徒は、毎週土曜日は仕事をしないの」

モーリスが提案した。ぼくがシナゴーグに走っていって、ローランドが出演できるよう、特別に許してもらえるかお願いしてきます——するとシャドラクが、ラビは牧師とちがって規則を相手の要求にあわせて曲げることはできないんだ、といって止めた。

「サラ・ベルナールは土曜日の舞台《ぶたい》にも出演していたが、ユダヤ教徒だった！」ジョージ卿《きょう》がきっぱりいった。「あなたの人生で最大の人数の観客が待っているんですよ、ローランドさん！　彼《かれ》らを満足させないまま追い返すというのですか？」

リリーは、夫の気持ちが動いたか確認しようと顔をのぞきこんだ。しかし、ローランドに責めるような表情をむけられ、すぐに椅子《いす》にすわると膝《ひざ》の上で手を組み合わせた。

「わたしがいってくる。ローランドさんは、本当はユダヤ人じゃ――」グレイシーが言い終わる前に、ユージニアスがその軽はずみなことをいう口を素早《すばや》く手でふさいだ。そして、声が届かない場所まで連れていった。

そのとき、思いがけないことが起きた。驚《おどろ》いたローランドが楽屋から出てくるほどだった。ミンストレル芸人のモーリスが幕の外に出ていき、軽くおじぎをすると、バンジョーで「ディキシー」を弾《ひ》き始めたのだ。

曲が終わり、客席は海の底のように深い静寂《せいじゃく》に包まれた。モーリスがカビだらけの幕の間にすべりこむと、ロイヤルシアターの仲間が待っていた。

「どうだった？」ボドキンズは感心して胸が熱くなった。

「機関銃《きかんじゅう》で撃《う》たれるのに比べれば、なんてことないよ」モーリスが答える。

ニクソン巡査《じゅんさ》は、ローランド・オリヴァーを俳優としての義務を怠《おこた》った容疑で逮捕《たいほ》しようと考えていたが、ボドキンズの顔をみていった。『『アイオランシ』の曲はどうだ？』そして、ふたりは土曜日の午後の公演に集まった観客をギルバート・アンド・サリヴァンの楽曲でもてなした。オペラ『アイオランシ』から「イギリスが本当に海を支配していたころ」を一節ずつ交《こう》互《ご》にうたった。

　マイキーが舞台《ぶたい》にあがったとき、何をするつもりなのか、だれにも想像がつかなかった。もしかするとマイキー自身も、少しもわかっていなかったのかもしれない。わかっているのは、自分がふたたびチームの一員になり、壊《こわ》れかけの照明に照らされ、できる限りのことをしなくてはならないという事実だけだった。ローランドの立ち位置にしるしをつけるために使ったチョークが、まだ舞台に置いてあった。マイキーはそのチョークを拾い上げ、プロセニアムアーチ［舞台と観客席を隔《へだ》てる額縁《がくぶち》状のアーチ］の側面に、クリケットで使うスタンプという三本の棒を描《か》いた。次にポケットの中をさぐり（そこにあるのはわかっていた）一番気に入っているリリーホワイト・フロウド社のクリケットボールを取り出すと、いろんな種類の投げ方でチョークで描いたスタンプを狙《ねら》った。ヨーカー、ショートホップ、フリッパー、レッグブレーク、スピナー、グーグリー、バウンサー。

「本当におまえは不思議なやつだな、マイキー」みんなのところにもどると、ダグラス・ダグラスがいった。

　マイキーは肩《かた》をすくめる。「みんなきっと楽しんでくれたと思う。毎回、こっちにボールを投げ返してくれていたからね」

　観客席にロバが入ってくると、子どもたちはみんな喜んだが、大人は顔をしかめた。シャドラクがピアノで演奏する音の出ない「トロンヘイムの結婚式《けっこんしき》」に耳をすませていたからだ。しかし、少しして騒《さわ》がしくなったかと思うと、シーショーの砂浜《すなはま》にいたロバたちに続いて動物たちがぞろぞろと入ってきた。ロバが連れてきた動物たちだ。

グレイシーはその様子を舞台《ぶたい》の上の屋根裏部屋からみて、一瞬《いっしゅん》、博物館に展示されていた剝《はく》製《せい》が逃《に》げてきたのかと思った。数頭のトラが客席から客席へ、アッパーサークルからドレスサークルへ、ドレスサークルから一階席へ、オーケストラピットの手すりから舞台の上へ跳《は》ねまわった。その毛並みは油をぬった銅の大釜《おおがま》のように輝《かがや》いている。どんな剝製《はくせい》職人にも作れないような生き生きとした馬もいる。馬たちは元気にはしゃぎまわり、足を高く上げて進み、通路に立っている観客を蹴《け》散《ち》らした。気取ったライオンが、オーケストラピットまでゆっくりと歩いてくると、見事なジャンプで舞台の上に飛び乗った。ライオンの体につまっているのはおがくずではなく、過去の訓練としつけだった。

「スポットライトをつけて、ドラムロールの音をくれ!」ジョージ卿《きょう》が力強くいう。「動物たちがわたしのところにもどってきた!」

ジョージ卿《きょう》はサーカス用の鞭《むち》をSを描《えが》くように振《ふ》り上げると、つやつや光るシルクハットを取り、観客にむかっておじぎをした。そして動物たちをそれぞれにあった速さで歩かせた。妻もライオンの調教師もいないので、優《やさ》しいライオンのライオネルを自分の首に巻きつける。スパンコールの衣装《いしょう》を着た騎手《きしゅ》がいないので、馬を円を描くように走らせた。ロイヤルシアターの舞台《ぶたい》は円形でもないし、サーカスのステージほど広くもなく——音楽はシャドラクがピアノの蓋《ふた》をたたく音と、モーリスが激しくかき鳴らすバンジョーだけだったが——馬は後足《あとあし》で跳《と》びはね、ダンスをして、くるくる回りながら進み、素晴《すば》らしい芸をみせた。馬は数頭の騒々《そうぞう》しいロバを、輪の中に入れてやらなければならなかった。ロバは後ろ足を何度も蹴《け》り上げ、猛然《もうぜん》と走り、トランペットのような耳障《みみざわ》りな声で鳴いている。どういうわけか、シーショーの砂浜《すなはま》にいるロバはあるときから、自分たちのことをリピッツァナー種［小形で姿の整った灰色、または白色の馬］の雄《おす》のように気高く優《すぐ》れた動物だと思うようになったのだ。

最後に現れたのは（動きが遅《おそ》く、途中《とちゅう》で立ち止まっては観客のにおいをかいでいたため）二頭の巨大《きょだい》なクマだった。ジョーンはお気に入りのボックス席で、一階席の通路をのしのし歩くクマの姿をだれよりも早くみつけた。

「わあ！」ジョーンが大声をあげてジムの腕《うで》をつかんだ。「すごい、あの子たち檻《おり》から出たのよ、みて！　自由になったんだ！」双子《ふたご》は立ち上がり、力いっぱい拍手《はくしゅ》をした。二頭のクマは舞台《ぶたい》にたどり着くと、馬とロバが走る円の中に後ろ脚《あし》で立ち、驚《おどろ》くほど大きなあごからよだれをたらすだけだった。しかし、モーリスがいうには、クマは「ローズベルト大統領のように威《い》厳《げん》があって、大きさは大統領の二倍はあった」そうだ。

動物たちは舞台《ぶたい》に上がったかと思うと、すぐに出ていき、シーショーでうわさの幽霊《ゆうれい》のロバたちに、またおかしな方向に先導されていった。動物たちの登場にもかかわらず、公演が始まってからまだ一時間しかたっていなかった。ジョージ卿《きょう》は、みんなで国歌をうたいましょうと促《うなが》して、終わりにしようと思っていた。燕尾服《えんびふく》にはライオンの毛がついているし、舞台には動物のフンがあちこちに落ちている。急に心までしぼんでいくような気がしたのだ。ショーが終わり、客がみんな出ていった後のサーカステントのようだ。過去の友人を次々に思い出す！多くの日々が過去に埋《う》もれていった。

そのとき、小さなざわめきが、打ち寄せる波のように次第《しだい》に大きくなり、ジョージ卿《きょう》は何が起きているんだろうと戸惑《とまど》った。客席の背もたれに腰《こし》かけた観客たちは騒《さわ》ぎだし、指さしている。何かがステージに現れたようだ。それはとても小さく、アッパーサークルの一番上の席からはよくみえなかったにちがいない。しかし、それがゴーストライトの銀色に揺《ゆ》らめく光の中にゆっくり進むと、ロイヤルシアターの最前列から最後列にむかって驚《おどろ》くべき言葉が響《ひび》いた。

「ゾウだ！」

小さな機械仕掛《じか》けのゾウが危なっかしい足取りで歩いている。生きているかのような雰囲気《ふんいき》をまとい、舞台《ぶたい》の上を左から右に進んでいく。頭をふり、鼻を揺《ゆ》らしながら、暗いところからスポットライトの明かりの下に、そしてまた暗がりへ進む。小さなワッシャー［ボルトやナットを緩《ゆる》みにくくするためにはさむ薄《うす》い金属板状の部品］でできた小さい目は賢《かしこ》そうだ。このゾウは解体された金属のごみ箱の思い出から作られた。いま、シーショーの町に並ぶ家の裏庭に金属のごみ箱はない。現代のデジタル時計には使われなくなった、ぜんまいの思い出から作られた。ゾウの体の部品をくっつけているのは、シーショーの漁師がいまではもうとらなくなった魚から作った膠《にかわ》だ。ゾウの体を動かしているのは、素晴《すば》らしい力学的《りきがく》エネルギーだった。いまはもう存在しない町の思い出から生まれ、いまはもう存在しない技術で動いている。観客は満面の笑《え》みを浮《う》かべ、猫《ねこ》くらいの大きさのゾウにうっとりしていた。そして、「ゾウのネリー」の歌を教えてあげるといったグレイシーに反対する者はいなかった。ロイヤルシアターは、いつものように観客に魔法《まほう》をかけていた。

歌声はバーにも響《ひび》いていた。そこではローランド・オリヴァーとリリー・オリヴァーが椅子《いす》にすわり、ユダヤ教の教えに従って安息日《あんそくび》を守っていた。ローランドが出演するのを断ったことで、仲間の幽霊《ゆうれい》は怒《おこ》っていたが、役者の自分が感じる苦しみに比べればなんてことはない。ローランドは演劇界のあらゆるきまりに反して、観客の期待を裏切ってしまったのだ。自分がいなくても、素晴《すば》らしい公演になりそうだという事実に、悲しみは増すばかりだった。ユダヤ教徒のサラ・ベルナールは安息日でも舞台《ぶたい》に立ったという話が、ローランドの頭の中をはいまわる。しかし、これは罪を犯させようと悪魔《あくま》が誘惑《ゆうわく》しているのだとわかっていた。安息日を心に留め、これを聖なる日とせよ。リリーはわたしのことを軽蔑《けいべつ》し、腹を立てているにちがいない。人生で最大の観客を奪《うば》ったのだ――リリーが最も愛する劇場の本当に最後の公演を取り上げてしまった。それでも、それでも……安息日を心に留め、これを聖なる日とせよ。ローランドは目を閉じた。

「リリー、きみは舞台《ぶたい》に出てくれ。少なくとも、きみなら観客を先導して一緒《いっしょ》にうたうことができる――バーナード・ショーの『聖女ジョウン』を演じることもできる。きみはいつだって、わたしより素晴《すば》らしい役者だったのだから」

リリーはローランドのかぶっているヤムルカに手をのせた。その瞬間《しゅんかん》、ローランドは怒《おこ》ったリリーにヤムルカをはぎ取られるのかと思った。「歌をうたうために安息日《あんそくび》を破らなくてはならないの？　ひとりで舞台《ぶたい》に立ってお芝居《しばい》をするために夫を見捨てなければならないの？　おばかさんね、ローランド・オリヴァー。ロンドンのオールドウィッチ劇場で主役を手に入れられるとしても、そんなことしないわ」

アディントン通りに面している一階席のバーの丸い窓が、目のようにきらりと光った。通りの街灯がついたのだ。

「窓の近くにいって、何がみえるか教えてくれ」急にローランドがいった。

「どうして？」リリーは、汚《よご》れた窓のくぼみに鼻をくっつけた。「木が一本と、自……動車っていうのかしら、それが一台みえるわ。素敵《すてき》な夕方よ」

「空は曇《くも》ってるか？」

「そうね。雲がみえる。きれいなピンク色よ」

「雲のすきまに何かみえないか？　よくみてくれ、リリー！　星は出てるか？」

リリーが数えると四つあった（だが、四つ目の星はずいぶん速く動いていて、着陸灯が光っていた）。「あるわ、ある！　みえるわ、ローランド！　星をみつけたわ！」

「さあ、ハヴダラ［安息日の終わりの儀式《ぎしき》］の祈《いの》りを唱えよう。ブドウをしぼってくれ、リリー！　たったいま安息日が終わった！」

そういうわけで、ロイヤルシアターでかつてないほど大勢の観客たちは、サーカスや歌、変わった出し物のあと、『ジョン・ギルピンの愉快《ゆかい》なお話』と『アントニーとクレオパトラ』をみることになった。観客の多くは生きているうちに一度も演劇をみたことがなかったし、N列にすわっている難破船に乗っていたオランダ人船員は、英語を一言も話せなかったし、これから演劇が始まるということは、客席の背もたれに取りつけられた鋲《びょう》の上に、あと二時間もすわっていなければならないということだった。それでも、途中《とちゅう》で帰る者はひとりもいなかった。観客は雪が降ったあとのように静まりかえって、舞台《ぶたい》に耳をかたむけた。しばらくすると潮《しお》が満ちて海面が上がるように、古い劇場に拍手《はくしゅ》と歓声《かんせい》がわきあがった。

古代ローマ軍の百人隊長が、初めてみる演劇に心を奪《うば》われ、力学的《りきがく》な幸せでかすかに体が輝《かがや》き始めた。グレイシーはすぐに気づいた。「はやく書いて『ママ、パパ、いますぐ逃《に》げて！』って！」隊長は紙とチョークを押《お》しつけられ、ぽかんとしてグレイシーをみつめる。グレイシーが何度も大声でいうと、隊長は急いで書いた。しかし、隊長が書いたものは役に立たなかった。それはラテン語で書かれていたからだ。

双子《ふたご》も今日の公演をみて楽しくてたまらず、生きている人間の目にみえる姿になって、川で跳《は》ねるサケのように輝《かがや》いている。その温かい小さな手に、紙とチョークが渡《わた》された……。ところが悲しいことに、双子《ふたご》が生きていたころ、大人たちはかわいそうなふたりの幼い子どもたちに、むりやり学校の勉強を教えようとは思わなかった。「ごめん、グレイシー。ぼくたち、読み書きを習ったことがないんだ」ジムがいった。

劇場を包む歓声《かんせい》と拍手《はくしゅ》は鳴りやまない。ロイヤルシアターの前をテイクアウトの夕食を持った人が自転車で通りすぎていったが、劇場からもれる音をきいた者はいなかった。狭《せま》い路地で恋人《こいびと》たちが抱《だ》き合っていたが、演劇に感動した観客が足をふみ鳴らし、地面が揺《ゆ》れたのを感じた者はいなかった。二十四時間営業の薬局にむかう近道でホーリー・スクエアを突《つ》っ切る人がいたが、広場の角に建つ暗く荒《あ》れ果てた劇場を気にかける者はいなかった。しかし、南京錠《なんきんじょう》がかかった扉《とびら》のむこうでは、遠い昔に死んだ幽霊《ゆうれい》たちの歓声が響《ひび》き、劇場の壁《かべ》を揺らし、震《ふる》わせていた。

第二十六章　そのころメルーシュさんは

画家のウィリアムをさがす決心をしたフローレンス・メルーシュは、マリン・パレード通りの下の浜辺《はまべ》にきていた。もちろん、一番に美術館にいった。ウィリアムは美術館に引《ひ》っ越《こ》すことにしたのかも、と考えたからだ。みつけたときに、もしウィリアムがまだこの世の窓に手形を残せるくらい幸せだったら、メルーシュさんは危険を知らせる短い手紙を書いてもらおうと思っていた。ウォルター夫妻にサッパーのことを、ドレスサークルに入ったひびのことを警告してもらうのだ。メルーシュさんも貧乏《びんぼう》な暮らしと突然《とつぜん》の死を経験しているので、グレイシーの気持ちがわかった。ウォルター夫妻は、あの場所を手放すべきだ。劇場の下敷《したじ》きになって死んだり、全財産を失い「落ちぶれた生活」を送る恥《は》ずかしさを味わったりすることはない。

だが、美術館にウィリアムはいなかった。メルーシュさんはすべての部屋を何度も確認した。生きている人間と同じ姿も、透明《とうめい》な幽霊《ゆうれい》の姿もさがしたが、みつからなかった。メルーシュさんは次に、芸術家の住む地区にむかった。そこでは、陶芸家《とうげいか》、画家、宝石職人、キャンドルアーティスト、流木アートの彫刻家《ちょうこくか》たちがかつかつの生活をしている。メルーシュさんは、ウィリアムが手芸洋品店「チャイナ・キューティーズ」にいっていませんようにと祈《いの》った。ウィリアム・ターナーは気配りのできない人なので、この店にあるアート作品の質について、きっと何か失礼なことをいうだろう。

メルーシュさんは、ウィリアムが毎年、夏をすごしていたという下宿をさがした。しかし、その建物はとっくになくなっていた。新しい建物を作るために取り壊《こわ》されたのだった。そこでメルーシュさんは、ウィリアムとばったり会えないかと期待して、通りを歩きまわることにした。メルーシュさんの足は自然と、部屋を借りていた小さな下宿があるテンペランス通りに、それから働いていた図書館のあるポンプ通りにむかっていた。ところが、薬局も会員制図書館もメルーシュさんと同じように、高潮《たかしお》で押《お》し寄せてきた大波をのがれることはできなかった。

メルーシュさんは好奇心《こうきしん》から現代の図書館をたずねた。本当に素晴《すば》らしい場所で、詩の本ばかり集めた本棚《ほんだな》があったが、幽霊《ゆうれい》の手では本を棚から下ろすこともできないし、幽霊の指では本を開くこともできない。メルーシュさんにとって高くそびえ立つ本棚は、知識と喜びに続く道を塞《ふさ》ぐ、険しい崖《がけ》でしかなかった。夕方になると、居心地《いごこち》のいい避難所《ひなんじょ》であるロイヤルシアターが、いくつもの屋根のむこうから呼びかけてくる気がした。それでも、メルーシュさんはウィリアムをみつけるつもりだったし、鋼《はがね》のようにかたいある種のプライドが、ひとりで劇場に帰ることを許さなかった。

木曜日、メルーシュさんは時計台と救助艇《きゅうじょてい》の記念碑《きねんひ》の間の砂浜《すなはま》を歩いていた。すれちがう人の顔をよくみながら、イーゼルが立ってないか注意してさがした。なにしろ、海辺は海と空を描《か》くには最高の場所だ。

ロバが一列になって、メルーシュさんと同じように実りのない旅をしている——五十メートトル進んでは、また五十メートルもどってくる。背中のすりきれた鞍頭《くらがしら》には、幼い子どもがしがみついている。砂浜《すなはま》でいったりきたりをくりかえす生きているロバたちは、鞍《くら》をつけていないロバが一列に並んで岩場をよじのぼる様子を、いかにもうらやましそうな表情でみつめている。シャベルやバケツや小エビをすくう網《あみ》を持った子どもたちは、時々、姿がみえるようになった幽霊《ゆうれい》のロバに乗ろうとするが、うまくいくはずがない（手綱《たづな》もあぶみもつけていない幽霊のロバに乗るには、ボング・ショップで売っている「願いを叶《かな》えてくれるマリア像」が必要だろう）。鞍をつけていないロバたちは、わざわざ砂浜におりたかと思うと、メルーシュさんのまわりを一周して、速歩《はやあし》で岩場にもどっていった。メルーシュさんは、なんとなくロバのあとをついて歩くうち、いつのまにかとても遠くにきていた。海岸の保養地を通りすぎ、休暇《きゅうか》を楽しむ人たちを通りすぎ、となりの区に入り、となり町まできていた。足を止めようとするたびに、ロバがもどってきてメルーシュさんを取り囲む。それはまるで、牧羊犬が群れから離《はな》れた羊を追い立てているようだ。メルーシュさんはすっかり怖《こわ》くなり、コートを脱《ぬ》いでロバにむかってばさばさと振《ふ》った。そのうち、手がすべってコートが砂の上に落ちてしまった。

ひとりの男の人が助けにきて、ロバたちを追い払《はら》ってくれた。男の人は落ちたコートを拾い、メルーシュさんが腕《うで》を袖《そで》に通せるように広げた。メルーシュさんは、恥《は》ずかしすぎて死ぬかと思った（もうすでに死んでいるのだが）。下着姿を中年の男の人にみられたのだ。それも、付き添《そ》いもなしで人のいない海辺にいるところを！　母親がいたら何というだろう？　しかも、男の人は裸足《はだし》で、膝《ひざ》までズボンをまくり上げている！

少なくとも服装は立派だった——とても高そうなツイードのノーフォークジャケット［スポーツジャケットの一種で、前後の身ごろに縦にボックスプリーツがついたゆったりした上着］に、白いフランネル製のテニス用ズボンをはいている。帽子《ぼうし》のリボンには、キジの羽根を二本と鉛筆《えんぴつ》を一本はさんでいる。男の人は帽子を少し上げていった。

「ジョン・デイヴィッドソンです。海辺に打ち寄せられたものを収集するのが好きな哲学者《てつがくしゃ》です。昔は文筆家でした。あなたの名前を教えていただけたら大変光栄です。浮《う》き彫《ぼ》り模様で立体感のあるレースを目にするのはずいぶん久しぶりだったので、幸せな思いに満たされました」ふたりとも下をむき、メルーシュさんのズロースの裾《すそ》に施《ほどこ》された白いレースの縁飾《ふちかざ》りをみた。

「流木をさがしているんですか?」メルーシュさんがたずねる。

「いいえ、おじょうさん。わたしは言葉をさがしているのです」

ジョン・デイヴィッドソンは厚手のレースのように波の泡立《あわだ》つ浅瀬《あさせ》で毎日すごしていた。泡のできる岩場の潮溜《しおだま》りに網《あみ》を打って、ささやくような音をたてる波に流されてきたものをからめとる。拾った海草のふくらんだ部分をつぶすと小気味いい音がした。それから、波の引いたあとに残る線に句読点を打った。くりかえし砂浜《すなはま》に打ち寄せる波は、引くたびにぬれた砂の上に走り書きの文章を残していく。そして何よりも、かんしゃくを起こした波が岩や貝殻《かいがら》やイソミミズのフンにむかって押《お》し寄せるときの、やむことのない騒々《そうぞう》しい音に耳をかたむける。

「ウェールズ人が川で砂金《さきん》を採《と》るように」ジョンはメルーシュさんにいう。「わたしは海で言葉を採るのです。どこの海でも言葉をさがすことはできます。海には言葉が満ちていますから。村が波にのまれ、人魚が歌をうたい、船の手すりから身を乗り出した船乗りが恋人《こいびと》のことを話したり、悪態《あくたい》をついたりする……。しかし、シーショーの砂浜《すなはま》のような場所はどこにもありません。あなたは知らないかもしれませんが、シーショーの会員制図書館は、潮津波《しおつなみ》で海に流されたんです！　想像してみてください！　本のページに書かれていた言葉が、いまでも満ち潮のたびに砂浜に打ち寄せられるのです。わたしの話が信じられないなら、どうぞ耳をすましてみてください。どこまでも続く砂浜で漂流物《ひょうりゅうぶつ》をさがすことのできるこの場所は、作品の材料を集めるには最高です」

「材料って？」メルーシュさんは横になり、砂浜《すなはま》に打ち上げられた海草にかこまれて耳をすました。「詩の？」

「ほかに何があります？」ジョン・デイヴィッドソンが聞き返す。「一日に一万個もの言葉がこの浅瀬《あさせ》に流れてきます。なんてことだ、おじょうさん。あなたの荒々《あらあら》しい髪《かみ》は、聖書《せいしょ》に書かれているカラシ種《たね》［聖書では最も小さいものを表し、そこから大きな成果が生まれることのたとえとして使われている］のように素晴《すば》らしい。あなたの髪は『空の鳥がきて、枝に巣をつくるほどの木になる』のです。その髪に砂がつかないように、わたしが持ち上げていましょうか？」

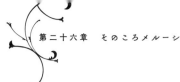

第二十七章　閉鎖《へいさ》

ウィル・ウォルターとエリー・ウォルターは七月だというのに骨までしみる寒さに震《ふる》えながら、夜が明けると服の山の下から顔を出し、無言のまま同じことを考えていた。シーショーを出よう。そして二度ともどらない。

夫妻は謎《なぞ》の支援者《しえんしゃ》にだまされ、もらったお金を送り返し、保険を解約しなければならなかった。放火犯には危《あや》うく、ベッドの中で焼き殺されるところだった。銀行も町の議会も援助《えんじょ》してくれそうにない。動物のフンのにおいは日ごとに強くなっていくし、どうやっても消せない黒いカビ（絶対に無理だと確信した）は、ふたりの魂《たましい》にまでまとわりついてきた。ウォルター夫妻の愛情と楽しい記憶《きおく》のつまった劇場は、実際に住んでみると、悲しみが染みこんでいるように思えた。

「この場所は死にたいと思っているんだ。その願いが叶《かな》うとき、ぼくはここにいたくない」ウィルがいった。

ひっきりなしに鳴る入り口のベルでさえ、ふたりを急いで扉《とびら》にむかわせることはできなかった。

扉《とびら》の外にいたのは、議員のレッツさんだった。

「審査《しんさ》を通りました！　――つまり、あなたたちが審査を通ったんです！　もう少しで実現しますよ！」そういってレッツさんは、入り口の段差につまずきながら事務所に入ってきた。そして興奮がおさまるまで少し待ってから、改まった口調で報告した。「おふたりの申請《しんせい》していた、建物の調査を条件としたロイヤルシアターの賃貸契約《ちんたいけいやく》を、シーショーの自治区議会が承認したことをお知らせします。おめでとうございます。ブリティッシュ・ヘリテッジが改修にかかる費用を出し、ベティスン基金からも五万ポンドを寄付してもらえることになりました！」

ウォルター夫妻は話し続けるレッツさんを止めたかった――町を出ていくことに決めましたと伝えたいのに、レッツさんはとても興奮していた。さらに今日は、ダックスフントのビリーを連れてきている。「すみません、すみません！　今日が日曜日なのはわかっています。お休みの日におじゃまするべきではないのですが、犬を散歩させていたら電話がきて、すぐにおふたりに伝えなくてはと思ったんです。それに、ビリーもわたしが大騒《おおさわ》ぎする理由を知りたがるものですから」そういって事務所を出ると、ロイヤルシアターを知りつくしているレッツさんは、観客席に続く迷路《めいろ》のような通路を進んでいった。

一瞬《いっしゅん》、レッツさんとウォルター夫妻は、通りに面した扉《とびら》が夜の間にこじあけられて、太陽の光が差しこんでいるのかと思った。観客席がとても明るいのだ。ウィルはうめき声をあげた。また、だれかが勝手に入りこんだのだろうか？

「客席の布をもう張りかえたんですか？」レッツさんがたずねる。その口調は、まだ資金を借りられるかどうかもわからないうちに、自費で改修を進めるなんて無茶ですよ、といいたげだ。

ウィルは黙《だま》っていた——何も答えられなかったのだ——しかし、その必要はなくなった。劇場がこんなに明るい理由に、レッツさんが気づいたのだ。「カビだ！」まるでペニシリンを発見したアレクサンダー・フレミングのように叫《さけ》ぶ。「カビの問題を解決したんですね！　みてごらん、ビリー！　ウォルターさんがカビをすっかり掃除《そうじ》したんだ！」

いや、ちがう。音波の振動《しんどう》で浮《う》かせて取ったわけではない。もしそうなら、カビが気持ち悪くなるくらい床《ゆか》に落ちて、黒い泥《どろ》のような塊《かたまり》があちこちに残っているはずだ。だが、使い古されたカーペットに不快な塊は散らばっていなかった。

いや、ちがう。カビは霜《しも》のように解けてなくなったのだ。カビが蒸発して消え、白と金の観客席が現れた。クモの巣がいくつもたれているが立派で美しい。しっくい細工《ざいく》のライオンやユニコーンや、古代ギリシャの兜《かぶと》や、花綱《はなづな》を覆《おお》っていた、恐《おそ》ろしい皮膚病《ひふびょう》のようなカビもすっかりきれいになっていた。シャンデリアはほこりをかぶってはいるが、ねばっこい糸のようなカビは消えていた。赤い幕は鮮《あざ》やかな緋色《ひいろ》になっていた。ボックス席にあるランプのシェードまで明るく輝《かがや》いている。

幽霊《ゆうれい》のため息が作った染みを、突風《とっぷう》のような笑い声がきれいに取り除いたのだ。

「どうやって——？」レッツさんがいう。

「えっと、それは……」ウィルはいつだって、素敵《すてき》な謎《なぞ》は、できることなら台無しにしたくないと思っていた。

「きっと、この劇場がレッツさんとビリーに、まだできるってところをみせたかったのよ」エリーはそういうと、幕のひだを頬《ほお》に寄せた。「ですが、レッツさん、わたしたちからお伝えしなければいけないことが……」

また事務所のベルが鳴った。

「おお！　そうだ！」レッツさんが声をあげる。「建築技師がきたんだ！　おふたりには、いっていませんでしたか？」時間を節約するために、レッツさんは設計事務所に必要な調査を依《い》頼《らい》していたのだった。「安全証明書が発行されたらすぐに、賃貸契約《ちんたいけいやく》を結んで、再開にむけて走り出せますよ！　建築技師の方が、日曜日でもかまわないといってくれたんです。みんなロイヤルシアターが大好きでたまらないんですよ、そう思いませんか？」

ダックスフントのビリーは楽しそうに一階席を駆《か》けまわっていたが、急に体を伏《ふ》せて不安そうに激しくほえ始めた。レッツさんはビリーの変化にほとんど気づいていない。観客席が顔を洗ったようにきれいになった姿をみた今日は、何が起きても怖《こわ》くない。レッツさんにいわせれば、シーショーはすでに明るい時代の幕開けを迎《むか》えたのだ。レッツさんは、心臓の音がすごく速くなったのをかすかに感じていた。そうはいっても、劇場にくるといつもこんなふうに胸が高鳴ったものだ。幕が上がる前から。

舞台《ぶたい》の上では、事件に備えて駆《か》けつけた機動隊のように、ロイヤルシアターの幽霊《ゆうれい》がずらりと並び、レッツさんが建築技師を案内するのをみつめている。昨日の夜、劇場を幸せで満たすことができた誇《ほこ》らしい気持ちや、幸せのおかげでしっくいのカビがなくなった喜びは、いま不安に変わっていた。これから幽霊たちの目の前で、技師がクリップボードを手に欠陥《けっかん》をさがし、そこにあることがわかっている欠陥をみつけてしまう。それは絶対に避《さ》けられないことだ。

「あの人、とても若いわ」リリー・オリヴァーがいう。「髪《かみ》の毛がふさふさしてる、ほらみて。ドレスサークルのひびに気づくほどの知識はないかもしれないわ」

「彼《かれ》はユダヤ教徒だ」夫のローランドがいう。「きっと、とても頭がいい。ひびさえ見逃《みのが》すことはないだろう」

「舞台《ぶたい》の下から始めましょう」建築技師のゴールドウィンさんがいった。舞台の床下《ゆかした》。そう、そこは火がつけられた場所であり、犯行現場であり、毒ヘビのような黒いケーブルの巣だ。溶《と》けた黒いケーブルは、タールの塊《かたまり》のようになっている。そして、衣装《いしょう》が燃やされた場所だ。最初に調べるにはぴったりだ。

ゴールドウィンさんは木の階段を半分ほどおりたところで、掃除《そうじ》された床《ゆか》や、防腐剤《ぼうふざい》が塗《ぬ》られたばかりの梁《はり》や支柱、潤滑油《じゅんかつゆ》で光る切穴《きりあな》の中の古くなった舞台《ぶたい》装置を見渡《みわた》した。

「地下の配線は直そうと思っているんです」ウィルが非常灯の説明をした。

ウィルは昨日、一日かけて火をつけられた跡《あと》を片付けた。自分たちが疑われるのではないかと恐《おそ》れたのだ。ウィルとエリーは顔を見合わせ、互《たが》いに「昨日片付けておいてよかった」と心の中でつぶやいた。

劇場を視察するうちに、ゴールドウィンさんは結露《けつろ》でできた染み、U字型の管の水漏《みずも》れ、木造部分が朽《く》ちてもろくなっている場所、煙《けむり》探知機の数が少ないこと、断熱材に使われているアスベストを指摘《してき》した。さらに、扉《とびら》のゆがみ、荷物用エレベーターが動かないこと、車椅子《くるまいす》用の通路が十分ではないことをあげた。男性用トイレではセイヨウシミという害虫もみつけた。クリップボードのリストはどんどん長くなるのに、その声や表情にはそれほど不安の色はみえない。ゴールドウィンさんはこんなふうにもいった。「なにしろ三百年もたってますからね。欠陥《けっかん》がないほうがおかしいですよ」

舞台《ぶたい》の天井《てんじょう》にある火災用跳《は》ね上げ戸を調べるため、はしごをのぼるゴールドウィンさんは、一瞬恐怖《いっしゅんきょうふ》で体がすくんだ。屋根の軒先《のきさき》に幽霊《ゆうれい》のような白い影《かげ》が浮《う》かんでいたのだ。しかし近づいてよくみると、腐《くさ》って崩《くず》れそうな大きなスズメバチの巣だった。

ゴールドウィンさんをはしごの下で待ちながら、レッツさんはふざけていった。

「あれがウォルターさんのいっていたひとり目の〝幽霊《ゆうれい》〟ですね」

「いえ」エリーは答えたものの、それ以上、何もいわなかった。舞台裏《ぶたいうら》の階段で、顔立ちの整ったブロンドの幻《まぼろし》をみたのは、自分の頭がおかしくなりかけている確かな証拠《しょうこ》なのかもしれない、と思っていたのだ。だから、そのことは口にしないと決めていた。夫のウィルにも。レッツさんはエリーに何があったのかたずねようとしたのかもしれないが、舞台の上で何かを踏《ふ》んで幽霊《ゆうれい》のことは忘れてしまった。「今朝はまだ掃除《そうじ》をしていないんです」エリーは、わずかに目を大きくして笑《え》みを浮《う》かべ、ほうきを取りにいった。

ゴールドウィンさんは火災用跳《は》ね上げ戸からはしごをおりてくると、途中《とちゅう》で足を止め、舞台《ぶたい》からの眺《なが》めに目を見張った。「この劇場でたくさんの芝居《しばい》をみてきましたが」愛《いと》おしそうにいう。「まさか、舞台に立てるとは思わなかった。感動するものですね」

そして、首を傾《かたむ》けたと思うと、次は反対側に傾けた。はしごの残りの段を慎重《しんちょう》におり、舞台《ぶたい》の端《はし》からはうようにしておりると、急いで観客席中央の通路に出た。そして、まるで雨に降られた人のように張り出したドレスサークルの下に入ると、上を向いて顔をしかめた。クリップボードで一方のふとももを何度もたたいている。

それをみてウィルがいった。「人間の体って、なんて表現力が豊かなんだろう。一言もしゃべらなくても、ゴールドウィンさんのいいたいことがすべて伝わってくる」

「すぐにでもお願いします」ゴールドウィンさんはそっけなくいった。どうしても、ウォルター夫妻やレッツさんの目をまともにみることができなかった。だが、ゴールドウィンさんは責任感の強い人だ。ロイヤルシアターは危険な建造物だと判断し、扉《とびら》に鎖《くさり》をかけ、一般《いっぱん》市民が立ち入らないようにすることは、専門家としての、そして市民としての義務だと思った。ゴールドウィンさんは優秀《ゆうしゅう》な建築技師だ――ドレスサークルのひびの原因をすでにつきとめていた――しかし、それを伝えたところで、どうにもならない。もし、劇場の左右の壁《かべ》が沈《しず》んでいるとしたら、建物全体が危険にさらされていることになる。

「つまり……」ゴールドウィンさんは言葉を続けられなかった。ウォルター夫妻とレッツさんに詳《くわ》しい内容をきかせる必要はない。議会は危険な建物を貸すことはできないのだから。「レッツさん、検査報告書をお送りしましょうか？」ゴールドウィンさんはたずねたが返事はなく、正直にいうと、はやく帰りたかった。申し訳ない気持ちで、劇場の出口にむかって急いで後ずさりしていると、ちょうど開いた扉《とびら》に背中をぶつけた。

そこには、興奮した様子のイエス・ウィ・缶《カン》のボブがいた。南京錠《なんきんじょう》のかかっていた扉《とびら》を開けて入ってきたらしい（ボブにいわせれば、安全な場所はアルミニウムでできた缶詰《かんづめ》の中だけだ。それ以外なら、なんでもヘアピンで開けることができる）。

「すべて進行中だぞ」ボブは前置きなしに話しだした。「スキャンしたものを金属細工師《さいくし》の名誉《めい よ》組合に送っておいた（もちろんメモは送っていない。そっちは少しばかり芸術を気取ってて、なかには芸術家気取りの人を信用しない人もいるからだ）。おれは寛大《かんだい》だからな。それから、これは美しい――設計図のほうだ。美しい。いつもなら、おれは『美しい』なんて言葉を使う人間じゃないんだが、これを言い表す言葉がほかにない。美しい。コリント式だ！　ドリス式は別にして、建築様式のなかでコリント式に勝《まさ》るものはない！」

「申し訳ないのですが、この劇場は――」ゴールドウィンさんが口を開く。いますぐにでも全員、建物の外に出して、すべての扉《とびら》に鎖《くさり》を巻きつけたかった。

「……それから、錬鉄《れんてつ》！」勢いよく話すボブは止まらない。「錬鉄をたくさん使った建物をみなくなって、どのくらいたつのかわからない。きっと戦争のせいだ。スピットファイア戦闘機《せんとうき》のせいだ。それにしても、錬鉄と鋼《はがね》を使うとは素晴《すば》らしい！　美しい！　革命的だ！」

昨日、イエス・ウィ・缶《カン》の店長のボブが、雑誌〈ザ・カンメーカー〉を読んでいると、店の扉《とびら》があいた。後ろを振《ふ》り返り、壁《かべ》のポスターに目をやって体をもどすと、目の前ににっこりと微笑《ほほえ》む乱れた髪《かみ》の女の人がいた。

「おれの娘《むすめ》にいわれてきたのか?」ボブは声をあげて笑う。「娘に頼《たの》まれたんだろ、あの子は優《やさ》しいからな」

「いえ」メルーシュさんがいう。「どうしてもお願いしたいことがあって——それから劇場の仲間にいわれてきました」そして、カウンターに一枚の紙を広げた。

「楽譜《がくふ》か?」ボブがいう。

「いやだ、わたしったら」そういうとメルーシュさんは、その紙を裏返した。

ボブは女の人の刺激《しげき》的な服装や、彼女《かのじょ》がカウンターに身を乗り出したとき自分の顔に触《ふ》れた髪《かみ》にほんの少し驚《おどろ》いた。しかし、目の前に広げられた設計図に深く感動した。女の人が帰ってからしばらくの間、ボブは設計図をみつめ、鉛筆《えんぴつ》で描《か》かれた線を指先でなぞり、これを作る役目をだれかに託《たく》されたという事実に驚《おどろ》いていた。

「最初は、キス付き電報か何かかと思ったんだ」ボブがウォルター夫妻にいう。「娘《むすめ》のいたずらだろう、って。あの子がフレンチカンカンの踊《おど》り子《こ》をよこしたのかと思った。なぜって、その女の人はスカートをはいていなくて、コートの下は下着姿でそこに立って、あんまりしゃべらないんだ。だから、ウィルの知り合いにちがいないって思ったんだ」

「ぼくの？」ウィルがいった。

「ウィルの？」エリーもいった。

「女優さんだと思ったんだ。それで設計図をみてみたら、美しかった。じつに正確で、めちゃくちゃ美しかった。それを金属細工師《さいくし》の組合にファックスしたら、組合の人たちも心を奪《うば》われたと思う。間違《まちが》いなく心を奪われたはずだ。大金が必要だが、下着姿のウィルの知り合いが、助成金《じょせいきん》が出るって話していたから……」

建築技師のゴールドウィンさんが、ボブの手からそっと設計図を取って広げた。

設計図　ドレスサークルの支柱
シーショー、ロイヤルシアター

「では、亀裂《きれつ》のことはご存じだったんですね、ウォルターさん」ゴールドウィンさんがいう。

「ええ、もちろん！」ウィルは答えた。演劇学校に通っていたので、たいていの人よりは嘘《うそ》をつくのがうまい。

「そして、もう修復の準備を始めているのですか？」

「当然」ウィルがいう。小さな子どもたちに、ぼくは『スター・ウォーズ』に出てくるイウォークなんだ、といって信じこませることのできるウィルに、できないことはない。「金属のことなら、ここにいるブリキ店長がなんでも知っています。ぼくは店長を絶対的に信頼《しんらい》してるんだ。もちろん、……なんとか組合もね」

「助成金《じょせいきん》がでるまでの間に……」ボブが口をはさむ。ブリキ店長というあだ名で呼ばれたのがうれしくて顔が赤くなっている。「うちにあるひつぎとアクローをいくつか持ってきた。劇場の状態がこれ以上、悪くなるのを食い止めるためにな。外のトラックに積んである」

「ひつぎ？」建築技師は説明を求めてまわりを見回したが、目が合ったのは、ほうきと動物のフンでいっぱいの消火バケツを持ったエリーだけだった。

「あっ、これ？」エリーがバケツに目をむける。「バラの肥料にいいのよ」

「どこのバラですか？」

「むかいの広場」エリーも演劇学校に通っていた。男の人たちが苦労して八つのアルミニウム製のひつぎをトラックからおろしているとき、エリーは、ボブのおしりのポケットからはみ出ているメモをこっそり抜《ぬ》き取った。それは薄《うす》い紙で、詩集の表紙の裏にある薄《うす》い白紙のページだった。かろうじてみえる薄い鉛筆《えんぴつ》で書かれた繊細《せんさい》な文字が並んでいる。

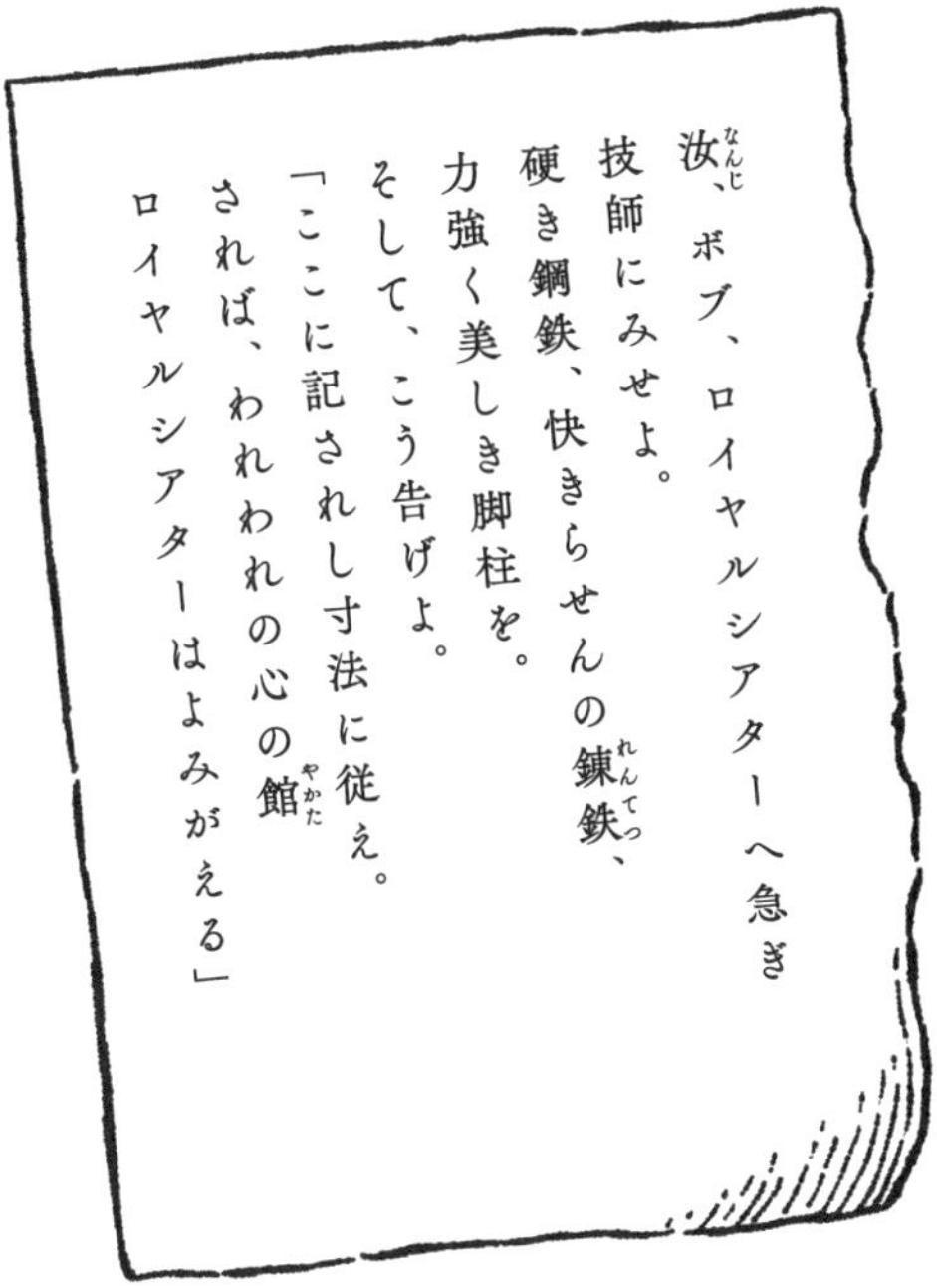
汝《なんじ》、ボブ、ロイヤルシアターへ急ぎ
技師にみせよ。
硬き鋼鉄、快きらせんの錬鉄《れんてつ》、
力強く美しき脚柱を。
そして、こう告げよ。
「ここに記されし寸法に従え。
されば、われわれの心の館《やかた》
ロイヤルシアターはよみがえる」

「ブリキ店長は屋根裏にひつぎを置いているんです」ウィルが両手で頭をかきながらいう。
「もちろん、アルミニウム製です。アルミニウムは細菌《さいきん》から守ってくれますから。調査の方がくる前に完成させたいと思っていたのですが、レッツさんがすでに依頼《いらい》していたとは驚《おどろ》きました……。本当にひつぎをゆずってもらえるんですか、えっと……ボブさん？」

ボブが通りに面した扉《とびら》を勢いよく開けると、太陽の光が差しこみ、路地にとめてあるトラックのエンジン音がきこえてきた。ボブは、逆光で自分の顔が影《かげ》になっているのに気づいた。そして、この感動的な瞬間《しゅんかん》を、いままで何年も待ち望んでいたのだと思った。腹に力を入れてこう答える。「イエス・ウィ・カン、もちろんだとも、ウォルターさん！　イエス・ウィ・カン！」

ローランド・オリヴァーは嫉妬《しっと》で激しくゆがんだ顔を妻のリリーにむけた。

「あの男は『女優』といっていたぞ！　わたしの知らないうちに、あのブリキ店長とかいうやつの店をたずねていたのか？」ローランドは片手を振《ふ》り上げ、リリーをたたこうとした。「しかも、下着姿で？」

リリーはかわいらしい仕草でくすくす笑い、ローランドの振《ふ》り上げた腕《うで》の下に身を寄せた。

「そんなことするもんですか。店にいったのはわたしじゃないわ。フローレンス・メルーシュよ。知ってるでしょ、わたしはお芝居《しばい》をするとき、絶対に下着はつけないの。コルセットだけよ」そういって、ローランドの唇《くちびる》にキスをした。

「われわれのメルーシュさんは、ここを出ていってから幸せをみつけたようですね。メルーシュさんが、こんなに頭のいい人だったとは知りませんでした」ユージニアスが穏《おだ》やかにいった。

「ちょっと待ってください」レッツさんが口をはさむ。「この資金はどこから出るんです？」

「わたしたちには後援者《こうえんしゃ》がいるんです」ウィルはとっさに答えた。

エリーがウィルを離《はな》れたところに連れていく。「後援者《こうえんしゃ》なんていないじゃない」声をひそめて怒《おこ》った口調でいう。

「もしかしたら、サッパーさんを脅迫《きょうはく》するのもありかな、と思って。だめかな？　劇場を焼き払《はら》おうとしたことを警察に通告するぞ、ってね」

「そんなことをしたら、ショッピングセンターか何かの土台のコンクリートに埋《う》められるわよ」

ウィルはレッツさんのところにもどって説明した。「すいません、後援者《こうえんしゃ》はいないんです。今週末、費用が払《はら》えなければ、ネットオークションで内臓を売るかもしれません」現実離《げんじつばな》れした展開になってきた。ウィルはアーサー・ウィング・ピネロ［ヴィクトリア朝《ちょう》に活躍《かつやく》した劇作家。社会問題を取りあげ、イギリス近代劇の先駆者《せんくしゃ》となった］の書いた戯曲《ぎきょく》の世界に迷いこんだような気がしていた。何が起きているのかさっぱりわからない。しかし、ウィルは演劇学校に通っていた。そこで、ひとつ学んだことがあるとしたら、いま自分がいる舞台《ぶたい》の上で何が起きているにしろ、それについてはだれにも何もきかないことだ。だれかにたずねても、無知だと思われるだけだ。エリーが泣きだした。

「紅茶をいれてきてくれないか。それかチケットを売るとか」ウィルはエリーを抱《だ》きしめていう。「まだ今日は始まったばかりだし、これはきっと夢だ。だから、どうなってもいいじゃないか。あれ？　ほら、こんどはボング・ショップのタンバレインがきた。何を持ってきてくれたんだろう。乗って逃《に》げるための空飛ぶじゅうたんだったりして」

ところが、通りに面した扉《とびら》から入ってきたタンバレインとトレローニーが引きずってきたのは、じゅうたんではなかった。セキセイインコの巨大《きょだい》なケージにかぶせる使い古された布のようにみえる。

「持ってきたぞ。どこに置く？」タンバレインがいった。

「それが何かによるわ」エリーが警戒《けいかい》した口調でいう。

「背景幕だよ。年代ものらしい。このメモにそう書いてある」タンバレインは折った紙を、一番近くにいた建築技師に渡《わた》した。「通りのむかいの連中は、おれたちがこれを持っていくというと、だめだといった。それで、おれはこういったんだ。ウィルならこれを五十ポンドで買い取ってくれるから、それで自転車小屋の屋根の防水布をはりかえればいいだろうって。どうやら、あの自転車小屋は昔あった建物の一部らしい。以前は馬小屋だったようだ。知ってたか？本当に古そうだな。二、三百年前のクモの巣があちこちにあったぞ」そういうとブーツの先で、巻いた布を軽く突《つつ》いた。

トレローニーは不満そうな顔をしていた。劇場の裏にある自転車小屋の屋根の防水布をはぎ取るために、なんでおれたちが町を半分突《つ》っ切ってこんなところまでこなくちゃいけないんだ、といいたげな顔をしている。「だって、ウィルたちが自分でやればいいだろ？」

「どっちでもいいじゃないか。ちょっと気になっただけなんだ」タンバレインが愛想よくいった。

そういうわけで、ウィルはタンバレインたちに二十ユーロを、エリーはキャロットケーキを渡《わた》し、劇場がオープンしたら無料チケットをさしあげますと約束した。ウィルはこの不可解な出来事については説明しないことにした。

「いつか、劇場の話をきかせてくれ」タンバレインはそういうと、キャロットケーキをふた切れとも手にとった。トレローニーはオレンジ色のものは食べない主義なのだ。タンバレインの手は背景幕をさわったせいで、黒く汚《よご》れていた。その目はもっと濃《こ》い黒だ。タンバレインは、すきまなく並べられたアルミニウムのひつぎに気づいた。クリップボードを持った建築技師や、議員のレッツさん、真っ白に輝《かがや》く観客席にも。だが、タンバレインはこれまで、他人の人生に口を出したことがなかった。そうすれば、自分の人生についても話さなくたっていいだろう、と思っていたからだ。「幽霊《ゆうれい》のこと、きいたよ。いいじゃないか。幽霊はひとりやふたりくらいなら、商売をいい方向に導いてくれるとおれは思ってる。みんな、自分の幽霊を持つべきだ。ところで、グレイシーは元気にやってるか？」

エリーの手から、キャロットケーキの皿が床《ゆか》に落ちて割れた。幸《さいわ》い、ケーキは巻いた背景幕の上に乗った。「ううん。それがね、タンバレイン。あの子はもういないの」

「残念だな。ひょっこり現れたら、よろしく伝えてくれ」

タンバレインが持ってきた背景幕は、大きすぎて観客席の通路では広げられなかった。何人かでふたたび外に引きずっていくと、路地のごみをわきに蹴飛《けと》ばし、場所を空けてから広げた。そこに描《か》かれていたのは、嵐《あらし》の海、低く垂れこめた雲、沈没《ちんぼつ》しそうな船……。折り目のところは絵具がひび割れ、上の端《はし》にあいた穴がぼろぼろになっている。その穴にロープを通し、舞台《ぶたい》の天井《てんじょう》からつるしていたのだろう。隅《すみ》には、赤い絵具で走り書きした「ＪＭＷＴ」という文字がある。

　みんなが背景幕をみている間に、ゴールドウィンさんはタンバレインに渡《わた》されたメモを開き――「なんてきれいな字だ！」といってから――声に出して読んだ。

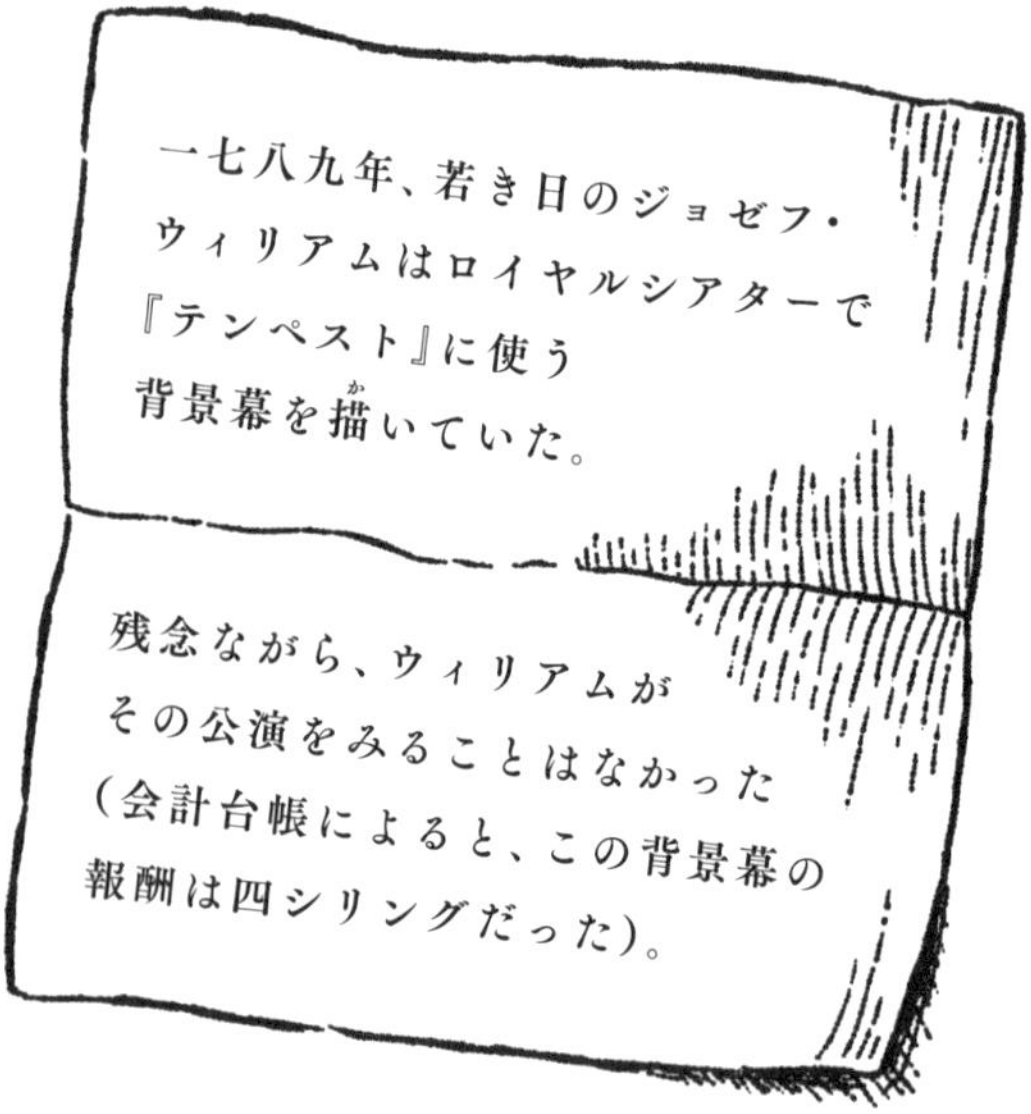
一七八九年、若き日のジョゼフ・ウィリアムはロイヤルシアターで『テンペスト』に使う背景幕を描《か》いていた。
残念ながら、ウィリアムがその公演をみることはなかった（会計台帳によると、この背景幕の報酬は四シリングだった）。

「でも、この方の作品はいまのほうがずっと素敵《すてき》です。それは売るといいと思います」色のくすんだ古い背景幕を地面に広げ、じっとみているウィルたちのそばを、通りがかった若い女の人がいった。女の人は楽屋口の扉《とびら》から劇場に入っていく。ほんの一瞬《いっしゅん》、陽光がごわごわした髪《かみ》を照らした。女の人のロングコートからみえているものは、じつはスカートではなく、裾《すそ》に厚いレースが施《ほどこ》されたズロースだった。

ゴールドウィンさんは女の人を追いかけて中に入った。劇場に入らないでください――立ち入り禁止です――危険です、と伝えようと思ったのだ。明るい日差しの下から暗い劇場に入ったので、一瞬《いっしゅん》、何もみえなくなった。そして目が慣れてきたときには、ロングコートを着た女の人は消えていた。

そのとき初めて、ゴールドウィンさんは舞台《ぶたい》にかかっている背景幕をみた――荒削《あらけず》りだが、情熱をこめて描《か》かれた建造物の絵――ジャングルにのみこまれそうなアーチ。設計図に視線を落とし、また背景幕をみる。「まさか」ウォルター夫妻がこの絵を描き、自分たちの大まかな絵を、建築家に頼《たの》んで実際に使える設計図に変換《へんかん》させたのだろうか。背景幕と設計図に同じものが描かれているなんて、こんな偶然《ぐうぜん》あるわけがない。

ゴールドウィンさんは、少し離《はな》れて背景幕を眺《なが》めた。それほど荒《あら》い絵でもないのかもしれない。離れてみると、迫力《はくりょく》のある絵に思えてきた。煙《けむり》と霧《きり》を描《えが》く画家ターナーの作風をまねているようだ。もしかすると、ウォルター夫妻は劇場が再開したら、最初に上演するのは「地元の人々の興味を引く」芝居《しばい》を——シーショーの町の英雄《えいゆう》についての作品を——用意しているのかもしれない……。やはりそうだ。背景幕の隅《すみ》に書いてある。偉大《いだい》な画家をまねたサインだ。ジョゼフ《J》・マロード《M》・ウィリアム《W》・ターナー《T》。「**JMWT!**」ゴールドウィンさんは大声をあげながら外に駆《か》け出した。「JMWT！　JMWT！」タンバレインから受け取ったメモを、外で広げている背景幕を、ウィルとエリーとレッツさんをみる。三人は背景幕のまわりに腰《こし》をおろし、汚《きたな》い背景幕の上に落ちたケーキのくずを拾って食べている。「やめてください、みなさん！　汚《よご》さないでください！　それ、ターナーの絵です！」

その後、建築技師のゴールドウィンさんは、ホーリー・スクエアの中心にある小さな公園に歩いていくと、脚《あし》の震《ふる》えがおさまるまでベンチにすわっていた。まるで、ついさっきまで演劇の舞台に立っていたような、ものすごく奇妙《きみょう》な感じがした。

これで五十回目になるが、ゴールドウィンさんはドレスサークルを支えるアーチの設計図を隅々《すみずみ》までみた——

設計図　ドレスサークルの支柱
シーショー、ロイヤルシアター

この設計図には古いものと新しいものが、驚《おどろ》くほど混ざりあっていて、まるでアーツ・アンド・クラフツ運動［十九世紀末のイギリスで起こった、手工芸の復興を目指すデザイン運動］の時代に建てられた屋敷《やしき》で発見された作品のようだ。バーチ氏とは、スチュアート氏とはだれなのか。ゴールドウィンさんはこのふたりに美しい製図の技術を称《たた》える手紙を書くべきか考えた。こんなに素晴《すば》らしい建築家がまだ存在していると思うと、不思議と幸せな気持ちになった。

アーチに施《ほどこ》された、洗練された錬鉄《れんてつ》製のらせん状の装飾《そうしょく》をみていると、家の扉《とびら》をかこんで咲《さ》き乱れるバラが頭に浮《う》かんだ。バラのことを思い出したゴールドウィンさんは、広場にある公園であたりを見回した。バラはない。一頭のロバがパーキングメーターに体をこすりつけているだけだ。思ったとおり、ホーリー・スクエアにバラはなかった。

第二十八章 歴史はくりかえす

巨匠《きょしょう》の貴重な作品 自転車小屋で発見される

シーショーの歴史的な劇場に舞《ま》いこんだ幸運

最初はどの新聞にも、劇場の再開に注目を集めるための、ばかばかしい作り話だと書かれていた。保管されている一七八九年の古い会計台帳を調べると、幸いにも、ジョゼフ・マロード・ウィリアム・ターナーの描《か》いた一枚の背景幕に四シリングが支払《しはら》われていた事実だけでなく、その翌年、劇場のとなりにある馬小屋の屋根を、五シリングかけて新しくしたことがわかった。

そんなわけで、この背景幕は——イギリスで最も有名な画家の手による、現存する最も古い作品であることが明らかになり、制作されてから二百年後に四シリングよりもはるかに高い値段で売れた。実際、ロイヤルシアターを改装し、職員を雇《やと》い、数ヶ月分の劇場の運営費にあてられるくらいの金額だった。

「あの作品にそれほどの価値はない」ウィリアムがいう。「当時、馬小屋の屋根を補強するのにわたしの背景幕が使われても、それほど嫌《いや》だとは思わなかった。ひどい境遇《きょうぐう》に耐《た》え忍《しの》ぶ芸術があれば、消えていく芸術もある」

「演劇は消えないわ」グレイシーがきっぱりという。「演劇はずっと、ずっと、ずっと続いていくのよ。ロイヤルシアターだってそうでしょ！」

「ああ、悲しいけれど、それはちがうわ」頭上から、リリー・オリヴァーの沈《しず》んだ声がきこえる。「演劇ほど早く消え去る芸術はないの。どの公演も幕が下りた瞬間《しゅんかん》、永遠に失われてしまう……。でも、もちろん次の公演は、もっといいお芝居《しばい》をするチャンスになるんだけど」

幽霊《ゆうれい》たちは大観覧車に乗っていた。新しくなった遊園地に一番最初にできた乗り物だ。幽霊をふたりずつ乗せたゴンドラが一番上までいくと、シーショーの町が地図のように広がり、そのむこうには海がみえる。車が行き交い、ささやくような音をたてて雨が降り、観覧車の下では建築作業員が、忙《いそが》しそうにメリーゴーランドや回転ブランコを取りつけている。それでも、町の音と一緒《いっしょ》に、ずっと流れている音楽のように海の音がはっきりきこえてくる。海がブルースを奏《かな》でているとモーリスがいった。

「遊園地はもどってくるっていったでしょ！」グレイシーがうれしそうにいう。「みんな、信じてくれなかったけど！」

幽霊《ゆうれい》たちは、グレイシーがこれまでにいったいろんなことを疑ってきた。遊園地が再開すること、思い切って劇場の外に出ることの大切さ、いまのシーショーの素晴《すば》らしさ。心に隠《かく》していた悲しみをグレイシーにあれこれさぐられ、腹立たしく思うこともあった。しかしどういうわけか、グレイシーにきかれて話すうちに、幽霊を支配していた過去の力が弱くなった。鋼《はがね》のようにかたくにぎった過去の手がこじ開けられ、幽霊たちは身をよじって脱出《だっしゅつ》した。

ウィリアム・ターナーは町を一周するバスに乗り、楽しい時間をすごした。人々の肩越《かたご》しに、自分のことが書かれている「巨匠《きょしょう》の貴重な作品」の記事を読み、間違《まちが》いをみつけては喜んでいる。「ある新聞には、わたしはシーショーで生まれたと書いてあった。ヴィクトリアというパブに住んでいたというものもあった！　あの背景幕にはネルソン提督《ていとく》の旗艦《きかん》が描《か》かれているという記事も！　わたしが小さな動物を解体し、その骨をすりつぶして絵具にまぜていた、とほのめかしている記事もあった。どの記事も、そろってわたしのことを『ジョゼフ』と呼んでいるのだが、わたしは生きている間に『ジョゼフ』なんて呼ばれたことは一度もない。いつも『ウィリアム』と呼ばれていたんだ！」

ウィリアムは間違《まちが》った記事を読んでも、腹を立てる様子はない。雷雲《らいうん》が晴れたかのように、布で覆《おお》われた黒い帽子《ぼうし》から顔を出したウィリアムにとっては、何もかもが驚《おどろ》きと喜びだった。ロイヤルシアターを救えると気づいたとき、その驚きと喜びに圧倒《あっとう》された。

ウィリアムは古い背景幕のことを書いた、大切なメモをボング・ショップに届けると、タンバレインがかぶっている羊革の帽子《ぼうし》――耳あてがついている――をはぎとり、こういった。

「帽子で世界をさえぎって生きるんじゃないぞ、若いの！　視界の隅《すみ》の、一瞬《いっしゅん》の美を見逃《みのが》すかもしれないからな！」

「そうだな」タンバレインはそう答えたが、いつものように無関心だった。

ウィリアムは町を歩きまわる間、幸せな気持ちで満たされ、炎《ほのお》が揺《ゆ》らめくように、ときどき生きている人にみえる姿になっていたので、その姿をみた人は、観光局に雇《やと》われたウィリアム・ターナーにそっくりな俳優だと思っただろう。俳優だと思いこんだ人々は、それ以上ウィリアムをみることはなかった。

「わたしたちにみせたい場所は、まだほかにもあるのですか、グレイシー」ユージニアスが離《はな》れたところからグレイシーに大声でたずねる。

「もちろん！　マッドハッターカフェには、いつも黄色の服ばかり着てる男の店員さんがいるの——休日は別だけど。休みの日は赤の服なんだ。それから、その人は一年じゅう、お店にクリスマスの飾《かざ》りをつけたままにしてるの。クリスマスが一番好きだからなんだって。ゴルフ場には、タイガー・ウッズのサイン入りの写真が壁《かべ》にかかってるんだよ」

「タイガー・ウッズとはだれのことだ？　それともどこかの場所なのか？」ジョージ卿《きょう》がいう。

ジョージ卿はゾウが好きだったが、それと同じくらいトラにも夢中だった。

「人だよ。わたしは知らないけど、その人は写真にサインをしてくれたんだから、優《やさ》しいはずよ」

「ああ！　わたしもファンのために、インクをさんざん使って写真にサインをしたものだ！」

ローランドは思い出に浸《ひた》っている。

「それから、イギリスのいろんな町の時刻がわかる時計があるんだよ！」グレイシーが元気よくいった。いつものグレイシーにもどりつつある。

幽霊《ゆうれい》たちは自分の時計をみた。「その機能なら、わたしたちの時計にもついています」ユージニアスが笑いをこらえながらいった。

「あそこにメルーシュさんがいますよ、ほら！」シャドラクが海岸の保養地を指さした。「今日はメルーシュさんも一緒《いっしょ》だったらよかったのに！」

観覧車の一番上から、波をかきわけて進むロバに乗ったメルーシュさんの姿がはっきりみえる。海水に裸足《はだし》をつけ、髪《かみ》はまるで気まぐれな雲か火のようだ。


フローレンス・メルーシュが、ロイヤルシアターにもどったのは一度だけ、設計図が技師の手にちゃんと届いたか確かめるため——バーチさんの美しいアーチが建つことを確認するためだった。仲間の幽霊《ゆうれい》は、メルーシュさんが設計図を届けられるだけの力学的《りきがく》幸せを授かった理由が、すぐにわかった。メルーシュさんは恋《こい》をしていたのだ。生きている人間の目にみえる姿になったという明らかな事実は別としても、フローレンス・メルーシュには、晴れた朝のきらめく海のような輝《かがや》きがあった。メルーシュさんはグレイシーを強く抱《だ》きしめた。自分の幸せを相手と分け合いたい人がするように。ろうそくを傾《かたむ》け、もう一本のろうそくに火をつけるように。

「ジョンは、クリケットがとても好きなのよ。わたしたちはほとんど毎日、浜辺《はまべ》でフレンチクリケットをするの。みなさん、ぜひ遊びにきて、きっとよ。とても楽しいから。ジョンは信念を持った人で、わたしもそこに惹《ひ》かれてるの。じつをいうと、ジョンのすべてに惹かれていて……」メルーシュさんはうっとりした表情になると、少しの間、あらゆる思いが色とりどりの糸のように頭に浮かび、話そうとしていた糸を見失った。「どこまで話したかしら？　ああ、そう。わたしたちのような人……『ほとんど実体のない存在』は悲しい出来事や死んだときの状況《じょうきょう》によって、この世界に取り残されたと多くの人は考えてる。災害や、病気、暴力がわたしたちを幽霊《ゆうれい》にした。そうよね？」

「爆弾《ばくだん》の破片も」モーリスがいう。

「わたしも、ずっとそう考えていた。でも、ジョンはちがうの。ローズ・クリケット・グラウンドで行われる重要な試合が雨で中止になったとき——たとえば国際試合の最終日とかね。それってすごく大切な試合なのよ……（知ってました？　残念ながらわたしは知りませんでした……）。えっと、どこまで話したかしら？　ああ、そうだ。大きな試合が中止になったら、むだに会場まで足を運んでがっかりしている人たちに、別の日の試合を無料で観戦できる『雨の日チケット』が配られるんですって（生きていたころ、ジョンはとても不幸な人生を送っていたそうよ）。いま、彼《かれ》はこう考えているの。わたしたち幽霊《ゆうれい》はどういうわけか、その……雨の日チケットをもらっているんじゃないかって。その人の人生の……えっと……雨が降っていた部分の埋《う》め合わせとして」

「えらく気前のいい埋め合わせだな！」ボドキンズが疑わしげに鼻を鳴らした。「あんたはロイヤルシアターに二百年以上いたんじゃなかったか？」

「そのとおりです、ボドキンズさん！　でも、ここにいる間、わたしは雨の日チケットをほとんど使っていませんでした！　怖《こわ》かったし、恥《は》ずかしかったんです。ひたすら、過去から目をそらしていました。ジョンの考えでは、わたしたちの『追加の時間』が始まるのは、それをどう使うかわかったときだそうです！　みなさんという、素晴《すば》らしい仲間がいて、ショーを楽しんできましたが、いままでわたしは自分に与《あた》えられた幸運を正しく使っていなかったのです。いまこそ、その時間を使うときです。太陽の光にあふれ、気の合う人や素敵《すてき》な仲間とすごす時間、紅茶にイチゴジャムを入れるときがきたんです」

「わたしたちがちゃんと楽しい時間をすごすまで、追加の時間をもらってるってこと？」グレイシーがいう。

「おれはまだその時間をもらってない！」マイキーがぐちをこぼした。

「そう思うなら、劇場の外に出て手に入れればいいのよ！」メルーシュさんはそういって、マイキーに綿菓子《わたがし》を買うお金を渡《わた》した。

「でも、その後はどうなるの？」グレイシーがきく。「追加の時間をぜんぶ使い切ったら？　雨の日チケットが最後の一枚までなくなったら？　この世界から消えなくちゃいけないの？　わたしは消えたくない。消えたい人なんている？　そんな人、ひとりもいないよ！　わたしはロイヤルシアターに、ママとパパのそばにいたい。ふたりをみていたい。それから……。メルーシュさんだって、消えたくないでしょ？」

メルーシュさんは両手を頭の上にのばし、新しく張りかえられた劇場じゅうのカーペットのにおいを深く吸いこんだ。そして、太陽の光に照らされたシャンデリアの放つ虹色《にじいろ》の光をじっとみる。「次に起きることは、そのときにならないとわからないわ。そうでしょう？」メルーシュさんが夢をみているようにいう。「……でも、わたしがいなくなるとジョンがさみしがるでしょうね。もういかなくちゃ。みなさん、楽しい時間をすごしてください」

フローレンス・メルーシュは劇場を最後に訪ねたその日からずっと、ジョン・デイヴィッドソンとあてもなく海岸を歩いてすごした。九十歳《さい》年下のデイヴィッドソンと、波に打ちあげられた言葉を集めて詩を作る。そしてそれを、詩を必要としている仲間の幽霊《ゆうれい》に、キャンディーのように売るのだ。ふたりは、詩を売って得たお金で、時計台のそばにある幽霊のいそうなひっそりとした売店で綿菓子《わたがし》を買った（自分たちのロバには、ハチよけの厚いレースのボンネットをかぶせていた）。

霧雨《きりさめ》が心地《ここち》よい。大観覧車にふたりずつに分かれて乗った幽霊《ゆうれい》は――

グレイシーと
ウィリアム

ニクソン巡査《じゅんさ》と
ボドキンズ

リリーと
ローランド

ダグラスと
マイキー

モーリスと
シャドラク

二頭の茶色
のクマ……

フランクと
ユージニアス

双子《ふたご》

ジョージ卿《きょう》と
ライオン

数秒ごとに何かをみつけたり、思い出話をしたり、ジョークを飛ばしたりした。ジョークをいうと空気がはじけるような小さな音が響《ひび》いた。雨が降っていなかったら、観覧車の下にいる作業員がちらりと上をみて、チケットなしで観覧車に乗っている人に気づいたかもしれない。安全証明書もまだ発行されてないというのに。

「まったく、条例違反《いはん》もはなはだしい」ニクソン巡査《じゅんさ》はふざけて笛を鳴らした。

桟橋《さんばし》の設計技師ユージニアスは、演劇は消える芸術なのだろうかと考えていたが、リリー・オリヴァーの意見に反対した。「幕が下りたときに、そのお芝居《しばい》が永遠に失われるわけではないと思います。われわれの記憶《きおく》からは消えません。みた芝居は忘れないものです。その内容をとても長い間、はっきり覚えている人だっています」そういうと、自分の上や下にいる仲間をみた。幸せな思い出が、ここにいる幽霊《ゆうれい》たちをロイヤルシアターという避難所《ひなんじょ》に引き寄せたのだ。

リリーが答える。「もしそうなら、人間ってお芝居《しばい》みたいね。決められたせりふをいって、決められた仕草をしているときでさえ、記憶《きおく》の中で生きている」リリーがコルセットを緩《ゆる》めると、ボディスについている造花が散り、ひとつ下のゴンドラに乗っているグレイシーの上に落ちた。

「そう思う？　わたしたち、覚えていてもらえるかな？」グレイシーがリリーを見上げてたずねる。

「間違《まちが》いなく記憶《きおく》に残るだろう」ローランドがいう。「役者と、パッチワークの服を着た子どもは特に」

第二十九章

より良い時代

どんな劇場にもゴーストライトがある。フットライトが消え、舞台《ぶたい》の上からスポットライトの白く丸い光が消えた後、照明を支える金属の梁《はり》が冷めるときのカチンカチンという音が響《ひび》くなか、ゴーストライトはついたままになっている。舞台係は、ゴーストライトは劇場を真っ暗にしないためのものだと思っている。照明が消えても、照明係にはセットを解体し、小道具を片づけるという仕事がまだ残っている。しかし、役者はちがう。ゴーストライトをつけておくのは舞台係のためではなく――客席の間からアイスクリームのカップを掃《は》き集める掃除《そうじ》係のためでもないことを知っている。舞台の上でぼんやりと光るこの小さなライトは、いうまでもなく、幽霊《ゆうれい》のためにある。公演について意見を交わし、空っぽの観客席に少しずつ集まってくる幽霊たちを照らしているのだ。

ホーリー・スクエアの隅《すみ》にあるその劇場は、外からみると、どこにでもありそうな建物だ。建物の両側を補強するために使った、コンクリートをならす道具が置いてあるが、平凡《へいぼん》さはそれほど変わらない(だがもう少しすれば、そのあたりは桶《おけ》に咲《さ》くバラが隠《かく》してくれるだろう)。そう、ロイヤルシアターの素晴《すば》らしさは中に入ってからわかる。天井《てんじょう》に輝《かがや》くシャンデリアが、白と金のしっくいでできた三段の上階席、赤い客席の海、うねる波のような緋色《ひいろ》の幕、期待に満ちたざわめき、横歩きで少しずつ進みながら自分の席にむかう人々を照らしている。劇場の独特なにおいがする。布張りの椅子《いす》、照明に使うカラーフィルター、香水《こうすい》、脱《ぬ》いだ靴《くつ》、舞台《ぶたい》装置の塗料《とりょう》、おがくず、ペパーミントキャンディー、つやつやしたプログラムのにおいだ。劇場をおとずれたときの気持ちは、クリスマスにプレゼントを開けるときにも似ている。閉じた幕のむこうに、なんでもありそうな気がするのだ。

ロイヤルシアターが復活したとき、やってきた客はみんな、こんなに早くすべてをもとにもどせるものかと驚《おどろ》いた。

幽霊《ゆうれい》はもちろんいる――どんな劇場にも幽霊はいる。しかし、ロイヤルシアターは特別、数が多い。幽霊だらけだ。時折、誕生日や記念日になると、幽霊たちは疑うことを知らない芝居《しばい》好きの客にプログラムを売ったり、客がプラスチックの小さなスプーンにすくったアイスクリームを、カップから口に運ぶ途中《とちゅう》でなめたりして楽しんでいる。幽霊たちは、落ち着きのない子や、上演中に話をしたり、泣いたり、始まって半分もすぎていないのにトイレにいきたいといいだす子どもには、特に意地悪だ。幕あいになると、幽霊はそういう子の後ろにすわり、アイスクリームに唾《つば》をかける。しかし、そんなことをする幽霊がいるのは、シーショーだけだ。ほかの劇場の幽霊はそんなことはしないだろう。

ロイヤルシアターの音響《おんきょう》は奇妙《きみょう》だった。客が少ししか入っていないとき、たとえば雨の日の昼公演でも、拍手《はくしゅ》の音が驚《おどろ》くほど大きいのだ。特に役者は、これに気づいていて、満員の劇場で芝居《しばい》をしているようなかんじがする、と話している。

ときどき、ロイヤルシアターの幽霊《ゆうれい》は、暖かい空気の波を残して仲間がひとりいなくなったことに気づく。幽霊たちはそのことをめったに口にしない。なぜなら、いつかやってくる別れ――変化――前進――を考えると怖《こわ》くなるかもしれないからだ。一、二世紀の間ずっと同じ場所に住んでいる人ならなおさらだ。ところが、メルーシュさんの「次に起きることは、そのときにならないとわからないわ」という言葉をきいてから、不安はわくわくするような興奮に染まり始めていた。

ウィル・ウォルターは、折にふれて劇場を一晩貸してほしいと連絡《れんらく》してくるゴーストハンターの一行を快く思っていなかった。理由のひとつは幽霊《ゆうれい》を信じていないからで、もうひとつは（ウィルの口癖《くちぐせ》でもあるが）「生きている」劇場のほうが好きだからだ。ウィルは、ロイヤルシアターは死者をさがす場所ではなく、生きている人をみにくる場所であってほしいと思っている。

時折、エリーはいまでも夜になると、ゴーストライトの丸い銀色の光の中で踊《おど》ることがある。だが、最近になって、以前のやりきれない気持ちはどういうわけか（劇場のカビのように）溶《と》けて消えていた。もしかすると、想像力が豊かになったのかもしれない。エリーは踊っていると、だれかにみられているように感じることがよくある。そのうえ、舞台《ぶたい》の天井《てんじょう》に、小さなボックス席に、舞台袖《ぶたいそで》にちらりと目をむけると、娘《むすめ》のグレイシーがこちらをみて、唇《くちびる》に笑《え》みを

（または、なにか質問したそうな表情を）浮《う》かべているのがみえた。

幕が下りて観客が帰った後、ゴーストライトが灯《とも》った劇場で、ウィルとエリーは客席にすわり、ロイヤルシアターの輝《かがや》かしい時代に思いをめぐらせる。三世紀の間に劇場の布に染みこんだ、役者の才能、観客の笑い声、音楽、拍手《はくしゅ》、歌詞、幸せが伝わってくるようだった。

エリーは、いまでもたまにロバのにおいがする、という。

「ぼくがなんとかしようか？　それともきみがどうにかする？」ウィルがいう。

「いいの。ただ、いってみただけだから」

「クマのにおいのほうがちょっと強かった。すぐそばを通りすぎていったのかと思うくらい」

「クマなんて冗談《じょうだん》でしょ」

「たしかにね。だけど、たまにロバのにおいがするくらいは？」

「広い視野で考えるとたいしたことじゃないわね」

「グレイシーなら、ロバの香水《こうすい》をすごく気に入るんじゃないか？」

「そう？」

すると、グレイシーがいう。「絶対そう」

あとがき

最初のページの献辞《けんじ》から推測できるとおり、この本はイギリスのマーゲートという町で生まれた。そして、アイデアを思いついたのは、マーゲートの美しいシアターロイヤル芸術監督《かんとく》、ウィル・ウォーレンのおかげだ。過去と現在のマーゲートの町をたたえる本を、町の人々の助けをかりて書こうと思ったのだ。

ウィルに連絡《れんらく》してから、わたしはマーゲートについて情報を集め始めた。すると、わくわくすることが次々にみつかった。爆撃《ばくげき》、火事、嵐《あらし》、海に流された図書館、海岸にいたライオン、遊歩道をゆっくり歩く機械仕掛《じか》けのゾウ。海岸通りでモッズとロッカーズの争いが起きたこと。ターナーが何度もマーゲートを訪れ、「ヨーロッパで最も美しい空」を描《か》いていたこと。ドリームランド（この本の中ではファンランド）が大人気になり、廃《すた》れて閉園したこと……しかし、いまは再開し、活気を取り戻《もど》してきている。それから二世紀前、波が陸地に押《お》し寄せ、ケント州の歴史で最も悲劇的な潮津波《しおつなみ》が起きた。

わたしの興味を引く物語はほかにもたくさんあった——救助艇《きゅうじょてい》が人々を救った話、暴走した路面電車、海が凍《こお》った冬のこと、海賊《かいぞく》、飛行機の墜落《ついらく》事故……だが、その物語はほかのだれかが書くために残しておこう。というか、すべてを書くにはページが足りなかったのだ。

もちろん、なかには本やインターネットで調べても、よくわからなかったこともある。そんなときはその場所をおとずれた。美術館や浜辺《はまべ》にいって景色をみて音をきき、店や学校にも足を運んだ。それから、親切なマーゲートの人たちに、何よりも大切な情報、いまのマーゲートを愛する理由を教えてもらった。

マーゲートのみなさんは、貝がまわりの壁《かべ》にうめこまれた謎《なぞ》めいた洞窟《どうくつ》や、洞穴《ほらあな》、カップケーキショップ、いつも黄色の服を着ている男の人、商店街、公園、ジョークショップ、スケートリンク、缶詰《かんづめ》しか置いていない店のことを話してくれた。もちろん、劇場のことも。

（ロバはわたしのアイデアだ。どの海辺で休暇《きゅうか》をすごすときでも、一番のお気に入りだからだ。）

なぜ、町の名前を「シーショー」に変えたのか？

イギリスの海岸のあちこちに、五十年前や百年前に輝《かがや》かしい時代が過ぎ去った町がある。そういう町は海を眺《なが》めながら、時の流れによって押《お》し流されたものについて思いをめぐらせている。そこに住む人々は、マーゲートの人と同じように、自分の町にとても誇《ほこ》りを持っている。どの町の風景も変化し続けている。古びて、活気を失い、小さくなり、無秩序《むちつじょ》に新しい建物ができ、再開発が進められる。どこもみなマーゲートと同じ、世界にひとつしかない町だ。道路の敷石《しきいし》の下に物語があり、悪い時代も良い時代も経験し、奇妙《きみょう》で素敵《すてき》な住人のいる町はマーゲートだけではない。それぞれに、その町の物語を書いた本があってもいいくらいだ。一方で、どの町も架空《かくう》の町シーショーに自分の姿をみつけられるだろう。

この物語はフィクションだ。わたしがプロットを考え、同じように登場人物もつくりあげた。

たしかに、ジョージ・サンガーは冬になるとサーカス団を引き連れ、マーゲートにやってきてショーを行った。バーチさんは実際に栈橋《さんばし》を設計したし、タンバレインのジョークショップとボング・ショップは本当にある。しかし、わたしは驚《おどろ》くほど勝手に彼《かれ》らの性格や人生、見た目、考え方を変え、彼らにわたしの考えた言葉をいわせた。ジョージ・サンガーは気にしないだろう。いつも大嘘《おおうそ》をついているような人で、人を楽しませるのが好きだったらしい。グレイシー・ウォルターは元気に暮らしていて、演劇のことや創作についてとてもよく知っている。しかし、ほかの登場人物はこの物語での扱《あつか》われ方にあまり納得《なっとく》していないかもしれない。この本を読んでいるみなさんやわたしが、もし知らない人に自分の絵を描《か》かれて、それが少しも似ていなかったらすごく嫌《いや》だと思うようなものだ。

特にシアターロイヤルについては、申し訳ないくらいの悪口を書き連ねてしまった！本物のシアターロイヤルはいまも素晴《すば》らしいし、さびれたことは一度もない。なめらかな壁《かべ》にカビは生えていないし、楽屋にロバのフンはない……。あの美しい観客席にどんな幽《ゆう》霊《れい》が住みついているというのだろう？　シアターロイヤルで幽霊たちにお目にかかったことはない。

いつか近いうちに、この物語がシアターロイヤルの舞台《ぶたい》で上演される日がくるかもしれない。そのときは、みなさんと（それから幽霊《ゆうれい》たちも）一緒《いっしょ》に演劇をみられたらいいな、と思う。

ジェラルディン・マコックラン

訳者あとがき

二〇一一年、ジェラルディン・マコックランのもとに、イギリスのマーゲートという町の劇場から一本の電話がかかってくる。電話の内容は、マーゲートのような海辺の町の過去と未来を描《えが》いた物語を作ってほしい、というものだった。話をきいて、マコックランはこんなふうに考えたそうだ。子どもたちだけでなく、海辺で休暇《きゅうか》をすごすのが好きな人も楽しめる物語がいい。陽《ひ》の光が降り注ぎ、綿菓子《わたがし》の売店の横で、ロバがいったりきたりしている砂浜《すなはま》を書こう。それから、演劇が好きな人、お話が好きな人にも喜んでもらえるような……。こうして、生まれたのが『ロイヤルシアターの幽霊《ゆうれい》たち』だという。

『ロイヤルシアターの幽霊《ゆうれい》たち』に登場する幽霊は少し変わっている。シーショーという海辺の町の閉館になっている古い劇場、ロイヤルシアターに閉じこもっているのだ。その姿は生きている人間にまったくみえないし、声もきこえない。だから、ロイヤルシアターでは幽霊たちによるお芝居《しばい》やコンサートが毎日上演されていたが、近所から一度も苦情を受けることはなかった。ところが、ある日、グレイシーという女の子がここにやってくる。幸せな思い出のつまったロイヤルシアターを復興《ふっこう》させようと奮闘《ふんとう》している両親といっしょにシーショーに引《ひ》っ越《こ》してきたのだ。グレイシーは、生きている人間にはみえないはずのロイヤルシアターの幽霊たちをみつけ、「あなたの物語をきかせて」としつこく迫《せま》る。幽霊は、劇場の平和を乱すグレイシーを追い出そうとするが、ひとり、またひとりと自分の物語を語りはじめる。

十九世紀のシーショーで、大切な本を津波《つなみ》から守ろうとした司書《ししょ》のメルーシュさん。結核《けっかく》病院を抜《ぬ》け出して夜のシーショーを冒険《ぼうけん》したふたごのジョーンとジム。第一次世界大戦で陸軍に入隊し、戦地で平和を願ってバンジョーを弾《ひ》いたモーリス。ロッカーズとけんかをするために、自慢のスクーターを走らせて仲間とシーショーにやってきたモッズのマイキー……。

生き生きと語られる、いろんな時代を生きた幽霊《ゆうれい》たちの物語を読んでいると、当時のシーショーにタイムスリップして、海辺の美しい町を散歩しているような気分になる。薄《うす》い霧《きり》に射《さ》しこむ太陽の光、静かな海の音、潮《しお》のにおいまで感じられそうだ。そして画家のウィリアム・ターナーが描《か》いた背景画や、詩の言葉が毎日のように打ち上げられる砂浜《すなはま》もマコックランらしいロマンチックな雰囲気《ふんいき》をそえている。本文中の表現を借りるなら、「チョコレートのように幽霊の包み紙をはがし、その過去を味わ」っているような気分にひたることができる。

『ロイヤルシアターの幽霊《ゆうれい》たち』は死んでしまった人々の物語だが、じつは、だれひとり死んではいない。みんな生きているのだ。そしてこの劇場も。ロイヤルシアターを復活させるためにがんばるグレイシーと両親と幽霊、それぞれの思いはまったくばらばらなのだが、どこかでひとつにまとまって、新しい世界にふみだす人の背中をそっと押してくれる。『ロイヤルシアターの幽霊《ゆうれい》たち』の主人公はグレイシーと幽霊と……マーゲートをモデルにしたシーショーという海辺の町だ。この町の個性的な歴史が魅力《みりょく》たっぷりに描《えが》かれているのもこの作品の特徴《とくちょう》のひとつだ。著者のあとがきにも書かれているとおり、実在するマーゲートの建物や、本当にあったできごとがじつにうまく使われている。

コロナウイルスのせいで多くの海水浴場が閉鎖《へいさ》になった、この夏に、この本のあとがきを書いているのですが、みなさんがこの素敵《すてき》な海辺の町の物語を楽しんでくださいますように。

最後になりましたが、シーショーという美しい町と、そこに住む魅力《みりょく》的な人々に出会わせてくれ、原文と訳文を読みこんでご指摘《してき》をくださった編集の皆川裕子さん、原文と訳文をつきあわせてチェックをしてくださった大谷真弓さん、細かい質問にていねいに答え、あたたかいメッセージをくださった作者のジェラルディン・マコックランさんに心から感謝を申しあげます。

訳者

二〇二〇年八月

ジェラルディン・マコックラン

GERALDINE McCAUGHREAN

1951年、イギリス生まれ。現代を代表するイギリス人の児童文学作家。1988年に『不思議を売る男』でカーネギー賞、89年に同作でガーディアン賞、2004年に『世界はおわらない』でウィットブレッド賞、08年に『ホワイトダークネス』でマイケル・L・プリンツ賞を受賞。そのほかの代表作に『ジャッコ・グリーンの伝説』『ピーター・パン イン スカーレット』『シェイクスピア物語集――知っておきたい代表作10』『空からおちてきた男』『ティムール国のゾウ使い』『世界のはての少年』など。

金原瑞人

MIZUHITO KANEHARA

岡山市生まれ。法政大学教授・翻訳家。訳書は『さよならを待つふたりのために』『月と六ペンス』『不思議を売る男』など550冊以上。エッセイに『サリンジャーに、マティーニを教わった』、日本の古典の翻案に『雨月物語』『仮名手本忠臣蔵』など。

吉原菜穂

NAO YOSHIHARA

北海道生まれ。立命館大学文学部卒業。白百合女子大学大学院博士課程前期修了。訳書はほかに、絵本『おうちをさがして』(潮出版社)がある。

編集

皆川裕子

ロイヤルシアターの幽《ゆう》霊《れい》たち

2020年10月20日　初版第一刷発行

著者
ジェラルディン・マコックラン
訳者
金原瑞人◆吉原菜穂
発行者
飯田昌宏
発行所
株式会社小学館
〒101-8001 東京都千代田区一ツ橋2-3-1
編集03-3230-5720 販売 03-5281-3555
DTP
株式会社昭和ブライト
印刷所
萩原印刷株式会社
製本所
株式会社若林製本工場

ISBN978-4-09-290629-7